U0028530

請勿在此丟棄屍體

東川篤哉

Higashigawa Tokuya

目次

序章

對立志通過司法考試而埋頭苦讀的大學生有坂春佳而言，這無疑是最糟的早晨了。

昨晚她熬了一整夜與民事訴訟法的試題冊奮鬥。她強迫大腦不停運作，一直到天亮才疲憊不堪地上床睡覺。然而八月的陽光不久便探出頭來，逐漸上升的室溫令她無法熟睡。結果春佳便在距離早上十點還剩幾分鐘這種不上不下的時間起床了。

因為學校正值暑假期間，總之今天她並沒有外出的打算。

心想喝點咖啡好了，春佳揉著厚重的眼皮走向廚房。她一邊打著小小的哈欠，一邊將水倒進笛音壺後開火。接著她拿出常用的馬克杯，放入一匙即溶咖啡粉。正是這個當下，春佳聽見了奇怪的聲音。

「……嗯!?」

那是什麼聲音？春佳拿著湯匙的手止住了動作。聲音似乎是從玄關那裡傳來的。春佳忽地感到些許不安，不確定昨天到家後到底有沒有將門確實上鎖。其實只要她有將門鏈掛上，基本上就沒什麼好擔心的。偏偏春佳時不時就會忘了門鏈這種絕對安全卻又麻煩的東西。關於這點，偶爾會來她家拜訪的姊姊也提醒過她不知道幾次了。

——要是被那種專門鎖定年輕女性的變態闖進來了，妳是要怎麼辦啊春佳？

但說這句話的人，可是會在下班後跟同事喝到爛醉而錯過末班車，然後又因為身上的錢不夠坐計程車，只好去借住自己妹妹位於車站附近的公寓的姊姊。再怎麼值得聽信的忠告，從姊姊口中說出的瞬間，很不幸地就已經失去說服力了。因此每當姊姊如此警告春佳時，她總是笑著回答「姊妳太誇張了啦！」，再將那些忠告當耳邊風過去。然而此時此刻，姊姊說的那些話卻清楚地浮現在春佳的腦裡。

該不會真的是姊姊說的那種變態吧!?

惶惶不安的感覺湧上心頭。由於廚房入口正對著走廊，她無法直接看到玄關的樣子。春佳鼓起所剩不多的勇氣，以顫抖的聲音對著看不見的身影喊道。

「是誰!?難道……是姊姊嗎？」

拜託就是姊姊吧。她將內心的願望化作言語後，頓時也覺得的確有可能是姊姊在惡作劇。畢竟姊姊雖然實際年齡比春佳大上兩歲，但精神年齡卻像小春佳五歲的孩子似的。

「姊、姊，是妳吧……吼，不要再嚇我了啦……」

春佳站在廚房裡，對著通往走廊的白色門扉說道。然而那頭並沒有任何回應，取而代之的卻是白色的門忽然被猛烈推開，令春佳不禁倒吸了一口氣。下個瞬間，一個人就這樣闖進廚房了。

「哇啊啊啊啊啊啊啊啊啊！」

春佳打從心底感到驚嚇，隨即放聲大叫。她兩手摀著嘴，眼神驚恐地盯著那個人。

對方是一名年輕女性，卻不是她的姊姊，而是身著黑衣的陌生女子。女子披著一頭凌亂的長髮，搭配著急促的呼吸。雖然臉被頭髮蓋住了，但隱約可以看見她的瞳孔中散發出瘋狂的光芒。即便對方是女性，但從已經先入為主的春佳看來，她完完全全就是個充滿謎團的變態，要不然就是什麼危險人士。春佳內心的恐懼飛升到了最高點。

快給我出去！這裡是我家耶！

然而春佳抱著必死決心的吶喊卻因為恐懼使得喉嚨緊縮，最後只能發出微弱的顫抖，半點聲響都出不來。在這樣的春佳面前，陌生女子宛如殭屍電影中的怪物，僵硬著身子，一步步往春佳走來。被嚇壞的春佳顫抖著向後退，她的腰很快地撞上流理臺邊緣，先前放在那裡的馬克杯也順勢倒在流理臺上。春佳面向那名陌生女子，手則在身後胡亂揮舞著尋找她的馬克杯。她想用陶瓷製的馬克杯砸向這個毫不講理的闖入者，只要能夠砸中對方，也許就能順利逃脫眼前的危機。

馬克杯……不、不是馬克杯也沒關係……什麼都好、嗯……！

在背後揮動的右手指尖摸到了流理臺上的某樣東西。她馬上就知道那是什麼，是她的水果刀。雖然只是一把粉紅色刀柄的薄刀，但刀子就是刀子，完全可以當成武器。

也不知是幸還是不幸，春佳揮向背後那隻右手成功地握住刀柄。但幾乎就在春佳抓住刀柄的同時，陌生女子也像摔了一跤似的直直地往春佳撲了過來。那瞬間，春佳也看到了女人藏在凌亂長髮下，雙眼瞪大的淒厲面容，她因此再度發出悲慘的叫聲。

「哇啊啊啊啊啊啊啊啊啊！」

陌生女子像在請求什麼似的伸出雙手，而春佳也彷彿在回應她似的伸出右手，那隻握著水果刀的右手。又宛如要壓住春佳的手一樣，女子的身體猛地向前推進，激烈衝突就這樣在流理臺前發生了。待春佳用盡全身力氣推開女子的身體時，她眼睜睜地看著對方向後倒去。此時的春佳已經連站起來的力氣都沒有了，她匍匐著前進，離開女人身旁。她將背靠在廚房的牆上，不停地喘著大氣，眼神渙散，腦中一片空白。

剛才到底發生什麼事了、自己剛才又做了什麼，春佳自身也無法確定，就這樣恍惚地過了一段時間。

直到笛音壺發出警報般的尖銳聲，春佳才終於回過神來。首先映入她眼簾的是橫倒在廚房中央，動也不動的女人。從女人身體流出的液體逐漸染紅了廚房的木質地板。

在春佳發出第三次慘叫的同時，手中的水果刀也跟著掉落。

第一章　棄屍不容易

一

靜音模式的手機顯示來電。再繼續跟電腦螢幕大眼瞪小眼也無濟於事，已經開始感到提不起勁的有坂香織慶幸著手機的來電，將手移開鍵盤，伸到制服口袋裡取出手機。來電顯示為有坂春佳，她的妹妹。

香織迅速地離開了島。話雖如此，她並不是在旅行。這裡是轟動整個烏賊川市，業界中無人不知、無人不曉的大型中小企業「中島佛具」的總務部辦公室。而她正處在以課長為中心並排的辦公桌椅所形成的經理課「島」中。香織的座位剛好位在不顯眼的角落，她走出島，為了接妹妹的電話而往洗手間移動。

進到獨間廁所後她才接起電話。在對方尚未開口之前，香織便以警告的口吻對妹妹說道。

「妳這樣不行啊春佳，我之前不是跟妳說過了，不要在上班時間打來嗎？」

中島佛具禁止員工在上班時間使用手機講私人電話，導致女用洗手間的廁所經常會出現宛如電話亭的光景。

「啊，不過妳明知道這樣不好卻還打電話來，應該是有什麼要緊事吧？」

電話那頭彷彿可以聽到春佳微微答應的聲音，接著又聽到她抽抽噎噎地說著：「死掉了……」原來是報喪啊，香織緊張起來。

「好，我知道了，我做好心理準備了。說吧，死的人是誰？老家的爸爸嗎？」

有坂姊妹的老家位於群馬縣，罹患糖尿病跟痛風的父親就住在那裡。雖然身體欠安，但香織總認為爸爸是可以長命百歲的，沒想到這麼快就要迎來這天嗎。

「……不是，不是爸爸。」

「什麼嘛，不是爸爸啊，那、那難道是媽媽嗎？」

「媽媽早在五年前就已經……」

「對吼！」自從母親過世以來，香織便身代母職地照看妹妹。至少她自己是如此認定並引以為傲的。「不然妳是在說誰死了？」

「我不知道……我從沒看過那個人……」

「什麼？」聽到毫不相干的人去世應該做何反應才好。「妳到底在說什麼啊春佳？一個不認識的人死掉，妳幹麼哭得這麼傷心，還特地打電話來跟我說!?」

「不是啦……是我拿刀子刺她……然後她才死掉的……是我殺了她。」

「冷靜點，春佳，妳在說什麼傻話？妳怎麼可能會殺人——」

「真的啦！真的是我殺的啦！我拿刀把人刺死了啦！」

妹妹的聲音聽起來有些歇斯底里。平時做事可靠的妹妹竟然也有如此慌張失措的一面，香織從來沒看過。不對，現在正在講電話，所以不能說看才對。但從妹妹的聲音聽來，可以判斷她現在是慌亂的。香織也漸漸了解整個事態的嚴重性，但若連自己也跟著慌張起來，只會讓妹妹更加不安。身為一個可靠的姊姊，香織努力維持著冷靜沉著的形象。

「我明白了，是真的，春佳沒有騙人。如、如果妳騙我的話，姊、姊姊我可不管了喔！要是妳說謊的話，妳的薪水就要全部加值到我的 Suica 卡裡喔！」

「妳才在說什麼呢，冷靜點呀姊……」

「發生這種事妳是要我怎麼冷靜啊！」看樣子是不可能當個冷靜沉著的姊姊了。再怎麼可靠厲害的姊姊，聽到妹妹殺人而感到驚慌失措也是很自然的。「所以到底發生什麼事了！那個男的是誰！」

「不是男的，是一個我不認識的女人……姊妳認真聽我說，我從頭開始講。」

就這樣，香織在電話上聽完妹妹訴說整件事情的前因後果。

幾分鐘過後——

「原、原來如此，事情是這樣啊……」

終於理解整件事情來龍去脈的香織深深地嘆了一口氣。總之就是春佳不小心用刀刺殺了一名陌生女子，聽起來應該是這樣沒錯。

「那春佳，妳報警了嗎？」

「……這部分……那個……」

「看來是還沒，那我們先見個面，靜下來討論一下吧。春佳，妳人現在在哪裡？」

「——仙台車站。」

「我知道了，那我現在就搭計程車過去——妳說什麼、仙台！」出乎意料的地名讓香織瞬間啞口無言，那麼遠的地方完全無法搭計程車趕去。「仙台——那不是在岩手縣嗎？」

「不是喔，是在宮城縣啦姊。」

「哦，是在哪裡啊！」香織的地理很差，在她腦中，東北地方差不多就是那麼一塊。「那妳怎麼會在仙台？應該說，妳現在在仙台的話，那事情到底是幾點發生的？不是不久前才發生的事嗎？」

「嗯，其實有一陣子了……我記得是在早上十點左右……」

香織看了一下手錶確認時間，現在接近下午兩點，距離事件發生已經過了四個小時。這部分先不管，重點是妹妹不僅沒有報警，還跑去仙台了，就連香織都能明白這絕對不是一個明智的選擇。

「對不起啦姊，我自己也不知道為什麼會變成這樣，等我回過神來，我人就在東北新幹線上了。因為是往仙台的車，所以我就在這裡下車了。但我也不知道接下來該怎麼辦才好，然後才想到應該要打電話給妳——就是這樣。」

「原來如此，春佳妳逃跑了啊！說到這個，好像也常聽到什麼嫌犯往北方逃逸之類的。」

「嫌、嫌犯……妳好過分哦姊……」

「啊，抱歉抱歉，但我並不是在責怪妳哦，妳才不是那種壞人，妳當然不是。不過啊，逃跑這個舉動似乎不太好耶。」

可以的話，還是希望妳能在四小時前就想起妳姊我這個可靠的夥伴啊！總而言之，既然人都到仙台了，也不可能馬上見到面。

「我知道了，那現在就這麼做吧！妳先在車站附近找間旅館休息一下。聽好囉！一定要找間好一點的正經旅館喔！可別找那種有霓虹燈或是招牌閃閃發亮的。然後在旅館泡個澡，吃個美味的牛舌，這樣應該就可以放鬆下來了。春佳，妳身上有帶錢吧？」

「有，我有帶──那姊妳要做什麼？」

我現在立刻就去仙台。雖然很想這麼說，但在那之前有更重要的事情要處理。

「我就先去妳家看看吧。」

「什麼，妳要去我家!?那裡可是躺著一具屍體耶，是一片血海耶！」

「所以我才要去親眼證實妳說的屍體跟血海到底是不是真的啊！也有可能是妳看錯不是嗎？」

「那麼大的東西我怎麼可能會看錯……」

「好了，總之妳就按照我說的去做！」香織直接打斷妹妹的話以示威嚴。「有聽清楚吧？先找間旅館、再泡澡、然後晚餐要吃牛舌喔！」

「嗯、嗯好，我知道了，我會照妳說的去做，旅館、泡澡、牛舌。」

「對，就是這樣。啊，然後春佳，我想妳應該清楚，但保險起見我還是再說一次，這真的很重要，妳可把耳朵掏乾淨仔細聽了。」

「咦，掏耳朵……？」

對於還搞不清楚狀況的妹妹，香織壓低音量，語帶威脅地給予妹妹一個相當重要的忠告。

「聽好了，絕對不能報警喔！拖到現在才報警，妳絕對會完蛋的。」

和春佳通完電話後，香織走出廁間，來到洗手臺前。她盯著鏡子裡的自己，才發現頭上的栗子色馬尾早就歪了一邊。像是在重整心情似的，她調整起馬尾的位置，順勢想到了陷入絕境的妹妹。

春佳在電話那頭的聲音就像個孩子一樣膽怯，這個發現帶給香織前所未有的衝擊。之所以有這種想法，是因為春佳實際年齡雖然比自己小上兩歲，但跟身為姊姊的自己比起來，精神年齡卻毫不遜色，完全是個成熟的大人。香織之前一直都是這樣想的。

實際上，那個可靠的春佳從來沒有哭著向自己這個姊姊求救過，至少在香織長大成人之後——應該從她高中時期就沒有了，國中的話——不，國中時也沒什麼被她依賴。那小學的時候總有了吧？對了，香織記得她還是小學生時，對春佳來說自己的確是個可靠的姊姊。

因為香織敢瞪附近愛欺負春佳的小孩，也會幫她趕跑可怕的惡犬。還有一次春佳在人群中走散了，好不容易找到她時，春佳是邊哭邊撲向自己的懷抱的。

沒錯，那時的香織甚至還可以教妹妹念書。如今回想起來簡直不可思議，畢竟春佳現在可是在大學念法律系，並為了將來能夠通過司法考試正在勤奮苦讀，是未來將會成為律師的人才。相較之下，只有高中畢業的香織不過就是個在佛具店上班，隸屬於經理課的平凡ＯＬ罷了。要說香織現在能夠教妹妹的東西，大概只有女性行政人員在中小企業的處世之道吧。但這些知識對於立志成為法律專家的妹妹而言一點都不重要。

而且最近香織受到春佳幫助的機會還比較多。譬如說聽她抱怨工作上的事情，或是讓錯過末班車的她借住一宿，受人照顧的反而是香織自己。因此像這次妹妹發出軟弱求救其實是極為稀少的情況，而這也是香織一直隱藏在心、期盼能夠發生的情況。

「沒錯，一直以來我都幫不了妹妹什麼，像這種時候我更要成為妹妹的助力才行，再怎麼說我也是春佳的姊姊呀！」

香織握緊拳頭，感到幹勁滿滿。首先先來釐清剛才電話中的內容吧。

雖說剛才已經交代妹妹「絕對不能報警」了，但也不曉得這個建議究竟是對是錯。不如說，好像還是應該這樣給建議比較好：「現在報警還不遲，照實跟警方說吧。」

「哎呀，果然不行，畢竟這種事……」

就事實看來，妹妹的行為並不是單純的殺人，而是正當防衛——大概。既然如此，應該不會被定罪才對。可是，從她剛才的敘述聽來，那名女性應該是赤手空拳的。因為是拿刀刺殺一個沒有武器的人，即便被認為是行為過當也毫無辦法。這麼一說，就是防衛過當囉——好像是這個名詞沒錯，假使如此，就難說妹妹是毫無責任的了。這個道理就連法律門外漢的香織都能明白。再說，妹妹還因為太過害怕而從現場逃跑了，依警察的自由心證看來觀感也不好。現在直接報警的話，妹妹一定會被定罪的。雖然不一定是重罪，但無論被定什麼罪，對妹妹來說都會造成傷害。

「她想成為律師這個夢想也會付之流水……」

不，退一百步來說，就算律師之夢付之流水也是無可奈何的，畢竟被眼前的屍體嚇到而逃往仙台的妹妹，說到底根本就不是當律師的料。沒錯，春佳適合在一個平凡的家庭裡當一個平凡的家庭主婦。儘管如此，春佳這次的行為應該會讓她連這種小小的幸福都難以實現吧。這個社會必定無法接受將別人刺死的年輕女子，因此，果然還是不能將妹妹交給警方。

下定決心後，香織彷彿在跟妹妹說話似的對著鏡中的自己喃喃說道。

「沒問題的春佳，一切都交給姊姊吧！」

二

首先要盡快趕去春佳家，親眼確認那具屍體。

走出洗手間後，香織瞬間變成了「肚子痛的人」，順利從課長那裡取得了早退許可。她在女用更衣室換下公司制服，穿回自己的私人便服。橫條紋T恤外搭短袖連帽T，再配條丹寧短褲，她的穿衣風格在年輕的男性職員中頗受好評，然而年長的上司卻不太能接受。「至少選些比較像在佛具店工作的衣服穿吧。」即便被這樣要求服裝了，香織也完全無法理解，難不成要她穿喪服上班嗎？

總而言之，換回衣服的香織露出一副有氣無力的病人樣，苦笑著回應同事們形式上的問候「多保重啊～」。但就在她搖搖晃晃走出公司的下個瞬間，如此八月下旬的豔陽高照下，香織宛如被放出柵欄的野獸一般，猛地往前衝了出去。

「給我停下！」

她張開雙手擋在路中央，硬是攔了一輛計程車後，命司機開往妹妹的公寓。

公寓位在烏賊川市的車站後頭，是一棟周遭髒亂不堪的五層樓建築。

香織在公寓前下車，觀察了四周的樣子。周遭的景象和平常沒有什麼兩樣，也沒有見到巡邏車或是警察。看樣子，春佳房間的屍體還沒有被發現。因此稍微安心下來的香織慢慢地走向公寓。

建築物旁停了一輛小貨車，似乎是資源回收業者的車。載臺上堆放著傳統電視機、電腦螢幕，還有以前在音樂教室看過的那種超大型弦樂器——低音提琴的琴盒。

副駕駛座的窗外有雙對著人行道伸出的大腳，對方穿著抓破牛仔褲，搭配髒兮兮的運動鞋。香織打量了一下駕駛座，一位穿著黃色坦克背心、身材魁梧的年輕人正蜷曲著身子在午睡。他有著一頭金色短髮的刺蝟頭，卻給人像個笨蛋的感覺。

香織放輕腳步從小貨車旁通過，以避免吵醒那位年輕人。她瞄了一眼電線杆旁堆積如山的垃圾袋，走進建築物中。

她搭電梯到了四樓，往三號房走去。拿出備鑰解鎖，打開鐵門。開門的瞬間，屋內立刻飄出一股令人難受的血腥味——並沒有，她所見到的只是一片寂靜的無人空間。

「記得春佳說是在廚房……」

走進玄關後，香織在廚房門前停了下來，艱難地吞了一口口水。老實說，她真的滿害怕的。拿出妳的勇氣啊！有坂香織！這麼對自己喊話後，香織發出「——呀！」的一聲，一鼓作氣打開了廚房的門。

然後，香織終於明白妹妹所說的一切都是真的。木質地板上倒著一個女人的屍體，屍體周圍蔓延出一片血海。面對這片悽慘的光景，香織幾乎要暈了過去。

「哦喔，不行不行——」

香織甩了甩頭，將神智拉回來。「現在沒時間讓我昏倒，我想想，我是來這裡幹麼的？對，屍體！必須要處理屍體！」

香織鼓起勇氣，走近屍體觀察起來。

這名女性死者有著一頭長髮，一張瓜子臉，年紀大約在三十歲上下，跟香織一樣有著苗條嬌小的體型。然而她穿著一身經過都市洗禮的黑色西裝套裝，和香織給人的形象完全相反，感覺是一位工作幹練的女性。

傷口會在哪呢？剛才大概看了一下卻沒看到。香織仔細地來回觀察了屍體幾次，這才在側腹再往後一點的地方，剛好是在屍體與地板交界、不太好發現的地方看到了刀柄，傷口似乎也在那裡。其實只要稍微翻動屍體，就可以直接用眼睛確認了，但香織還沒有大膽到那種程度。

「不曉得有沒有什麼身分證件啊……」

香織伸手到女人的西裝口袋裡探了探，不巧的是，女人身上沒有錢包，也沒有手機。口袋裡只有一只車鑰匙和洗衣店的收據。車鑰匙跟一個「MINI」造型的鑰匙圈掛在一起，說到車又說到 MINI 的話，大概就是 MINI Cooper 了，那個大受時尚女性歡迎，並且甘願掏錢購買的小型汽車品牌。絕對就是這個女人的愛車沒錯。

香織看向另一邊的洗衣店收據，上頭寫著一個女性的名字。

「山田慶子……應該是這個人的名字吧。」

洗衣店店名是「本山洗衣店」，地址在豬鹿村，從烏賊川市沿著河川往上走就能抵達，是以盆藏山為中心擴大的山地村落。會利用位在豬鹿村的洗衣店的人，本身應該就是豬鹿村的居民吧。

「豬鹿村的山田慶子嗎……」

香織喃喃自語著，卻依舊毫無任何頭緒，春佳也說她完全不認識這個女人。香織心裡突然燃起一股莫名怒火，山田慶子這人到底是誰啊？為什麼會誤闖到妹妹家裡來？還是其實她怨恨妹妹已久？

但對個死人發牢騷也無濟於事，於是香織開始思考接下來的應對方式。

總之可以確定春佳所說的話都是真的。無論理由為何，春佳刺殺這個女人也是既定而成的事實了。照理說應該還是要報警才對，但現在完全無法走這條路，那究竟應該怎麼做？不對，報警這個選項連想都不用想。應該說，在跟妹妹通完電話後，香織心中就已經有了答案。這具屍體絕對不能繼續放在這裡。

「一定要把屍體丟到哪裡才行……而且不能被別人知道，必須偷偷摸摸地……」

問題在於棄屍的方法。棄屍這種事，一個女生是做不來的，必定要有其他人幫忙才行。另外，也有要裝屍體的容器，不可能毫無遮掩地搬運屍體。

「但也想不到有誰願意跟我一起當共犯……」

香織目前單身，沒有男朋友。雖然有幾個朋友，但感覺也不會想和她一起成為共犯。

「而且也想不到什麼東西可以拿來裝屍體……咦，等等。」

香織突然想起似乎最近才在哪裡見過符合需求的容器，可以完全藏住一個苗條又嬌小的女人的巨大容器。

「有了！低音提琴的琴盒！」

說起裝放屍體的容器，沒有什麼東西比這個更適合的了。學生時期，她曾經讀過由角川文庫出版的橫溝正史的著作《蝴蝶殺人事件》，書的封面就畫著這樣的東西。雖說平常很難看到這種東西，但香織的確在過來的路上看到了，應該就在那輛資源回收小貨車的載臺上。

香織打開廚房的窗戶向外望去，停在路肩的那輛小貨車還沒開走。橫放在載臺上黑色琴盒看在香織的眼中，彷彿變成了一個人形。香織在窗邊興奮地跳上跳下，頭上那令她引以為傲的馬尾也跟著躍動起舞。

「就是那個、就是那個！好，現在就去唬一下那個金髮男，讓他把琴盒給我！」

說時遲那時快，香織飛也似的從廚房奔了出去。

三

停在路肩的小貨車駕駛座上，剛才還把腳伸出窗外午睡的坦克背心粗獷男，馬場鐵男被炎熱的天氣逼得醒了過來。時間是下午兩點半，這個時間點，夏季的暑氣依舊令人難耐。沒開冷氣的車內空氣，彷彿跟老人吐出的氣息一樣令人不悅。鐵男拿起掛在脖子上的毛巾擦拭臉上的汗水，喝了一口放在杯套裡的罐裝可樂，接著便「呸」地往窗外吐了出去。

「咳、可惡……加熱到四十度的可樂是要怎麼喝啦……」

鐵男重新打起精神，按下放在汽車儀表上的錄音機開關，再按下錄音帶的播放鍵，車頂上的喇叭便開始播放起廣告音。「電視、錄音機、電腦，若有其他東西也歡迎洽詢，我將前往府上搬運——」從無限循環錄音帶裡播放出來的一字一句，就如同錄音帶的種類名稱一般，每天不斷地重複著。雖然已經感到厭煩了，但這畢竟是工作，也只能繼續忍受。

鐵男是「馬場資源回收」有限公司的社長兼唯一的職員。簡而言之，「馬場資源回收」是鐵男獨自經營的小型企業，實際上卻是大家隨處可見的資源回收業。

「好啦，差不多該出發了！」

彷彿有一股莫名的不滿，鐵男粗魯地將車子切換到L檔，比平常稍微用力地踩下踏板。小貨車化身為一隻怒虎，搖晃著車身猛地向前撲進。但下個瞬間，意想不到的光景讓鐵男瞪大了雙眼。

「給我停下！」

一名年輕女子忽然從旁飛奔而來，張開雙手擋在小貨車前。鐵男急忙踩下剎車，輪胎與路面產生激烈摩擦，發出刺耳的噪音。千鈞一髮之下，小貨車總算在女子跟前緊急停了下來——才沒這種好事，砰的一聲便撞了上去。

真可憐，攔車失敗的女子宛如一隻被踹飛的小狗，在發出「嗷嗚！」的悲鳴後便被撞飛到路旁的電線杆，落入堆積成山的垃圾袋中。鐵男瞠目結舌地看著如此慘劇，額頭狂冒冷汗。

「…………」唔、死了！死定了！我剛才把人撞飛了！

坐在駕駛座上的鐵男全身僵硬地握緊手上的方向盤。要逃跑嗎？他的腦中瞬間閃過不好的念頭。不行、等等等等、我可是馬場鐵男耶，做事不能這麼草率！真的肇事逃逸的話，我的人生就毀了。再說是那個跑出來給我撞的人有錯在先，我根本可以正大光明念她個幾句——當然，前提是對方還活著的話。

鐵男毅然決然地跳下駕駛座，只見被撞飛的女子四肢朝下趴在電線杆旁。堆積如山的垃圾袋中，隱約可以看見她的丹寧短褲。

「喂、喂，妳還好嗎？」

鐵男開口詢問後，女子便搖了搖屁股，表示自己還活得好好的。

「是嗎，沒事就好。對、對不起撞到妳，可、可是妳自己突然跑出來的，不、不對的是妳，是吧？——喂、喂妳真的沒事嗎？至少也露個臉讓我看看吧。」

「沒、沒事沒事……這種程度不會有什麼事啦……嘿嘿嘿。」

搖搖晃晃站起身的女子身材十分嬌小，看起來也很年輕，感覺就像個學生。明明被撞得不輕，卻硬是擠出個笑容來證明自己沒事，這份溫柔體貼讓鐵男不禁心動了一下。

這麼一想，眼前的她雖然稱不上是美女，但臉蛋也十分可愛。至少從鐵男眼中看來是這樣的：柔軟的唇瓣、小巧的鼻子、溫柔的眼眸，加上栗子色的馬尾。更令他驚豔的是她的額頭，一滴鮮血恰好從額頭上滑落，形成了難以言喻的絕妙美感——「唔哇！」

鐵男瞪大雙眼，身子忍不住抖了一下。糟、糟糕了——

「這、這個給妳用！」他慌張地將掛在脖子上的毛巾遞出去。

「？」女子疑惑了一下，接過毛巾擦了一下臉頰上的汗水，又將毛巾遞還給鐵男。「謝謝你。」

「不、不是給妳擦汗的啦……」

真的沒問題嗎這個女生？憂心忡忡的鐵男自顧自地將毛巾壓在對方的額頭上，替她擦拭額頭上的血跡。接著又從小貨車的前座抽屜中拿出四角形的ＯＫ繃，啪的一聲用力貼在對方的額頭上。

「好、好了，這樣就沒問題了。」

這時的兩人似乎也比較有談話空間了。鐵男發出一聲輕咳，擺出威嚴來。

「我說妳到底想幹麼啊？突然跑到車子前面，是找死嗎？啊——？」擺出強勢的態度之後，鐵男才切入主題：「不過啊，幸好人沒什麼事，這樣吧，我有個提議，這起意外我們就各退一步，那個、可以的話盡量妥善地解決，妳說怎麼樣？哈哈哈……」

「？」

「哎呀，我的意思是，簡單來說，可以的話希望不要叫警察來處理——」

「警察！」一聽到這個字眼，原本還在恍神的女子瞬間清醒過來，她用力抓著鐵男的坦克背心。「不行！絕對不能叫警察！我不准你叫警察！」

雖然不懂她為什麼突然有此轉變，但總之事情是朝鐵男想要的方向發展。

「真、真的嗎？那就太好了。沒有啦，說真的，本來我還在想要怎麼辦才好，畢竟有人受傷就該請警察來處理。但真的請警察來的話，好一點是吊扣駕照，嚴重一點就變吊銷駕照了。做我們這種生意的，是不能沒有車子的。要是真的被禁止開車，明天起我就只能流落街頭了。現在經濟又不景氣，找工作沒這麼容易，我本身也沒有什麼存款——不過，多虧妳了，妳能這麼想就太好了，我真的不想請警察過來處理。」

「嗯，好的，這樣很好！但我也有件事想拜託你，你願意幫忙嗎？」

「有事拜託我!?喔，這沒問題啊，妳儘管說，我幫就是了。」

鐵男拍拍胸脯，像是在展現自己的心胸寬大。女子見狀，露出一臉崇拜的笑容，雙手交握在胸前。

「真的！真的什麼都願意幫我！」

「嗯，當然。啊，不過如果是『給我一百萬』之類的我可沒辦法喔，畢竟我不是什麼有錢人。」

「嗯，我不會提那種要求的。」

「啊，那也不能提『倒立走操場一百圈』那種要求喔，那種事一點意思也沒有。」

「嗯嗯，我也不會向你提那種要求的。」

「啊，還有『去幫我殺了某某某』那種我也做不到喔，畢竟真的殺了誰我就完了。」

「…………」鐵男的話讓對方頓時語塞。「我知道啦！我不會叫你去幫我殺人啦！」

她「咚」的一聲拍了鐵男的背，彷彿在遮掩自己的難為情似的。鐵男順勢「嗚」地發出微弱呻吟，露出苦笑。

「好、好喔，那就沒問題了。其他事情我都可以幫妳，妳說說看吧。」

鐵男話一說完，對方立刻陷入沉思，接著又含糊地說道。

「其他事情都可以的話……我想請你幫我搬一個很重的東西……」

「什麼嘛！原來是這種事！」鐵男心想賺到了，他彈了一下手指，繼續說道。「我本來還以為妳會出個大難題給我耶，好，交給我吧，這種粗活我最在行了。」

「真的嗎!?太好了～好開心哦～」女子笑咪咪地向他道謝，不知為何又側身做了個小小的勝利姿勢。「很好，這樣兩件事就同時解決了……」

「是喔，那真是太好了。不過，為什麼是兩件事啊？」

「沒事，沒什麼啦，別在意我的話。」她甩了甩頭上的馬尾，迅速轉了個身，走向小貨車的載臺。「對了，可以讓我看一下那個東西嗎？」

話還沒說完，她已經跳上小貨車的載臺。一邊嗯嗯嗯地點頭，一邊觀察起霸占了整個載臺的低音提琴盒。鐵男看不明白她想做什麼，便也跟著爬上了載臺。

「喂，妳喜歡這個嗎!?可惜這裡面是空的喔，這些是從附近的高中回收來的，但他們只有丟盒子而已——咦、喂！妳在幹麼啊？喂！」

鐵男看著她像是突然想到什麼似的打開了琴盒蓋，接著直接從開口鑽入琴盒內。彎著身子的她，彷彿一把樂器似的剛好塞進了那個空間，之後她又自己蓋上琴盒的蓋子。現在從外觀看這個低音提琴盒，只會覺得裡面裝的就是樂器。

「喂、喂妳到底想做什麼啊？玩捉迷藏嗎!?」

「……………」

沒有任何回應。取而代之的是，琴盒本身猶如調成靜音模式的手機，開始發出震動。他將耳朵貼近蓋子，裡頭傳來痛苦的呻吟聲，似乎是她正在掙扎的樣子。這時鐵男才發現，固定蓋子的扣環不知為何，似乎在剛才蓋上蓋子時順勢扣住了琴盒本體，導致琴盒現在是鎖住的狀態。在他將扣環扳開的同時，琴蓋被猛力地推開，滿臉通紅的她氣喘吁吁地從琴盒中坐了起來。「呼、呼，我還以為會死掉——」

「…………」

到底怎麼回事啊這個女的!?

四

綁著馬尾的她報上自己的姓名：「我叫有坂香織。」

「香織，真是個好名字。」鐵男用大拇指指著自己的胸膛，報出父母給予他的、令他自豪的名字。「我叫作馬場鐵男，叫我鐵男就好。」

「好，那馬場，你就拿著這個琴盒跟著我走吧。」

香織跳下小貨車的載臺，朝著眼前的建築物匆匆忙忙地跑了過去。看來她並沒有打算稱呼他為「鐵男」。不過兩人才剛認識，這也是沒辦法的事。鐵男照著香織所說的，將超大型的低音提琴盒從載臺上拿下。

「嗯——她想請我幫忙搬的東西該不會就是低音提琴盒吧。」

鐵男雙手抱著琴盒，跟在香織身後喃喃自語著。電梯往上升，接著他們抵達了目的地，四樓的三號房。香織迅速地開門，催促著鐵男入內。
「就是這裡，進來吧，快點快點。」
待抱著琴盒的鐵男進到屋內，香織便飛快地關門並上鎖。她的行為讓鐵男感到些許不安。
「為什麼、要鎖門啊？我不是照妳說的把琴盒搬來了嗎？放在這裡就好了吧。」
「不是、不是。」香織聽聞，立刻搖了搖手。「我不是要你幫我搬這個盒子，是要你用這個盒子幫我搬東西。」
「用這個琴盒搬……啊啊，什麼嘛。」總之就是要他幫忙搬運樂器就是了，鐵男理所當然地想著。「我知道了，那是在哪裡？妳要我搬的東西？」
「呃、在……在廚房裡……」
「？」
怎麼會把樂器放在廚房裡？越跟這個女生相處，鐵男就越覺得她很奇怪。帶著內心的疑問，鐵男朝著她揮手的地方走到了門前。他抱著琴盒走進廚房，下個瞬間，鐵男才深刻領悟到她所說的「東西」指的並不是樂器，而是一具女人的屍體。
「——可、可、可惡！妳、妳要我啊！我、我、我要、回去了——」
正當鐵男打算轉身逃離現場時，那只大到不行的琴盒卻被門給卡住，害得鐵男往後摔了下去。他抱著琴盒不斷掙扎，香織的手卻從身後抓住他的衣領。
「不行喔，馬場，你明明說什麼都願意幫我的。喏、拜託你了。」
「拜、拜託是指什麼——」
「把屍體裝到琴盒裡搬走。」
香織的拜託，簡直就像是在說『把那邊的空瓶放到啤酒箱裡搬走』一樣。
「開什麼玩笑！而且我剛才不就說了！我是不可能幫妳幹殺人這種事的！」
「我沒有要你『幫我殺她』啊！她已經死了，我只是請你幫我把她搬走而已——對吧！」
「對什麼對啦！」鐵男驚恐地看著倒在地上，渾身是血的女屍。「真、真的死了嗎？為什麼會死？是自然死亡嗎？還是被誰殺害的？是誰殺了她？難、難不成凶手就是妳？」
「不是喔，我沒有殺她。」
「那是誰？」
「我告訴你是誰的話，你就願意幫我了嗎？」
「不、那是兩碼子事。」鐵男將目光移向他處。「說到底這些跟我也無關……」
「其實是今天早上大概十點，我妹走進廚房後，突然出現了一個看都沒看過的女人——」
「啊！唔哇！妳不要自顧自地說起來啦！妳要說什麼都跟我沒關係！」鐵男伸

出雙手用力蓋住耳朵。「啊——啊——啊——聽不到我聽不到，不管妳說什麼我都都聽不到！」強硬打斷那些與他毫不相干的故事。

「我說你吼，都這把年紀又不是小學生了……」

「要妳管！總之不要扯上我，這種犯罪的善後工作妳自己來！」

「我不就是沒辦法自己來才要拜託你嘛。」

「有這種拜託方式嗎？妳根本是詐騙！這跟故意製造假車禍要求賠償金的人有什麼兩樣！」

「哪有啊，不一樣好不好。我又不是故意去撞車的，那個純屬意外。」

「最好是，妳從一開始就想詐我，這一切都是為了拖我下水的陰謀！」

「我就說不是了嘛。」香織從短褲口袋裡拿出手機，按了按螢幕。「那好吧，究竟是不是交通事故，我們就請警察來判斷囉？」

一聽到警察兩個字，鐵男面前彷彿出現了「吊銷執照」這幾個字，字體不斷閃滅著。不對，這一定是她在故弄玄虛，殺人案件跟交通事故，想也知道哪個比較嚴重。真的把警察叫來，麻煩大的也是她，她才不可能叫警察來。

「你是不是覺得我不可能報警？」

彷彿看穿了鐵男的想法，香織如此問道。

「其實啊，這裡是我妹妹的家。刺殺這個女人的也是她，不是我。所以就算我報警，被逮捕的人也會是我妹。的確，我也不希望妹妹被逮捕，但就算不報警，結果大概也會是這樣。只要屍體繼續放在這裡，妹妹的所作所為遲早會被發現，既然都會被發現，由我們主動投案也會讓警察對我們的觀感比較好。我是很想偷偷把這個屍體丟去哪個地方，雖然有這種想法，但如果確定不可能做到的話，乾脆就放棄直接打一一〇報警好了。跟你說這些可不是我在虛張聲勢哦！」

如此表明自己的立場後，香織便當著鐵男的面開始按起手機。

「……」別被騙了，她就是在虛張聲勢。

「……」香織的手指按下手機的數字鍵①。

「……」要是她不是在虛張聲勢呢？

「……」香織的手指再次按下①。

「……」看起來不是在虛張聲勢。

「……」香織的手指準備往⓪按下。

「不要啊啊啊啊啊啊啊啊啊啊啊啊──」

鐵男大叫著搶去香織手上的手機，十分慌張地闔上手機蓋。他轉向香織，氣喘吁吁地用手背抹去額頭因緊張冒出的汗水。

「知道了，我知道了啦，妳把整件事情的詳細經過告訴我吧。雖然妳做事夠狠，但感覺不是真的壞人。會做到這種程度，表示妳妹妹成為殺人犯背後的真相也沒那麼單純吧。妳把事情的前因後果跟我說，我再──」

「跟你說之後，你就願意幫我？」

「……唔。」

在香織真摯眼眸的凝視之下，鐵男終於勉為其難地點了個頭。

五

有坂香織抬腳、馬場鐵男抬頭，兩人隨著吆喝聲合力抬起屍體，小心翼翼地將屍體搬往放在地上的低音提琴盒。琴盒已經被打開了，裡頭是個趨近於葫蘆形狀的空間。

「好，就這樣直接放下去囉！對、對就是這樣……應該放得進去……」

「對……我自己都可以整個塞進去了……這具屍體一定也放得進去……」

經過一番苦戰，鐵男終於成功將山田慶子的屍體放進充作棺材的低音提琴盒。他表面上聽著香織道謝，內心卻不禁自問：這樣做究竟對不對？

聽完香織口述事情的來龍去脈後，鐵男終究還是選擇了協助香織處理屍體。一半原因是為了明哲保身，不想讓交通事故公諸於世；另一半則是同情香織為了拯救妹妹而做出的行動。沒錯，本來就應該要幫助他人，大概吧。

鐵男決定勉強自己相信這麼做是正確的。

「那我要蓋上蓋子囉！」

眼見香織就要蓋上琴盒，鐵男出聲制止了她。

「凶器就這樣留著不要緊嗎？妳妹的那把短刀還插在屍體上耶。」

「啊、對耶，把凶器留在屍體旁邊就糟了。」

「就是這樣。」

「……就是這樣呢。」

「……要把刀子拔出來。」

「……得把刀子拔出來呢。」

「……可惡！妳是要我來拔嗎！」

麻煩您了。只有在這種時候香織才會特別謙恭地低頭拜託。鐵男無可奈何地搖搖頭，伸手握住插在屍體側腹上的短刀刀柄，一鼓作氣抽了出來。右手殘留了一股討厭的觸感。像是要甩開那種感覺似的，他把沾滿血跡的短刀丟到地上。

「嗚、有夠噁心～」鐵男忍不住打了個哆嗦。

身旁的香織盯著被丟到一旁的凶器，仔細地觀察起來。怎麼了嗎？鐵男問。香織把臉湊近刀子，開口回答。

「沒什麼，只是覺得，這個看起來不太像水果刀耶。」

「妳這麼一說，我也覺得這種形狀與其說是水果刀，還比較像是短刀。」

「春佳都用這個削蘋果嗎？」

「那種事我怎麼知道。沒差吧，又沒什麼特殊要求，本來就什麼刀都可以拿來削蘋果，蘋果就是蘋果。比起思考這種事，還是快點把蓋子蓋上吧！」

「啊、對，好的。」

結果針對凶器引起的種種疑點，就這樣不了了之地結束，沒有更進一步的探討。

兩人將低音提琴盒的蓋子蓋上，現在無論怎麼看，只會覺得裡頭裝的是樂器。就算被人看到他們搬運琴盒，大概也不會有人看出他們其實是在搬運屍體。一切準備都已就緒。接下來只剩要怎麼搬運。

「這個重量只能用車子載了吧。把它放到我的貨車載臺上，再看要丟到哪──」

「啊、對了，說到車子。」香織像是想起什麼似的，從口袋掏出一把車鑰匙。

「這是在山田慶子身上找到的車鑰匙，我想她的車就停在這附近才對。」

「這是 MINI Cooper 的鑰匙耶！」

兩人趕緊往窗外望去，搜尋與此相符的車子。正如他們所想的那樣，這間公寓和蓋在隔壁的綜合大樓之間有個停車場，一輛紅色的 MINI Cooper 就停在其中一角。另外還停了其他車，比方說有輛藍色的進口車，看起來像是法國來的。

「這是妳妹公寓附設的停車場嗎？」

「不是喔，是那棟綜合大樓的停車場。不過來這裡辦事情的人好像常常會搞錯，誤把車子停在那裡就是了。所以我覺得那輛車一定就是山田慶子的。」

「是喔，這樣就更不能把那輛車丟在那裡了。」

「嗯，車子跟屍體都必須移去哪裡才行。」

「那乾脆開那輛 MINI Cooper 載著屍體出發不就好了，我看那輛車的車頂應該也可以載東西喔。」

更好的是，有那輛 MINI Cooper 可以用的話，自己的小貨車就不用充當靈車了。聽完鐵男的提議，香織彈了一下手指表示贊同。

「馬場你說的太對了！」她一臉開心地指著鐵男的胸口。「好，就這麼定了！把屍體放到 MINI Cooper 上然後就出發！」

六

在那之後又過了幾分鐘。鐵男與香織合力抱著低音提琴盒走出家門。裝進屍體之後，琴盒的重量連一向自豪體力活的鐵男都覺得獨自搬運有些吃不消。兩人只好讓琴盒的底部拖在走廊的地板上，慢吞吞地拉著琴盒前進，好不容易才走到電梯門前。此時走廊上空蕩蕩的，也沒有人在等電梯。

不久，電梯升至四樓，鐵男將琴盒拖進電梯內，接著伸出手指飛快地在「關」的按鈕上「答答答答答」地敲打，手速簡直跟高橋名人的神之手不相上下。「關關關關關……」

「馬場，冷靜點！你再怎麼按關，電梯門也不會比較快關上啊！」

「才沒這種事！按十次說不定就會快十倍關上呀！」
心急如焚的鐵男死命地敲擊著按鈕。可以的話，最好像現在這樣，沒有半個人看到他們走出這棟建築物。眼見反應緩慢的電梯門終於要關閉，鐵男這才終於鬆了一口氣。但就在這個當下，意想不到的事情發生了——
「啊！等一下！」
正當他們覺得好像聽到誰的叫聲時，穿著POLO衫的青年就鑽過門縫闖進電梯裡來了。接著青年按下「開」的按鈕，即將關閉的電梯門再度開啟。
「……搞！」搞什麼鬼啊，這個混蛋！竟然用一根手指頭，就把我好不容易才讓它快闔上的門給打開了！不要自作主張啊！這可是我的電梯耶！
當然，電梯是不屬於任何人的，但鐵男卻壓不住那股不講理的怒火沸騰，他的面容因為內心過於糾結而抽動起來，嘴巴也一張一合的。面對這樣的鐵男，青年露出親切的笑容，謙恭有禮地低頭道歉。
「不好意思，因為我們在趕時間——喂！大家——快點來啊——」
「……呃。」大家是什麼意思？喂、該不會！
鐵男暗道不妙，他往走廊看了一眼，五名大學生外貌的男女正一個接著一個走了過來。鐵男硬生生地將差點脫口而出的哀號吞回肚裡。
冷靜、冷靜啊馬場鐵男，這種程度還在預料之中，就是因為有可能遇到這種事，所以才特意把屍體裝在低音提琴盒裡的啊！沒必要因此亂了陣腳。其實身旁的POLO衫青年剛才也看了一眼低音提琴盒，但他的表情並沒有產生任何變化。換句話說，我們看起來就是只是在搬樂器而已。

鐵男拚命地與內心不斷湧上的不安交戰著。毫不知情的年輕人一個個走進電梯，小小的電梯箱裡人滿為患，幾乎沒有立足之地。就在最後一位年輕人走入電梯的瞬間，宣告毀滅的惡魔之聲也在狹小的電梯內迴響起來。

嗶——！

超重的警示音響起。鐵男一臉鐵青，全身跟著僵硬起來。香織則滿臉通紅地低下了頭。

毫不知情的POLO衫青年卻彷彿知道內情似的懷疑說道。

「竟然超重了？真詭異，這部電梯應該可以坐八個人才對。」

經他這麼一說，其他男生女生也跟著討論了起來。

「剛好八個人呀！」「承載限定也是寫八人。」「那為什麼會嗶？」「有人超過一百公斤嗎？」「沒有吧。」——接著又有人低聲說道。「我知道了，是因為有低音提琴的關係。」

六名男女一同將視線放在鐵男抱著的黑色琴盒上。鐵男像是上下左右都被鏡子包圍的蟾蜍，身上的汗液不斷滲出。但他成為大家的注目焦點不過是一瞬間的事情罷了，很快地，這群年輕人中就出現一名較識相的人走出電梯。

警示音停止，這次門是真的要關了。老舊的電梯開始叩隆叩隆地向下移動。

尷尬的沉默輕輕降臨至電梯廂內，直到誰又提起剛才的疑問。
「低音提琴有那麼重嗎？」「應該比一般人輕吧。」「那為什麼剛才會嗶啊？」「警示器壞掉了吧？」——接著，有人這麼說了。「說不定有個大家都看不見的人，就跟著我們一起搭電梯。」
鐵男的心臟幾乎要從喉嚨跳出來了。那個人說得沒錯，雖然電梯內看起來只有七個人，但實際上卻有八個人，所以才無法接受第九個人搭乘。而那個大家都看不見的人現在就在低音提琴盒裡。這些人會注意到低音提琴盒裡有蹊蹺嗎？不、其實他們早就發現了吧？鐵男感到十分不安。接著——
「哼哼，你們什麼都不懂啦！」
先前的ＰＯＬＯ衫青年以些許囂張的口吻說道：「低音提琴這種東西可是比我們想像中的還要重多了，光是琴盒就有十幾公斤，再加上提琴本身，哇那真的超重的——對吧？」
「咦！」突然被搭話的鐵男心想機不可失，立刻大大地點了個頭。「對、對呀，說得沒錯！低音提琴本來就是很重的樂器，所以剛才電梯才會叫啦！啊哈、哈哈。」
「大概跟一個嬌小的女生差不多重嗎？」
「對，跟一個嬌小的女生——唔什麼！」鐵男猛力地搖著頭，力量大到就算得了揮鞭症候群也不奇怪。「怎麼可能！沒有那麼重啦！說到跟一個嬌小女性差不多也太——」

「是哦，那到底為什麼會嗶啊——？」

「……呃。」糟糕，問題又回到原點了。鐵男微微低頭，用著細絲般的音量拚命辯解：「就是……那個……這個嘛……簡單說就是……就樂器而言算是滿重的……但也不到一般人的重量……但是……還是可以重到讓電梯叫……所以……怎麼說……不是常有這種事嗎……呃……」

香織伸出手，從後方拍了拍開始語無倫次的鐵男的肩膀。「走囉，馬場。」

「啊——」鐵男抬頭一看，電梯早已抵達一樓，那群年輕人也已走遠，前方時不時傳來他們的嘻鬧聲，似乎不如鐵男所擔心的那般對琴盒裡的東西感興趣。鐵男的雙眸充滿深深的怨恨，惡狠狠瞪著他們的背影。

「可惡，那些傢伙一定是故意來鬧我的！他們就是故意要看我回答不出來！」

沒有的事，你想太多了啦。身旁的香織如此安慰著鐵男。

之後兩人一前一後搬著琴盒走出建築物。由於兩人搬琴盒的樣子看起來實在太過吃力，吸引了不少路人好奇的視線。鐵男露出氣勢洶洶的樣子，像是在說：喂、你們看什麼看啊！身後的香織則是不好意思地陪笑著，彷彿在說不好意思似的。

沒過多久，兩人便抵達了綜合大樓的附設停車場。他們一面驅趕著跑到他們腳邊晃來晃去的肥胖三花貓，一面往停車場那臺鮮紅色的 MINI Cooper 走近。

車頂已經裝有銀色的貨架了，空間剛好可以放上低音提琴盒。兩人不發一語地朝對方點了個頭後，便各自站到琴盒的兩側，配合呼吸。

「準備好了嗎？要抬囉！」「嗯，好了！」「開始囉！」「好，預備——」「一——二——三，抬！」「嘿——咻——」「一、二、三」「等等等等！」「暫停暫停！」

鐵男與香織將笨重的琴盒暫時放回地面，氣喘吁吁地向對方抱怨起來。

「我們……動作完全……搭不上嘛……根本不適合……一起工作。」

「真的……我也……完全抓不到……你出手的時機。」

但如果兩人無法齊心協力，裝著屍體的低音提琴盒便永遠無法放到車頂上。鐵男將臉靠向香織，認真地推敲起解決辦法。他們花了三十秒討論，接著再次站到了琴盒兩側。「香織，準備好了嗎？」「馬場，準備好了。」兩人互相點了個頭。

「預備——」

「——起！」

隨著彼此的吆喝聲，兩人終於將一名嬌小女性的重量抬上車頂。大功告成。此時的兩人就像成功發射火箭的ＮＡＳＡ（美國國家航空暨太空總署）的管制官們一樣，不斷地互拍肩膀並熱情擁抱著對方。鐵男甚至覺得有種說不上來的成就感。之後鐵男用繩索固定好車頂上的琴盒，避免發生車子開到一半琴盒落下，裡頭的東西還摔出來的慘劇。他仔細作業著，不久，一輛車頂捆著低音提琴盒的 MINI Cooper

就出現了。

「總覺得還滿可愛的耶，這個，像 MINI Cooper 戴著帽子一樣。」

「的確，看起來還滿像的。」雖然其實不是帽子，而是屍體。

「那我們趕緊出發吧！誰負責開車？」

「那我來吧——啊、但要等我一下。」鐵男用大拇指比向馬路。「我的小貨車還停在路肩，我先去把它停在附近的百元收費停車場。妳在這裡等我吧，我馬上回來。」

話才剛說完，甚至都沒有聽到香織的回答，鐵男便跑出停車場，再往他停在馬路上的小貨車跑去。他坐上駕駛座，安全帶也沒繫便發動車子。往前開了一百公尺後，他的目光停在百元收費停車場的招牌上。

正是這個當下，鐵男的腦中浮現起雖然邪惡卻又是人之常情的想法。

「咦，等等。」鐵男停下車子，開始思考。「我現在不就可以逃跑了嗎!?」

雖然這樣做等於是背叛香織，但自己本來就是被她半強迫來幫忙的，而且我也已經把屍體搬到車上了，剩下只要看香織自己喜歡哪裡，再把屍體丟到那裡就好。那種程度她一個人應該也做得到才對，我的任務已經結束了。做為交通事故的補償綽綽有餘了。沒錯，乾脆就趁現在——

「趁現在開溜吧——你不會正在打這種如意算盤吧，馬場？」

「唔哇！」忽然有個聲音從駕駛座窗外的斜後方傳來，嚇得鐵男從座椅往上彈了至少有十公分高。「香、香織，妳幹麼啊！應該說，妳從哪裡冒出來的？」

鐵男立刻開了車門，往後確認。沒想到香織竟然在小貨車的載臺上，剛才她就是從那裡撐起身子對著駕駛座出聲的。

「這、妳這人，是什麼時候……」

然而，鐵男也不是真的想知道答案。她根本從鐵男發動車子時，就已經爬到載臺上藏起來了。是在無論如何也不許鐵男背叛自己的執念之下做出的神技嗎？香織看著啞口無言的鐵男，再次確認般地問道。

「你不會丟下我逃走的吧，馬場？」

「呃……啊啊，才不會咧，我哪會逃跑啊！」

「那就好，既然如此，現在就把車子停在那邊的空位吧！你看，就是那格。」

「……我剛才就打算這樣做啦！」

鐵男放棄逃跑的念頭，聽從香織的吩咐將小貨車停在格子內。

就這樣，兩人返回來時路，再次回到MINI Cooper旁。

他們分別上了車，鐵男坐進駕駛座，香織坐上副駕駛座。終於可以正式出發了，希望接下來不要再發生什麼事了。鐵男抱著不安的心情，慎重地發動車子。

車子剛要離開停車場時，和一輛黑色賓士交錯而過。

察覺到賓士駕駛座上的年輕女性往自己瞪了一眼，鐵男忽地心頭一驚。他神色僵硬地避開對方目光，但想了想又覺得是自己多心了，於是他立刻將視線移回前方，畢竟萬一出事故就不好了，必須徹底執行安全駕駛。不久，在鐵男開始習慣這輛進口車的駕駛後，他向副駕駛座上的香織提出了一個最重要的問題。

「所以，我們要把屍體丟到哪裡？」

「嗯，因為這裡是烏賊川市嘛，果然還是丟到烏賊川的河邊之類的地方吧？」

她的口氣聽起來就像是在說要把壞掉的電視拿去丟掉一樣，鐵男心想。

第二章　抵達月牙山莊

啊啦!?那輛車，好像是剛從我們大樓停車場開出來的——

「又是亂停車的吧，真是的，一個比一個臉皮厚！」

坐在黑色賓士駕駛座上的二宮朱美瞪了一眼對向來車的司機，四目交接的瞬間，坐在駕駛座上的年輕男子彷彿目擊了重大的犯罪現場似的，僵硬地將臉撇開。看樣子他很明白自己的行為是不對的，那一開始就不要亂停車啊！朱美喃喃自語地抱怨著。

二宮朱美是現居烏賊川市的大樓房東。雖然年紀輕輕，但父母已經買了一棟名為黎明大廈的綜合大樓給她，之後她便靠著收房租這種被動收入過日子。簡單說來，就是一個不用辛勤工作也可以輕鬆度日的大小姐。即便如此，對於停車場被別人擅自使用，她也是會生氣的。

朱美帶著不愉快的心情駕駛著賓士，漫不經心地將車子粗魯地開進自家大樓的停車場。就在這時，一名男子突然從停在一旁的藍色雷諾陰影處出現，朱美急忙踩下煞車，但男人已經直直倒下，從駕駛座上的朱美的視野中消失。朱美遲疑了一下，接著慢條斯理地重新發動車子，還切了兩次才終於將賓士停到自己的停車格中。確認塑膠袋裡的雞蛋毫髮無傷後，她走出駕駛座，接著一臉擔心地跑向倒在地上動也不動的，身穿西裝的三十多歲男子。

「你沒事吧？鵜飼！」

「妳還知道要關心我啊？朱美。」

倒在地上發牢騷的人是一名叫作鵜飼杜夫的男人。他在黎明大廈四樓招搖地掛起「處理任何麻煩事」的招牌，是立志為孩子們的美好未來奉獻的治癒系私人偵探。然而對朱美而言，他就是個經常積欠房租的麻煩人物，要先被處理的麻煩應該是他本人才對。鵜飼目不轉睛地盯著朱美，繼續抱怨。

「一般人發生這種事，一定是馬上跑下車問對方『您有沒有受傷？』吧！但妳這傢伙竟然——」

「真是非常抱歉，請問您有沒有受傷？」

反正他接下來一定會這麼說的：哼哼，這種程度就受傷的話，怎麼可能勝任偵探這個職務——之類的。

「受傷!?嗯，看起來是沒什麼問題。」鵜飼坐起上半身，拍拍袖子上的灰塵。「說到底，這種程度就受傷的話，怎麼可能擔當偵探——」

「是是是。」

「是什麼是啊！妳就是這種地方最傷人！我可是以為自己要被輾過去了，差點沒被妳嚇死。」

「哎呀，沒事啦，偵探哪是會這麼容易死掉的人種。」

「哼，那是妳不知道，真的跟賓士撞上的話，就算是偵探也是會死的。」

「是你突然跑出來的吧。」

朱美一邊抱怨，一邊無可奈何地對鵜飼伸出手。「好啦，趕快站起來，你到底為什麼要在停車場裡鬼鬼祟祟的？」

「我是在等人。」鵜飼接住朱美的手，踉踉蹌蹌地站起，皺著眉頭用手按壓他發疼的腰。「距離約定的時間已經過了一陣子，但我在辦公室都還沒看到人，所以才焦急得不得了，想說來停車場這裡看一下狀況——」

然後就差點被賓士輾過去，這人簡直就跟等不及聖誕老人來的孩子沒什麼兩樣。朱美在內心碎碎念著。

「所以是誰啊？你在等的人。啊，難不成是新的委託人？」

「嗯，大概是吧。」

「哇！很好啊！」他的偵探事務能夠有新的委託人，大概就跟聖誕老公公出現一樣難得一見。「對方是怎麼樣的人？有錢人嗎？」

「不——」

「那，很窮囉？」

「並不是那樣，我還什麼都不清楚。因為我也只有跟對方通過電話而已，聲音聽起來應該是名年輕女性，而且一定是美女，我從聲音就可以聽出來。」

「我不覺得聲音可以聽出來這種事，那名字有嗎？」

「喔，這個倒是有。」鵜飼不加思索地報出對方的名字。「叫作山田慶子。但這個名字太過普通了，有跟沒有一樣，還是什麼都不知道。」

朱美與鵜飼一同走上樓，他們的目的地是位於四樓的「鵜飼杜夫偵探事務所」。一進到事務所，就看到一名青年橫躺在沙發上看漫畫雜誌。他穿了件印著南國海邊與扶桑花的夏威夷襯衫，下半身是件舊牛仔褲，腳上的則是拖鞋。這身無法令人贊同的穿著的主人，是一名叫作戶村流平的青年。他是偵探事務所的非正式員工，也是鵜飼偵探的徒弟。

一見到用手按著側腹的師父出現，流平便以驚訝的口吻問道：「發生什麼事了？鵜飼先生，誰害你變成這樣的？」說完又動手翻了一頁漫畫，看不出他是真的在關心。

果不其然，鵜飼刻意發出了微弱的聲音回答「我差點被車子輾過去。」但流平聽了只是冷淡地回應「是哦，那還真慘耶。」不是真的想知道的話就別問啊！朱美心想。

「話說流平，你在做什麼啊？都不用工作嗎？」

「咦——妳怎麼會這麼問？朱美小姐，我看起來像是在玩嗎？」

「看起來的確沒有在玩。」只是在看漫畫。「但至少也不像是在工作。」

「才沒這種事。我可是在等電話呢，對吧？鵜飼先生。」

「啊啊，說到這個，山田慶子後來也都沒打來嗎？」

「嗯，一通電話也沒有，感覺她永遠都不可能再打電話過來了。」

「是喔……那就麻煩了。」

鵜飼的臉上閃過一絲不安。明明兩三個月沒收入都不要不緊，這種神經大條的人竟然也會露出這樣的表情，還真是稀奇。朱美對此感到十分好奇。不，朱美感到好奇的並不是這名偵探本身，而是他所面對的案件。朱美雖然不是偵探事務所的員工，但身為大廈房東，偵探事務所就像是自己底下的部門一樣，她毫不猶豫地主動介入了這起事件。

「這次是什麼樣的委託呢？」

「啊，這個我也還不清楚耶。」流平向鵜飼詢求說明。「是外遇調查？尋找失物？還是寵物走失協尋？」

然而鵜飼只是一臉為難，朝著兩人聳了個肩。

「其實我還沒接到委託啦！」

還沒接到委託？這是什麼意思？為了方便說明，鵜飼把一臺稱之為古董也不為過的小型錄放音機放到桌子上。「這個，真的還會動嗎？」也難怪朱美會提出這種根本問題，畢竟在現代社會，還能正常運作的錄放音機簡直就是瀕臨絕種的東西。

「當然會動了。」鵜飼挺起胸膛，一副不想被小瞧的樣子。「打來偵探事務所的電話，全部都是靠這臺錄放音機錄音的。」

「是……是哦……」

為什麼要用錄放音機來錄音？本來想問這個問題的，最後還是忍住了。畢竟這就像是在問一個住在四張榻榻米大的房間、用著超大型舊式電視機的人，為什麼不換薄型的液晶電視一樣。

「昨天夜裡有一通電話打來，反正，你們兩個都先安靜聽就是了。」

鵜飼將手指舉到嘴巴前比了個一字，按下錄音機的播放鍵，錄音帶開始轉動。朱美與流平兩人坐在沙發上，吞了一口口水。隱隱約約可以聽到錄音機傳來的機械聲響。他們側耳傾聽著喇叭傳來的細微噪音，過了五秒……十秒……緊張的氛圍逐漸膨脹，正當朱美使勁地將所有注意力都集中到她的耳朵時，鵜飼嘀咕了一句。

「──啊，壞掉了。」

朱美與流平同時從沙發上跌下。害我們這麼緊張，結果竟然是這樣！

「所以我剛才才問你這東西真的會動嗎！再說，現在哪裡還有用錄音機來錄重要對話的偵探，這種偵探的存在本身就很奇怪！再怎麼窮，做為偵探必備的基本投資也不能如此隨便吧！所以我說你這個人就是……」

鵜飼在事務所裡東閃西躲地躲避朱美連珠炮似的碎碎念。

「好、好啦，冷靜一點，朱美。總而言之，錄音帶本身應該是好的，不然先用那臺手提音響來放──」

鵜飼將這臺年代看起來也相當久遠的ＣＤ手提音響放到桌上，將錄音帶放進其中一個卡帶匣。按下播放鍵後，終於能夠從喇叭聽到昨天的電話內容了。打電話來的是一名女性，接電話的則是鵜飼。

『請問，是鵜飼偵探事務所嗎？』

『是的，這裡是兼具傳統與成果、勇氣與信賴的鵜飼杜夫偵探事務——』

『不好意思打擾了，其實是有一件非常緊急的事情，希望能跟您商討一下。』

『您太客氣了，我們非常高興能夠接到您的來電。敝偵探事務所的服務項目小至尋找失物，大至調查殺人事件，凡事無所不包，一定能滿足客人您的需——』

『我想也是，所以才打電話來的。其實是豬鹿村有間叫月牙山莊的歐風民宿，目前情況不太穩定，可能會發生什麼大事。』

『您說什麼？您所說的大事，可否舉例一下是哪——』

『哎呀，這部分我無法在電話上說明，請問我明天方便過去打擾嗎？詳細情況到時也會一併告知。』

『當然沒有問題，順便一提，我們營業時間是從早上十點——』

『好，那我明天十點準時登門拜訪。』

『好的，了解。另外，請問您尊姓大——』

『不好意思沒有先自我介紹，我叫作山田慶子，慶子的慶是慶應大學的慶。以防萬一，我也留個電話吧。我的電話是ＸＸＸ－ＯＯＯＯ。』

『好的。另外，您知道我們鵜飼偵探事務的所在——』

『嗯，我知——討厭啦！那種事人家當然知道啊，嗯，嗯，好喔，沒問題，那下次再聊哦！』

『那我先掛電話囉～』

『嗯，那明天見哦～』

『好哦，拜拜～』

電話啪的一聲掛斷，只剩下錄音帶還在轉動的聲響。

朱美微微歪著腦袋，不曉得該說什麼才好，感覺這通電話充滿著許多疑點。

待鵜飼按下停止鍵，流平立刻天真地問道。

「你們最後是怎麼了？為什麼突然變得像女生在跟好朋友講話那種好來好去的樣子？」

「這只是我的猜想，應該是山田慶子電話講到一半突然發現有誰來了吧。為了不要讓人聽出她是在跟偵探說話，所以才突然裝作是在跟女性朋友講電話。」

「那你也用不著跟著裝成是她的女性朋友吧。那什麼，最後那句『嗯，那明天見哦～』也太噁心了。」

「我這邊跟著配合的話，她那邊不是會更好演嗎？」

那種貼心完全不需要，但現在為此爭辯也毫無意義。

「總之，」朱美開口說道。「從這段對話可以得知，對方叫作山田慶子，她有預感月牙山莊這間歐風民宿會有事件發生，而且她不想報警，反倒是想藉助偵探的力量去處理這件事。大概就這樣吧？」

「嗯，若要說還有什麼的話，就是山田慶子是個不把別人的話聽到最後的女人。你們聽她剛才也是一直打斷我的話，直接說她想說的。」

「那是因為你廢話太多，人家才聽不下去吧？」

記得他剛才還說了什麼——兼具傳統與成果、勇氣與信賴的鵜飼杜夫偵探事務所，這種自我宣傳也太超過了。但鵜飼卻不這麼認為，他搖了搖頭，似乎在抗議著：才沒有這種事呢。

「總之，打電話來的這名女性今天早上十點會過來，到時就可以解開這些疑問了吧。流平，現在幾點了？」

「下午三點半了。」

「下午三點半！」鵜飼用力踏了下地板，順勢站起身。「為什麼她沒有過來，難不成事件已經發生了嗎？還是發生事件的危機解除了？如果是那樣倒沒什麼問題，但若不是，問題就大條了——你們不覺得嗎？」

「問題的確很大條呢。」委託人沒有來，就代表偵探們的怠惰生活會持續下去，那樣的確很令人困擾。「總之先打她的手機看看？」

「已經打好幾次了，但是都沒人接，感覺越來越詭異了。」

「原來是這樣，那到底是為什麼呢？」

朱美微微傾頭。一旁的流平露出壞笑，自顧自地說起不是很吉利的推測。

「說不定山田慶子早就被誰抓起來，陷入無法接電話的困境——換句話說，就是被消失了，之類的。」

「說什麼呢。」面對流平的玩笑話，朱美一笑置之。「雖然我也覺得滿奇怪的，但鵜飼你應該沒有餘裕一頭栽進還沒接到委託的案件吧。」

「當然，再怎麼說鵜飼先生也堪稱是個職業偵探，跟那種沒有報酬也無妨，僅僅因為好奇就行動的業餘偵探是不一樣的。」

鵜飼沉默以對朱美與流平的冷言冷語。再怎麼以遲鈍出名的名偵探，似乎也終於明白在目前的空間裡，沒有誰是站在自己這邊的。

「那我要去打掃樓梯了，先這樣——」

「我也要去超商打工了，再見啦——」

「喂喂喂！你們你們你們！」

身後傳來鵜飼的叫喊，兩人同時回過頭去。

「怎麼了？」「幹麼？」

鵜飼伸手來回指著朱美和流平。

「現在不是說『怎麼了？』跟『幹麼？』的時候吧——你們這兩個冷血動物！你們自己說說看，打掃樓梯跟超商打工，還有偵探的工作，到底哪個才是最重要的啊！」

「………」「………」

朱美與流平相互對看了一眼，接著幾乎同時轉向鵜飼。

「打掃樓——」「超商打——」

「好好好好，你們先冷靜一下、冷靜一下。」

鵜飼慌忙打斷兩人接下來的話，催促他們往沙發上坐下。

「那個，我明白你們的想法了。的確，沒有必要處理還沒接到的委託，我自己也不想無償工作。不過，只是去確認一下應該還好吧？豬鹿村就在附近，民宿的位置也已經知道了。之前我有稍微查過，月牙山莊好像是很漂亮的歐風民宿，盂蘭盆節也剛過，人應該不會太多才對。把這個想成是遲來的暑假，一起去度個假怎麼樣？到了那邊，萬一山田慶子預告的事件真的發生了也好，要是沒發生，我們就當作放鬆身心，再回來就好了——而且，月牙山莊可是有附設溫泉的。」

「溫泉……哈？」朱美總算聽明白鵜飼的企圖了，原來他看中的是那個！

簡而言之，這個偵探拿山田慶子充滿疑點的電話當作藉口，其實是想趁機去附設溫泉的歐風民宿度假罷了。明明沒賺什麼錢，卻還想著要放暑假，真是笑死人了！朱美瞪著面前的貧窮偵探，開口說道：「我說鵜飼啊，你是在說什麼傻話——」

「太棒了！鵜飼先生！Nice idea！」

流平打斷朱美的發言，無限感慨地說道。

「您讓我刮目相看了，鵜飼先生。鵜飼偵探事務所的夏日員工之旅，這不是很棒嗎？現在怎麼會是去超商打工的時候，請務必讓我與您一同前往。」

「哦，你總算明白我的用心了，流平！」

鵜飼與流平這對師徒互相拍著對方的肩膀，分享彼此的喜悅。雖然覺得跟這兩人再說下去也是白費唇舌，但朱美還是苦口婆心地勸告著。

「什麼夏日員工之旅嘛！你們明明每天都跟在放暑假一樣，再休息下去怎麼得了啊——欸、等等，你們現在到底在幹麼啦！」

朱美的話才說到一半，流平已經興高采烈地拿出旅行用提包，而鵜飼也撥起月牙山莊的訂房電話了。

二

有坂香織的手機響起來電鈴聲。她用一隻左手取出口袋中的手機，來電顯示為正在仙台的春佳。香織慌張地接起電話，一臉慎重地低聲說道。

「喂？春佳，怎麼了嗎？發生什麼事了嗎？」

「沒有，我這邊都沒事喔姊，只是我訂好了今天晚上要住的旅館，想說打電話跟妳說一下。」

「哦，是這樣啊，因為是我叫妳這樣做的嘛。嗯——所以是哪間？」

「距離仙台車站走路十分鐘，一間叫『城市商旅青葉』的商業旅館。」

「嗯、嗯，我知道了。呼——那春佳妳就在旅館好好休息，剩下的事都不用妳操心——嗯唔。」

「好，我知道了……姊？」

「怎麼了？」

「姊妳剛才一下『呼』一下『嗯唔』的，發生什麼事了？妳身體不舒服嗎？該不會是因為我的事太過勉強自己了？」

「沒、沒這回事啦！我才沒有怎麼樣。聽好囉，春佳不用擔心那些事，那些全部，都交給姊姊就好了，知道了？比起那些，春佳，我現在有點忙，不好意思……」

「啊、是這樣啊！對不起，妳在忙我還打來，那我先掛了！」

「嗯，我晚點再打給妳。」幾乎是掛掉妹妹電話的同時，香織又發出一聲「喝啊！」

她一鼓作氣，重新抱好快要掉落的巨大行李。在香織用左手操作手機時，她是單用一隻右手抱住整個低音提琴盒上半部的。如文字所述，她的手從頭到尾都沒有離開過琴盒。琴盒的下半部則是由鐵男抱著，兩人當時正一前一後，抬著裝入屍體的琴盒穿越烏賊川的堤防用地。

「剛才那通電話是妳妹打來的嗎？她說了什麼？」

香織頭也不回地回答身後鐵男的提問。

「沒特別說什麼……啊、對了，我有跟她提到你，她要我特別跟你說：『我們素不相識，你還這麼幫忙，真是太感謝你了。』她非常感謝你喔，聽起來好像都哭了。我猜她一定迷上馬場你了，嗯，絕對是這樣。」

「是、是這樣嗎……嘿嘿，哪裡，這種事用不著道謝啦，我不過是做了應該做的事情而已。」

「…………」

對不起囉，馬場，其實根本就沒有人跟你道謝。香織不禁在心中感到有些抱歉。但是，她可不能因此軟下心來。因為不能把妹妹交給警方，只好利用這個男人的單純善良了。沒有什麼好猶豫的，我的心已經交給惡魔了。

而且——香織一面感受陷入手腕的琴盒重量，一面想著——果然讓馬場鐵男成為共犯這個選擇才是正確的。單憑自己的力量，想必連一公尺都無法移動這個裝了屍體的琴盒。

如此這般之後，出現在兩人面前的是幾乎跟一般人差不多高，茂密的雜草叢林。

「香織妳看！這地點不是很棒嗎！」

「真的！丟在這裡的話一定不會那麼快就被發現的！」

香織與鐵男彷彿發現了伊甸園的夏娃與亞當，高聲歡呼了起來。他們迅速撥開雜草，往前走去。不久，在解決一叢特別高大的雜草後，兩人眼前的視野忽地一片開闊。「……咦!?」

一名穿著丹寧襯衫的青年佇立在一棵枯瘦的松樹旁。青年看起來像是被發現惡作劇的孩子，倏地把什麼往身後藏了起來。這種場合不說點什麼不行，香織忽然覺得有些焦躁。然而就在香織開口之前，青年反倒像鬆了一口氣地開口說道。

「哎呀，你們也都是來這邊嗎！」

「什麼!?」香織倒抽一口氣。

「其實我也是喔！」

我也——什麼!?他應該不是要說「其實我也是來這裡棄屍的喔！」吧。那也就是說，該不會——討厭的預感湧上心頭，香織的身子因此顫抖了一下。面前的青年卻彷彿見到同伴般，面露親切的微笑。

「那是低音提琴吧？看起來真棒，我用的是這個，你們看！」

青年一臉得意地拿出藏在身後的東西。盛夏的陽光下，金色的小喇叭散發出燦爛的光輝。原來這名青年是經常出沒在河邊的業餘音樂家。

香織和鐵男將琴盒底部放置地面，盡量裝出裡頭裝的是樂器的樣子，只需要輕鬆的支撐。接著兩人將臉貼近彼此，低聲討論起來。

「怎麼辦，那個人好像以為我們是演奏家。」

「沒辦法，只有那種人才會特地把樂器運來河邊，他會這樣想也不奇怪。」

兩人哀怨地為自身的不幸同時嘆了口氣。另一邊，手持小喇叭的青年則露出天真無邪的笑容，向他們提出了無理的要求。

「欸欸，可以讓我看看裡面的樂器嗎！當然，假使你們不介意的話，我還想聽聽它發出來的聲音！」

「…………」

十分抱歉，屍體是無法演奏的。

「不好意思，我們兩個比較想獨處。」結果香織與鐵男只好裝作熱戀中的恩愛情侶，再次抬起沉重的琴盒。兩人逃也似的離開了現場，身後則傳來令人聯想起豆腐店喇叭聲那種有待加強的小喇叭吹奏聲。

「可惡，他絕對是故意的！大家都把我們當笨蛋耍，絕對是這樣！」

說不定真的是這樣。就連香織也漸漸覺得馬場說的是對的。

「唉，沒想到棄屍比想像中要難多了——」

香織眺望著烏賊川即將西下的夕陽，深深地嘆了一口氣。

「我還以為就跟把壞掉的電視丟掉差不多，看來差遠了。」

「妳這人，果然一直把事情想得這麼簡單啊！」

鐵男一臉哀怨地瞪著香織。香織則傻笑著抓了抓頭。

香織和鐵男將 MINI Cooper 停在烏賊川的河堤，車頂上依舊載著那只黑色的低音提琴盒。在被業餘音樂家干擾之後，他們也有過幾次「就是這裡了」的機會，比方說杳無人跡的河邊、陰森森的橋下，又或是河口附近的廢棄工廠，真要在那些地方棄屍也不是不行。

但每當他們準備棄屍時，不是剛好有警車經過，就是碰到流浪漢，再不然就是遭受天真無邪的孩子們的戲弄：「哇——是情侶、是情侶耶！」。最後香織兩人只能畏首畏尾地離開，時間也在不知不覺中來到了傍晚。

「算了，反正晚上比較好行動。」

這樣安慰自己後，香織從副駕駛座的窗外眺望著外頭的景色。

烏賊川市的河邊提供了市民休憩的去處。有跟小狗一同在人行道上慢跑的中年男子、興高采烈打著棒球、踢著足球的少年們，還有相互依偎著散步的情侶們。各式各樣的人們，以各自的方式度過他們的星期五傍晚，真是既平凡又和諧的日常風景。香織忽然感到有些喪氣，好像只有他們兩人被這個世界拋棄了一樣。

「現在忙著搬屍體的，大概就只有我們了吧——」

「這還用說嗎，要是大家都在搬屍體也太詭異了。」實際上光是一、兩個人就已經夠詭異了。坐在駕駛座的鐵男坐直身子，開口問道。「所以妳接下來想怎麼做？還是要丟在河邊嗎？」

香織搖了搖頭，一臉已經受夠了的樣子。

「河邊就算了吧，出乎意料地引人注目。比起河邊，丟到山裡怎麼樣？說到棄屍，果然還是會先想到山區吧？」

「的確，說到屍體，印象中都是埋在山裡。」鐵男將目光移向與河川完全相反的方向。「要去山區的話，不如就去岔藏山吧？」

岔藏山位於烏賊川市後方，是住在鎮上的人都不陌生的深山。烏賊川市的水源有幾處就來自岔藏山的山頂附近。若沒有岔藏山，就不會有烏賊川，而沒有烏賊川，烏賊川市也不會是烏賊川市了。就是這樣的連帶關係。

「對了，提到岔藏山就想到豬鹿村，豬鹿村不就是山田慶子的老家嗎？」

雖然不能百分百確定，但山田慶子是豬鹿村居民的可能性很高。

「原來如此，山田慶子住在豬鹿村的話，她的屍體在豬鹿村的某處被發現也比較好，這樣不僅說得過去，也能降低我們被捲入案件的風險。」

「就是這樣，好，就這麼做吧！馬場。」

好啦好啦、拜託啦。香織拉起鐵男的手腕請求，最終他也答應了。

「知道了，那就決定去山裡。不過我有一陣子沒去岔藏山了，完全不曉得走哪條路去比較好喔，而且這輛車也沒有裝導航。」

「沒問題啦，這部分就交給我。」

香織伸出右手拍拍自己的胸口，接著指向烏賊川的上游。

「你看，只要跟著這條河往上走就行了，不會有錯的，因為烏賊川的源頭就是岔藏山嘛！沒問題的。踏上這條路會通往何方？別擔心，只要邁出步伐，那一步

就是路、那一步就會成為路。不要迷惘，向前走吧……」（註1）

走了就知道！

三

「……這個那個、什麼都妳在說！」

與有坂香織兩人鬥志滿滿，還互相將對方的隨口胡謅照單全收，這便是一切錯誤的源頭。一、二、三，換檔，往前衝啊！這種樂觀的局勢只發生在最初。現在，馬場鐵男所駕駛的 MINI Cooper 已經完全在陰暗的森林裡迷路了。

坐在副駕駛座的香織不好意思地縮著身子，頭上的馬尾也宛如枯萎的花一般。鐵男已經完全忽視香織報的路，而是憑自身感覺在森林裡開車了。

「我們現在到底在哪裡啊？」

黑夜籠罩了整個四周，剛才還與烏賊川並行的道路，早在不知不覺間偏離河川，現在就是一條浮現於黑夜中的單行道。但順著這條路走下去會發生什麼事，這個答案連鐵男自己也不清楚。

註1　取自日本室町時代一休宗純（一休和尚）的名言，也是日本摔角界傳奇安東尼奧豬木的座右銘。

「但是啊，都開到這裡來了，感覺隨便找個地方把屍體丟了都沒關係。」

「或許吧……不行，果然還是再往裡面一點看看吧。」

鐵男踩下油門，發出嘖的一聲又喃喃說道。「果然應該先在路上買把鏟子的。」

「咦？為什麼會需要鏟子？」

「這還要說明嗎，當然是要挖洞把屍體埋進去。」

「咦——要做到這種程度哦？我以為把屍體隨便丟在哪個地方就好了。喂、馬場，你是不是搞錯了什麼？我只是不希望妹妹被警方逮捕，所以才要把屍體從妹妹家裡搬走，就只是這樣而已。」

「我知道啊，所以一開始我們才想說『隨便』把屍體丟在烏賊川的河邊就好了。但是，那樣做果然還是不夠謹慎啊。」

「不夠謹慎？什麼意思？」

「不管是丟在河邊還是深山的路邊，一旦發現屍體，警方就會開始進行搜索。而只要對山田慶子做身家調查，就會發現她跟妳妹的關係，結果還不是會查到妳妹身上。」

「才不會有那種事，我妹跟她本來就是毫無相關的兩個人。」

「那只是妳妹的片面之詞吧。」

「你是說春佳在騙我嗎!?哼！春佳才不會這樣呢！馬場，你錯了！」

「不是，我是說──」

「不會，沒有這種事！我說不會就是不會！」香織十分堅持。「馬場你不曉得很正常，但我必須跟你說，春佳才不是那種會對親姊姊說謊的孩子呢！」

鐵男側眼看向正在對自己吐舌頭的香織，實在很想開口詢問：妳這人真的已經出社會了嗎？行為談吐簡直就是個死小孩！

「我要說的是，不管妳妹認不認識山田慶子，山田慶子也有可能知道你妹啊。我想說的是這種關係，打個比方，有可能妳妹有個男朋友，那個男的剛好也在跟山田慶子交往──」

「你說什麼！這樣那個男的不就腳踏春佳跟山田慶子兩條船嗎！過分！這樣我們家妹妹不是太可憐了──」

「…………」這傢伙是笨蛋嗎！「冷靜點，我剛才說的都只是假設而已。重點是，要想讓妳妹擺脫這些事情的話，就不能想都沒想就把山田慶子的屍體丟在某處。剛才沒有隨便丟在河邊才是正確的，絕對是這樣。」

「是這樣嗎？你說的也沒錯啦……但是，現在才說要挖洞埋……」

「所以我剛才才說要是有買鏟子就好了……」

「沒有工具的話應該也挖不了什麼大洞對吧……」

香織嘆了一口氣，彷彿在尋找解答似的從副駕駛座向窗外望去。車子在陡峭的山崖上奔馳著，鐵男專心地開車。忽然間，香織彷彿發現新大陸似的叫了起來。

「哇！你看，馬場——那個是什麼！」

「什、什麼東西啊那個。」

鐵男驚訝地將車停在路旁。香織下了車，跨過路旁的柵欄。鐵男也跟著下車。山崖下的漆黑森林一景，宛如大海那般遼闊寬廣。香織伸出手，指向其中一處。

「你看，只有那邊在發亮。」

森林某處被樹林包圍著的一部分現在的確在發光，那是一個近似新月的香蕉形狀。

「好像是森林裡的池塘還是什麼吧。」鐵男抬頭看向天上耀眼的月亮，繼續說道。「水面反射了月光，才會看起來像在發亮。」

「是喔，原來是池塘啊，我還想說是什麼呢。看起來跟新月一樣，應該就是新月池吧！」

「嗯——新月池!?」鐵男印象中有聽過這個名字。「是喔，原來那個就是新月池。」

「馬場，你知道那個池嗎？」

「嗯，我剛才想起來了。我還小的時候，有來過盆藏山這裡露營，那時就聽過有這麼一座新月池，還聽說很危險所以絕對不能靠近。說什麼新月池深不見底，就算在那邊溺死，屍體也不會浮上來。已經有很多人溺死在新月池了，但目前為止連一個浮屍都沒有耶！就是這樣的傳說——」

香織聽著鐵男的故事，臉上的表情越顯興奮。

「就是這個！這個啊馬場！簡直是天助我也！因為迷路才意外走到的地方，竟然就是絕佳地點，我們真幸運耶！你不覺得嗎？」

「咦!?絕佳地點？妳、妳該不會——要把屍體丟到池子裡？」

「對呀，當然要這麼做。好不容易有個深不見底的池子嘛，當然要好好利用一下。」

「妳這麼說也、沒錯……」的確，比起挖洞埋屍，直接把屍體丟進池子裡要簡單多了，簡直是順水推舟。「原來如此，這麼做或許不錯。」

「對吧！畢竟我們也不能繼續在這座那麼大的山裡漫無目的地瞎繞了。」

他們很快下了決定，回到車裡，朝著眼前發亮的新月箭頭，重新發動了車子。

四

他們從鋪設在山崖上的柏油路開到下坡的砂石道，最後來到泥石裸露、坑坑窪窪的崎嶇山路。鐵男咬緊牙，握緊不斷劇烈顛簸的 MINI Cooper 的方向盤。坐在副駕駛座上的香織則大叫起來。

「什麼啦這裡！簡直就像在叢林中比越野賽一樣！這條路、是不是走錯了！我們是不是回頭比較好啊？馬場！」

「突然說要回頭怎麼可能啦！比起那個，妳還是閉上嘴巴，小心咬到舌頭！」

鐵男朝香織大喝一聲，又繼續往前開了一小段路。突然，他們的車被「施工中」的牌子給擋了下來，看來後面的路段沒辦法再開車過去了。

「真的假得——都掉這裡了切不能繼續往前！」

「——妳這人，還真的咬到舌頭啦。」

嗯嗯。香織用手按住嘴巴，點了個頭。所以我不是叫妳不要講話了嗎，鐵男嘀咕著走下車。四周能見之處看不見任何人，遠處則隱隱約約可以看見一輛吊車，看來這裡真的有在施工，只是不曉得是什麼工程。「施工中」告示板的另一頭，也只是一條普通的道路。

「喂、前座的置物櫃裡有放手電筒哦！」

香織從副駕駛座走下，伸出拿著手電筒的手，打開電源。手電筒的燈光模模糊糊地照著道路。兩人就這樣依賴著這點光亮，往禁止通行的路走去。他們兩人踩在沒有鋪設道路的山路，彷彿參加試膽大會的情侶。

道路兩側盡是高聳的樹木，四周是一片黑暗，只有一些地方照得到微微的月光。但就在他們走了大約五十公尺後，眼前的景色一變，視野也豁然開朗了起來。抬頭一望，一輪明月掛在浩瀚無垠的夜空中。

「怎麼回事啊這裡。」

鐵男面前是一片荒涼寬廣的漆黑地面，宛如鏡面般光滑的黑色地面。然而，那並不是地面——

撲通！突然一聲水聲傳來，香織嚇得縮緊身子。原來是魚兒躍出水面的聲音，先前以為是漆黑地面的表面，泛起一圈一圈的漣漪。在月光照射下，漣漪散發出妖豔的光芒，不久又漸漸回到平靜的表面。他們以為是黑色地面的地方，其實是灌入黑夜的深色水面。鐵男與香織佇立在岸邊，眺望著那片寬闊的黑水。

那是一個細長形，邊緣圓滑地畫了弧形的池子。恐怕從正上方看下來，就是一根香蕉、或是一彎新月的形狀。

「這個就是新月池嗎？雖然聽說過這裡，但親眼見到還是第一次。」

「總覺得這個池子讓人不太舒服，而且看起來好深。」

「一定很深啊，所以才很適合。」

「也是，那我們趕緊把屍體綁上石頭，再撲通丟到池子裡——!?」

香織歪了歪頭，像是突然注意到什麼要緊事。「屍體確實這樣處理就好了，那車子該怎麼辦？跟屍體一樣不能丟著不管吧。」

「妳說得對，車子也必須處理。這也是為什麼我們要特地開那輛車到這裡。」

「嗯，的確。那就把車一起沉到新月池比較好囉？」

「嗯，該怎麼做比較好呢……」

鐵男望著偌大的水面，認真思考起來。某方面而言，處理車子要比處理屍體還麻煩得多。一起沉到池子底的話，雖然感覺有點亂來，要說簡單倒是很簡單。但如果發現自殺女子身旁還有輛女用車跟著一起沉沒的話，警察會怎麼想呢？

「嗯，等等——對了，把屍體從低音提琴盒裡拿出來，放在那輛車的駕駛座上，再一起沉到池子底的話？」

「你想讓她看起來像交通事故或是投水自殺嗎？這沒什麼用吧，畢竟山田慶子是被刀子刺死的耶，怎麼看都不像是意外事故或是自殺。」

「現在或許是這樣吧，但沉到池底的屍體不會這麼快就被發現吧？一定至少要過幾個月才會被發現。那幾個月，屍體在池底早就被魚啃得不堪入目了，變成那樣也很難判斷死因了。警察每天要忙的事可多著呢，才不會想那麼多。」

「啊，你說得對。『雖然看不太出來，但連同車一起沉到池底的話，這應該是交通事故，不然就是自殺吧』他們應該只會這樣想吧。哇！」

香織用手指著鐵男，對他想出來的辦法讚不絕口。

「好厲害，這個辦法真是太棒了！馬場，你本人比外表看起來要聰明多了！」

如此這般又過了一陣子後——

準備萬全的兩人，即將開始今日犯罪的的最後收尾。MINI Cooper 已經被移動到水邊了，剛才還塞在低音提琴盒裡的山田慶子的屍體，現在被放到了駕駛座上。車窗也開到不會讓屍體掉出來的程度，排檔則設置在N檔。只要用手稍微推一下，車子就會一頭栽進眼前的池水中，如此棄屍任務便能宣告結束。

有坂春佳因防衛過當的罪行會跟著沉入水底，香織也能因此獲得安心，而被捲入事件的鐵男的任務也能順利結束。但是……那個……怎麼說……總覺得哪裡不太對。

然而就在這時，香織充滿幹勁的聲音打斷了鐵男的思考。

「好——那要開始了哦！」

「咦？啊、嗯——」鐵男帶著不上不下的心情走到車子背後，雖然他的疑問還沒得到解答，但現在可沒有時間讓他想東想西。「好了，用跟之前一樣的口號喔。」

兩人將雙手放在汽車的後車窗上，確定站穩了之後，在一片緊張的氣氛中配合著對方的呼吸，接著出聲。

「預備！」

「——起！」

兩人同時往 MINI Cooper 的屁股推去。

或許是因為地面原本就有點傾斜的關係，車子輕易地動了起來。彷彿有著自己的意識一般，車子一頭栽進了水面，接著像船一樣先在水面漂浮了一陣子。這個現象讓鐵男他們嚇傻了眼，但那不過是一瞬間的事情，一漂離岸邊，車子便漸漸往下沉。

過了不久，水線超過窗戶的邊緣，車內進水的速度跟著加快。沒要多久時間，車子便失去平衡，傾斜著沉入水中。隨後，只見無數泡泡冒出水面，那些泡泡畫出一個比一個還大的漣漪。又過了一陣子，泡泡與漣漪漸漸消失，周遭再度恢復一片寂靜。

「成功了！」香織雙手握拳，向鐵男示意。「快呀，馬場、馬場！」

「……什麼!?」

「那個啊、碰拳！碰拳！」

香織模仿著原教練在迎接打出全壘打的小笠原時所做的動作，將兩個拳頭往前遞。

「……好」鐵男一臉無奈地伸出雙手與香織碰拳。「…………」

「奇怪，你是怎麼了？馬場，你看起來沒什麼精神耶——你不喜歡原教練嗎？」

「不是啦，我沒有不喜歡他……只是覺得，我好像忘記了一件很重要的事情……」

「是嗎!?我什麼感覺也沒有。算了啦，比起那個，我們也成功完成任務了，再繼續待在這裡也沒用。走吧，回市區吧！回程就換我來開車——呀啊啊啊啊！」

香織突然變成了孟克的《吶喊》，她將雙手貼在自己的臉頰上，發出悽慘的叫聲。而在聽到她慘叫的瞬間，鐵男也終於想起自己到底忘了什麼事情，跟著一同發出悽慘的哀嗚。「哇啊啊啊！」

四目相望的香織與鐵男。

「糟糕了！我們回程要開的車——」

「死定了！我們回程要開的車——」

兩人同時喊出一模一樣的話。

「車子沒有了————————！」

五

馬場鐵男與有坂香織正在走著，因為沒有車所以只能用走的。

但是，他們走在陌生的土地、陌生的山路，手中沒有地圖，而且還是夜晚，唯一能仰賴的只有一把手電筒跟月光。他們越走，越不清楚自己身在何處。鐵男懷抱著巨大的不安以及巨大的低音提琴盒，繼續走在山路上。然而這種步行之旅很快就將他逼到了極限。

「可惡，不行了。」鐵男停住腳步，將低音提琴盒放到地上。「光這個盒子就重得要死，不可能帶著它一路走。可惡，該怎麼辦才好。」

「所以我剛才不就說了，『這個也一起丟到池子裡吧！』結果你說『不行』。奇怪，到底為什麼不行啊？」

「那還用說嗎？新月池的屍體總有一天會被發現，到了那時，如果屍體旁邊還有一個低音提琴盒的話，怎麼想都很奇怪吧。直覺比較敏銳的刑警一定會注意到這是用來搬運屍體的。」

「但就算讓他注意到這件事也不會有什麼影響啊！因為這種盒子，只要跑一趟樂器行，無論是誰都可以買得到吧。就算警方真的對盒子進行了調查，也絕對查不出馬場你的名字，畢竟類似這個的東西實在太多了，全國到處都有。」

「是、是這樣嗎!?這個東西這麼常見嗎？」

「對呀，我是這麼想的啦，畢竟它就只是個樂器的盒子嘛！」

「是吼，妳說得對吶，只要不留下指紋，丟了也沒關係吧。好，那我就丟了它，絕對要把它丟了。這種東西，怎麼可能一路抱著走回市區。」

「嗯，這樣做比較好喔。啊、可是，我可不想現在再回去一次新月池喔。」

「我也不想，不曉得有哪裡適合丟這個。」

鐵男再次打量起四周。接著他看到一條寬度只夠一輛車通行的砂石道，似乎是他們來時走的路，但又感覺不是。道路兩側雜草叢生，烏漆墨黑的樹木鋪天蓋地、枝繁葉茂。就在這時，香織出聲說道。

「你看，那裡好像有個告示牌。」

鐵男往那一看，一個老舊的告示牌就在茂密生長的草叢中。上頭的文字斑駁，寫著『前方為赤松川』。他們從告示牌旁的草叢縫望去，一條看似野獸出沒的山野小徑不斷往森林暗處延伸，順著那條路走下去似乎就是赤松川。赤松川是烏賊川的其中一條支流，這點就連鐵男也知道。

「車子丟池裡，盒子丟河裡，感覺好像不錯。」

「嗯，那我們趕快過去看看吧。」

鐵男和香織靠著手電筒的光亮，分別踏上那條小徑。順著斜坡往下走的途中兩人還差點滑倒了幾次。又過了幾分鐘，一條河川出現在兩人面前。雖說是河川，其實不過是從岩縫流出來的涓涓細流。溪流兩側是宛如禁止人類進入的陡峭斜面，恰巧形成了英文字母V型的河谷。

「這種地方應該沒什麼人會來。好，就決定是這裡了。」

小溪流的不遠處有一灘積水。鐵男將低音提琴盒插進水中，讓它整個泡進去。他小心翼翼地清洗著，避免有任何指紋留在上面。原本想把琴盒丟到河裡任它流，但這條河的水量實在少得可憐，最後只好把琴盒就這樣放在積水中。這樣一來，琴盒看起來就像是被哪個違法居民非法棄置的大型垃圾，隨手丟在河邊就不管了。

做完這件事後，今晚的工作總算全部結束了。屍體丟了、車子丟了、現在連低音提琴盒也丟了。接下來，就只剩回到市區了。但對於現在的兩人而言，這件事反而是最難達成的。

鐵男忽然將手電筒照向面前的小溪流。

「赤松川是烏賊川的支流，也就是說，順著這條溪流往下走的話，就能回到烏賊川市了。」

「應該是，不過我們要怎麼順著溪流往下走？這麼淺的溪流，船也浮不起來吧？」

「也是，看樣子是不可能的。沒辦法了，只好回去走剛才那條砂石道了。」

「只能這樣了。」香織輕鬆跨過面前的小溪流。「那我們快點出發吧，馬場。」

「咦？妳是要去哪？」

「回去剛才那條路啊，所以要先爬上剛才下來的這個斜坡——」

「喂、喂、等一下！不對吧，我們是從這個斜坡下來的。」

「咦——你在說什麼？我們是從這個斜坡下來，跨過河，再到你那邊的。」

「就跟妳說不是了，我們一開始就是從這個斜坡下來，直接就在這個河岸了。」

V字型的谷底，兩人面對面，各自占據河岸一方，堅持著自己的主張，一步也不退讓。本以為會是這樣，結果卻意外地——

「那好吧，我知道了，就照馬場說的，走你那邊的斜坡回去吧！」

「不對，果然還是聽妳的吧，走妳那邊的斜坡，妳才是對的。」

鐵男跳過小溪，往香織那側移動。但他才剛這麼做，香織就幾乎在同一時間跨過小溪，朝反方向移動。兩人都非常堅持要依照對方的意思走。

「不行啦，我跟你說實話，其實我是個大路痴，要是跟著我走，一定會走到完全錯誤的方向，選擇跟我相反的路才是正確的。」

「不不不，其實我才是嚴重到令人絕望的路痴，而且我記憶力也不好，拜託妳千萬別相信我。」

鐵男再次跨過小溪，香織則像在逃跑似的又跑向對岸。

「馬場，你太卑鄙了！你想把責任推到我身上對不對！」

「妳才卑鄙吧！再說，我們會走到這種地步本來就完全都是妳的責任！」

兩人不斷地在這條小溪流上跑來跑去，相互推卸責任。如此這般你來我往一陣子後，他們自己也無法確定對方當初認定的斜坡到底是哪個，就這樣空虛地結束了空虛的爭執。不想因為口角之爭傷了彼此感情的鐵男，在河邊撿了一只玻璃瓶，舉起說道。

「要不然，就用這個可樂瓶來決定往哪邊走吧！」

「電影裡面常出現這種情節呢！」

「好，去吧！」鐵男隨意地將可樂瓶往空中一拋，玻璃瓶順勢旋轉、落下，最後撞上岩石發出哐啷一聲，無數碎片散落一地。「…………」

就夏天的結尾而言，還稍嫌涼寒的陣陣冷風颳過兩人之間。

「那個啊，馬場，玻璃瓶這種東西啊，掉下來幾乎都會碎掉的……」

「吵死了、吵死了，吵・死・了！」陷入自我厭惡中的鐵男死命地推卸責任。

「這又不是我的錯，是玻璃瓶的錯，寶特瓶呢？沒有寶特瓶嗎？」

鐵男又找了個寶特瓶，再次往空中一拋——咚！

「走這邊囉，沒有意見了吧？」

「走這邊喔，沒有意見了吧？」

毫無怨言。於是兩人按照寶特瓶指向的斜坡開始往上爬。才剛往上爬，鐵男便心想：果然另一邊才是正確的路吧？但又覺得話說出口只會變得跟剛才一樣麻煩，便不發一語地繼續往上爬。

黑漆漆的森林，彷彿漂浮在墨汁裡似的。要是能夠平安無事回到原本的地方簡直可以說是奇蹟，就在鐵男開始這麼想著的時候，耳邊傳來了香織的歡呼聲。

「你看，那裡好像就是出口耶！」

他抬頭望向香織手指的方向，茂密的樹林中剛好有個樹縫，從隙縫中可以看到月亮高掛的夜空。鐵男與香織興高采烈地加速爬上斜坡，就這樣，兩人終於遇到了一條道路。

「——咦!?」鞋底的觸感怪怪的，鐵男蹲下身看了一下，開口說道。「這是柏油路，我們剛才走的路應該是砂石道才對。」

「也就是說，我們來到了完全不同的路囉？討厭——真的迷路了啦我們。」

香織疲累地垂下肩膀，來到鐵男身邊蹲下。

「我說，我們這兩個路痴，繼續在這種烏漆墨黑的路上徘徊也不會有結果的。

明天再回市區也可以，總之先找找今晚有沒有哪裡可以住吧？」

「妳說的是沒錯啦。」鐵男看向四周，接著說道。「但這種荒郊野外，會有可以投宿的地方嗎……」

六

事已至此，看是旅館、民宿還是簡保之宿（註2）都沒關係，總之先遇到哪個就住哪個。這麼想著的兩人，又在烏漆墨黑的路上徘徊了大約一小時後，前方忽然出現一個大三角形屋頂的形影。以普通民房的標準來看，這棟建築物似乎過於顯眼。鐵男與香織從門口打量著裡頭的建築物。

「哇，是小木屋啊！感覺很豪華耶。」

「招牌上寫著『月牙山莊』，看起來是間歐風民宿耶。」

「那不就正好，我們就住這裡吧。但問題是，不曉得他們收不收沒有預約的客人耶。」

「聽好了馬場，我覺得對方一定會拒絕我們，到時我們一定要低聲下氣地拜託他們收留喔！要是真的被拒之門外，我們今晚就要在野外打地鋪了。」

註2　由日本郵政株式會社所經營的酒店及旅館事業，以簡易保險投保者為服務對象。

「好，死皮賴臉也要住進去！」

鐵男與香織在那之後又花了幾分鐘套好說詞，接著就像前往踢館的武術家般，兩人聳起肩膀，來勢洶洶地走向月牙山莊的正面玄關。

鐵男推開又重又厚的木門。就在那個當下，香織彷彿剛跑完四十二點一九五公里的馬拉松選手似的，單膝跪下。「不行，我一步也走不了了。」

「喂、妳沒事吧？振作點！」鐵男抱起香織，視線快速掃過整個玄關大廳。

「……可惡，連個人影都沒有。」

「什麼嘛，害我們跟笨蛋一樣。」香織很快地站起身。「難得我演得這麼逼真——打擾了，有人在嗎——？」

大廳玄關設有一個類似服務臺的櫃檯，卻沒有看到工作人員。鐵男漫不經心地按下櫃檯的服務鈴，裡頭傳來輕快的鈴聲，之後便是腳步聲。香織立刻又變回剛跑完四十二點一九五公里的跑者，雙腿癱軟。「不行，我這次真的一步也走不了了。」

「妳沒事吧！振作點啊——啊，請問您是旅館的工作人員嗎？」

出現在兩人面前的是一名穿著圍裙，看起來三十幾歲的女性。胸口的名牌證明她正是歐風民宿的工作人員，名叫橘靜枝。

「是的，請問有什麼事嗎？」

「是，其實我——我們兩個晚上走山路迷路了，正想說有沒有哪裡可以住一晚，剛好找到這間旅宿，所以就過來了——對吧，香織？」
「對呀，我們真的好累又好餓，拜託，可不可以讓我們住一晚……」
「哦，原來是這樣，可是兩位應該沒有預約吧？」
「是的，非常抱歉。」鐵男低下頭。「如果知道今天晚上會這樣，昨天晚上我們就會先預約了。」
「這樣啊，真是傷腦筋。」
靜枝露出困擾的樣子，很明顯不歡迎太陽下山後才貿然出現的兩人。當然，這也是因為鐵男兩人雖然裝作遇難的登山客，但誇張的演技反而看起來更像是可疑人士的關係。糟糕，這樣下去真的要露宿野外了。
就在此時，鐵男身後傳來了意想不到的救贖之聲。
「在夜裡迷路嗎？還真是可憐啊。」
鐵男驚訝地回過頭去，只見一名穿著西裝，看不出來算不算年輕，但氣色不是很好的男子。簡直就像突然從玄關大廳冒出來的他，似乎在暗中偷聽鐵男他們對話有段時間了。男人直接向靜枝說道：
「這附近除了這間民宿，沒有其他可以住的地方了。要是妳讓他們就這樣離開，他們根本無處可去。雖說現在是夏天，要在這座山中露宿一晚也很辛苦。我也幫他們拜託您了，就讓他們住一晚吧，老闆娘。不對，在歐風歐風民宿稱老闆娘似乎有些不合適，還是稱您為夫人吧。夫人，請賜予他們一夜溫暖的床鋪與菜餚——」

「嗯，您說的是，被您這麼一說……」一見靜枝的態度轉向模糊，香織連忙補上一句。「若是錢的事，請不用擔心，我們可以先付訂金的。」

兩人一同低下頭，靜枝一臉真沒辦法的樣子，表情也比剛才柔和了許多。

「我知道了，這樣的話，我們剛好也還有空房——」

就這樣，鐵男與香織順利住進了月牙山莊。這點不用說，完全是因為那名陌生男人的說情發揮了效果。兩人填寫了入住資料，提前付清了住宿費。

鐵男從靜枝手中接過房間鑰匙後，轉身對那名親切的男人表達謝意。

「謝謝你幫我們說話，我們才能順利入住。」

「託你的福，我們不用露宿荒郊野外了。」香織喜孜孜地向男人敬了個禮。

「方便知道您的姓名嗎？我叫作有坂香織，這位是我的朋友馬場鐵男。」

「客氣了，我本無名之輩，不足掛齒。」話剛說完，男子馬上又自報家門。

「我叫鵜飼，鵜飼杜夫。不過是見到需要幫助的人，就無法見死不救的一個普通男人罷了。」

「怎麼會普通，您太謙虛了！」香織一臉感激地注視著這名「普通的男人」。

結束初次見面的寒暄後，鐵男和香織轉身離去。玄關大廳通往二樓有一段很長的階梯，兩人一邊踩著木製階梯往上走，一邊小聲地交談著。

「真是太好了，遇到像鵜飼先生這麼好的人。」

「真的，根本是救命恩人。」

走到途中，他們又止住腳步，回頭向鵜飼行了一個注目禮。鵜飼向他們輕輕揮手示意，隨即轉向櫃檯的靜枝。「對了，話說，夫人——」

鐵男兩人聽著後方傳來鵜飼的聲音，慢悠悠地走上階梯。

「能否向您請教一件事？我想知道我的一位朋友有沒有在這裡住宿過。是的，您需要名字，我朋友的名字是山田慶子——」

「！」鐵男一不注意踩空了樓梯，

「！」嚇了一跳的香織伸手摟住了鐵男。

接著兩人便緊緊擁抱著，

「唔」「呀」

「哇」「啊」

「啊」「啊」

「啊」「啊」

「啊」「啊」

「啊」「啊」

「啊」「啊」

「……」「……」

一口氣摔下長長的樓梯。

第三章　緊張的氛圍

「發生什麼事了？怎麼好像聽到有誰從樓梯摔下來的聲音。」
「咦，我還以為一定是鵜飼先生摔下來了……但好像不是耶。」
聽到騷動的二宮朱美和戶村流平一同在玄關大廳露出面來。鵜飼像在目送誰離去般注視著樓梯上方，接著才轉向朱美二人，不服氣地撇了撇嘴。
「真是沒禮貌，我才不是那種會在什麼都沒有的樓梯上跌倒的笨蛋呢！跌倒的是剛才那兩位年輕人。但我看他們有好好往房間的方向走去，應該是沒什麼大礙。話說回來，夫人，剛才問到一半就被打斷了，我想想，剛才說到哪了？對了——山田慶子。」
山田慶子，那名打電話到偵探事務所，警告月牙山莊將會出事的女人。距離鵜飼以此為由提議要溫泉旅行已經過了三個小時半，之後三人搭上他的愛車雷諾，來到這間民宿。到了這裡他們才發現，月牙山莊是間非常豪華的歐風民宿，對於不甚時髦的偵探事務所來說，以這裡做為夏季旅行的舞臺實在是太過奢侈了。
「您對山田慶子這個女性名字有印象嗎？」
面對鵜飼的提問，橘靜枝露出非常抱歉的表情。靜枝與丈夫共同經營著這間月牙山莊。在抵達這裡後，朱美也跟靜枝交談過幾次，感覺她是位直爽，令人很有好感的女性。然而在這個當下，靜枝卻意志堅定地搖了搖頭。

「我的記憶裡完全沒有山田慶子這個名字，雖然有可能是以前來訪的客人，但也不便外露個人資訊，請恕我無法告知。」

「哪裡，畢竟這個時代很講究個人資訊隱私權嘛，我也只是好奇問問而已，請把它忘了吧，就當我沒提起過——不過，就算是這樣！」

彷彿要將收集情報失敗這件事給敷衍過去，鵜飼打量了整個玄關大廳。

「這間歐風民宿的建築真是出色啊！想不到盆藏山的山腰竟有如此道地的小木屋，真是讓人吃驚。看這個厚重的玄關大門！這是用一整塊木頭打造出來的吧，真是太厲害了！還有地板上的美麗紋路，寬闊的樓梯，真是讓人感到既舒適又放鬆啊！而且環境也被維護得很好，無論是牆壁還是天花板都打掃得亮晶晶，哎呀，簡直就是太棒了！」

一邊誇張地發出驚嘆聲、一邊對月牙山莊讚賞個不停，是把自己當作《理想美宅造訪中》的渡邊篤史了嗎！朱美忍不住在心中吐槽鵜飼。她看著鵜飼正要開始讚美擺飾櫃裡的花瓶，對靜枝問道。

「今天突然要接待我們三位，不曉得有沒有給您帶來困擾。」

「沒有的事，一點都不困擾。其實前幾天剛好有來自國外的背包客團體，人還不少，所以如果是昨天或前天的話，就沒辦法接待你們了。但還好那幾位客人今天上午就退房了，剛好也有時間整理房間。」

「那我們還真是幸運呢！」

朱美露出微笑。這時鵜飼已經讚美完花瓶，正在大肆稱讚玻璃窗的表面一點髒汙也沒有。差不多該去阻止他了，正當朱美這麼想著的同時，鵜飼伸手指向天色早已暗下的窗戶外頭。

「咦!?好像又有人來了喔，這個時間才過來，會是誰呢？」

沒要多久，月牙山莊的玄關大門被打開，來人是一名男人。一進到山莊，男人便宛如常客般，毫不拘束地舉起單手，上前攀談。

「呦，是老闆娘啊，久疏問候。大家好啊，我是豐橋，你好你好。」

突然出現並自報家門的豐橋外表看起來是位四十多歲的中年男子，他穿著白色襯衫，繫著咖啡色領帶，襯衫外是看起來十分幹練的深色西裝，右手還拿著一只黑色公事包，感覺是那種會在市區街上昂首闊步的頂尖商務人士。然而在深山裡的歐風民宿看到這身打扮，只覺得有些突兀。

「啊，豐橋先生……歡迎光臨……」

靜枝不知為何一臉生硬地回打了招呼。接著，一名穿著鄉村風格子襯衫的男人從她身後露出臉來。男人看起來高高瘦瘦的，帶了一副銀框眼鏡，有點知性的感覺。這人正是靜枝的丈夫，橘直之。一見到直之，豐橋再度笑咪咪地舉起單手。「呦！你好。」

「晚安，直之先生。我又來打擾了，我想你應該有看到我的訂房資料，沒什麼問題吧。」

「是，的確有看到……歡迎光臨……」

與豐橋親切的招呼相反，橘氏夫妻的表情顯得冷淡且僵硬。正當朱美還在好奇他們之間的關係時，旁邊突然傳來一聲尖銳的聲音。

「等一下啦，大哥！」

站在那裡的是無論眼睛、臉，還是整個身材，全身上下看起來都圓嘟嘟的男子。他是直之的弟弟，橘英二。英二是負責提供月牙山莊的招牌——正統法式料理的廚師。他似乎是剛從廚房走出來的樣子，身上還穿著白色的圍裙。英二以銳利的目光看向豐橋，似乎想藉著這股威勢嚇唬對方。

「大哥，不要讓這種不乾不淨的人住進來，把他趕出去！」

那瞬間，豐橋的表情不悅地皺了起來，眼神中透露一股藏不住的怒色。

劍拔弩張的氣氛籠罩了月牙山莊的玄關大廳，互相瞪視的豐橋與橘英二之間，流竄著一股一觸即發的緊張氣息。

鵜飼與流平站在玄關大廳一角，興致勃勃地看著兩人。

「嘿嘿，真是有看頭，感覺要打起來了。」

「從體格上看起來英二比較有勝算吧——我押英二一千圓！」

「不，英二的體型看起來不擅長格鬥——我押豐橋三百圓。」

「哪有這樣賭的！」不對，比起這個，「現在可不是讓我們悠哉下注的時候！」

事實上，以橘英二與豐橋之間的險惡氣氛而言，就算他們突然打起來也不奇怪，但直之只是默默在一旁觀看。靜枝一臉不知所措，似乎無法阻止這場混亂。鵜飼和流平就更不用說了。根據事態發展，或許得換我出馬了——

正當朱美如此下定決心時，一名老人從階梯上走了下來。

「我還想說怎麼這麼吵，原來又是你。真是學不乖，還敢來啊！」

老人穿著白色襯衫及灰色長褲，有著一身跟草帽十分搭配的小麥色肌膚。雖然身材比在場的誰都還要矮小，但從他的行為舉止看來，威風凜凜的就像是這間歐風民宿的主人一樣。

「呦！您好，這不是雪次郎先生嗎？您也來啦？」豐橋收回瞪向英二的目光，向老人敬了個禮。「久疏問候，之前承蒙您的照顧了。」

「哪來的之前？我先前應該也直接跟你說過了，我沒有打算賣掉這間歐風民宿，我的兩個外甥也都是這麼想的。」

外甥指的應該就是橘直之與橘英二兩兄弟。難怪這個叫雪次郎的老人家散發出來的氣場跟一般住宿客不太一樣。

「好了，聽懂的話就趕快回去、回去，別給其他客人帶來困擾。」

「哎呀哎呀，請別這麼無情嘛！我今天可是以住宿客的身分來的，不能再多歡迎我一點嗎？」

「你說的是真的嗎？」

雪次郎一臉懷疑地盯著豐橋。直之面露不安地從旁插話。

「叔叔，豐橋先生說的是真的，豐橋先生是很好的客人，還請叔叔注意措詞——英二，你也是。」

在哥哥這裡踢到鐵板的英二用圓圓的鼻子發出哼的一聲以示抗議。

雪次郎也多少緩了緩態度，對豐橋說道。

「嗯，原來是這樣，既然是客人就不方便趕你走了。算了，隨你便，反正你來這裡的理由也跟之前差不多吧。我知道了，那就去我的房間聊吧，別給其他人添麻煩。不會花太多時間的話，我就陪你聊一下吧。但我先提醒你，我的立場是絕對不會改變的，你只是在浪費時間罷了。」

「怎麼會，光是您願意聽我說就已經足夠了，這樣也不算白來了。」

豐橋鬆了一口氣，不顧在場的橘氏兄弟，逕自走向雪次郎身邊。兩人一同走上往二樓的樓梯，離開現場。直到兩人的身影消失後，英二才忍不住罵道。

「大哥跟叔叔都對那個男的太好了，根本不用聽他廢話，直接把他趕走，不准他再出現就好了。」

「住嘴，沒看到還有客人在嗎，你趕緊回廚房。」

英二埋怨地看著哥哥直之，再次用鼻子發出哼聲，從玄關大廳離開。直之也跟著走進後頭。眼見這場混亂終於結束，靜枝一臉歉意地轉向鵜飼一行人。

「讓各位見笑了，真是不好意思。」

靜枝彎下腰來道歉。鵜飼見狀，趕緊笑著揮了揮右手：沒這回事。

「哪裡哪裡，完全沒有問題的，老闆娘。不如說假期中就是要有些刺激才行，這樣才理想嘛，事實上正合我意，專程來這裡度假真是太值得了。」

二

時鐘指針指向九點。已經品嘗過晚餐的法式料理、好好享受過溫泉的朱美穿著一件寬鬆的水藍色洋裝。另一方面，鵜飼與流平則穿著經典的浴衣。

月牙山莊應該是走時髦風格的歐風民宿，但既然有溫泉，似乎也無法放棄提供浴衣這種必備項目。

「這樣看來，這裡應該也有桌球桌才對喔，鵜飼先生。」

「嗯，我剛好也想到了這點，流平。」

兩人的心靈相通太過完美，絲毫沒有讓朱美提出疑問的空間。

穿著浴衣的兩人開始在建築物內進行探索。怎麼可能會有桌球桌，又不是日式旅館。朱美低聲碎念著。只見鵜飼打開了一扇門，那張常在體育館看到的深綠色桌子，正穩穩地擺在房間中央。就跟妳說有吧，鵜飼露出得意的笑容。

「真、真的有啊——為什麼!?」朱美越來越看不懂月牙山莊的經營概念了。

那間房間似乎是他們的遊戲室，而現在剛好有兩名男子，正在桌球桌旁激烈地對打著。

一名是有著黝黑肌膚，留著狂野鬍鬚的中年男子。他的粗壯體格與剽悍的容貌，散發著室外派的氣息。透過短袖丹寧襯衫露出的一截手腕既結實又強壯，應該平時就有在鍛鍊，這也使得握在他手中的球拍看起來比尋常球拍要小上許多。

與他隔桌相對的另一名男子，看起來比鬍鬚男年輕一點，大約三十多歲。穿著灰色的ＰＯＬＯ衫及卡其色的軍裝褲，身材略為矮小。或許是他略帶咖啡色的染髮與白皙肌膚的影響，看起來並不像室外派，比較像住在市區的上班族，利用休假來深山歐風民宿放鬆度假的感覺。他的握拍與輕快的步法看起來十分出色。

兩人實力相當，比賽不斷延長。就在這時，雙臂交叉看著兩人對打的鵜飼突然嘲笑似的挑釁說道。

「哼，簡直就是溫泉旅館的乒乓球遊戲吶，你說是吧？流平。」

「根本就是啊，鵜飼先生，無聊到我都想打呵欠了，哈。」

你們兩個為什麼就不能坦率地說：請問可以跟你們一起打雙打嗎？

朱美十分不好意思地低下頭。先到的兩位客人也停下激烈的攻防，看向這對陌生的挑戰者。比較高壯的那名男子動了動鬍鬚，以低沉的聲音說道。

「看樣子你們很有自信嘛，既然如此，就來較量看看？剛好我們都是兩個人，就來試試雙打怎麼樣？」

真是成熟的應對呢，朱美心想。相較之下，鵜飼他們的行為舉止根本就是小學生程度。

「求之不得。我們打的可不是那種普通的溫泉桌球，你們就好好看看什麼才是桌球競技真正的精隨吧！」鵜飼從架上取出兩支球拍，遞給流平其中一隻。「先取得十分就算獲勝，我們沒在賭果汁的，輸的那方請喝啤酒，這樣可以吧？」

那不就是普通的溫泉桌球規則嗎？

朱美還在納悶的時候，對方就已點頭同意了。就這樣，現場變成了以啤酒為賭注的正經桌球賽。而他們也不管朱美願意不願意，就指名她身兼裁判及記分員。

本來還在球桌邊上把玩著桌球的鵜飼，突然開始說起假的自我介紹。「我叫鵜飼杜夫，他是戶村流平，我們在某間公司裡是上司與下屬的關係，你們呢？」

「我是寺崎亮太。」皮膚白皙的那名男性說道。「我在市區經營不動產店。」

「我叫南田智明。」鬍鬚男回答。「是一名 Log builder。」

朱美從沒聽過 Log builder 這個單字，不禁納悶地歪了歪頭。然而鵜飼卻絲毫沒有疑問的樣子，又接著問道。

「你們兩個是怎麼認識的？年齡跟職業感覺都差滿多的。」

「南田跟我都是這裡的常客，所以我們也很常偶然碰見，自然就混在一起了——啊！」

寺崎亮太話還沒說完，鵜飼便直接發了球。被打出去的球飛向對手的右側角落，卑鄙到不行地拿下發球得分。這就是所謂的桌球精隨嗎？朱美感到十分丟臉。

「原來如此，你們是這裡的常客啊。那方便再向你們請教一件事嗎？剛才橘氏兄弟和一名姓豐橋的男人起了爭執，就在那時二樓出現了一名人士收拾了整個場面。身高不高，看起來挺有威嚴的一個老人家，他又是誰呢？」

「哦，那應該是橘雪次郎先生。」寺崎用右手把玩著乒乓球，打著呵欠說道。

「他是橘氏兄弟的叔叔啦，也是這間歐風民宿的主人。」

「咦！那個老人家就是月牙山莊的老闆——哇！」

在鵜飼發出驚叫聲的時候，寺崎亮太的沉默發球也神不知鬼不覺地拿下發球得分。鵜飼一臉懊悔，寺崎則面帶得意地用手指抓了抓咖啡色的瀏海。看來這場比賽應該不會那麼快就結束，朱美心想。

「原來如此，是老闆啊，那也可以理解為什麼他會一副威風凜凜的樣子了。既然如此，建造這間出色木屋的人就是雪次郎先生囉——喝！」

發問的同時，鵜飼再次使出假發問真發球之技，卻沒想到——

「不是！」隨著這聲氣勢，球被打了回來。將球擊向球桌正中間並拿下一分的人正是南田智明。「建造這間木屋的是孝太郎，橘孝太郎先生，他是雪次郎先生的兄長，也是橘氏兄弟的父親。孝太郎先生脫離上班族的工作後，就想在這個地方蓋間道地的木屋歐風民宿，他從經營餐飲業十分成功的雪次郎先生那裡借了一筆錢，然後才實現了這個夢想。這些都已經是十年前的事了。」

「也就是說，哥哥蓋的歐風民宿現在變成弟弟持有的了，這又是為什麼？」

關於這個問題，寺崎開口答道。

「因為孝太郎先生在一年前因為意外去世了——喲！」

寺崎在說出這個驚人事實的同時，順勢發出一個旋球，藉此威嚇對手。但是——

「意外!?」鵜飼隨意用球拍邊救球竟幸運地將球打到了對方的左側角落。「是怎麼樣的意外？」

「溺水而亡，在赤松川的河岸失足溺死的。孝太郎先生在大雨中被漲潮的河水沖走，之後就再也沒回來了。後來才在下游的某個瀑布旁發現他的屍體。」

「原來如此，也是因為這場意外，歐風民宿才會轉到雪次郎先生名下的吧。我猜雪次郎在借錢給他哥哥時，應該有提到用土地或建物做抵押。」

「是的，雪次郎先生將歐風民宿的經營委託給外甥們，自己則住在市區，每逢週末才會過來享受大自然，平日再回到都市裡生活，大概是這樣。」

「原來如此，今天剛好是星期五。所以這週末也跟平常一樣啊……看我的！」

「想得美！」已經看透鵜飼招數的寺崎將對方的發球打了回去。「嘿呀！」一直沒有出場機會的流平漂亮地將球打了回去，對決瞬間變成寺崎與流平之間的攻防戰。去吧！看我的！可惡！噢！嘿！怎麼樣！

鵜飼注視著激烈的戰局，突然抬起頭來向南田問道。

「話說，豐橋這位人物又是何許人也？就是那個身段放得很低卻討人嫌的傢伙。」

「哦，你是說豐橋昇啊！他是『烏賊川休閒開發』這間中堅建設企業的公關課長喔。」

「那這個豐橋昇為什麼會跟月牙山莊的人有所爭執？」

「因為豐橋的公司計畫在這附近蓋溫泉設施，就是最近很流行的那種歐風SPA會館，所以豐橋才會一直來這間民宿，說什麼拜託把這間民宿賣給我吧，之類的。但其實他們想要的根本不是民宿，而是想藉此拿到這附近的土地所有權。」

「嗯，但是老闆雪次郎先生並不打算出售民宿，英二先生也堅決反對的樣子。」

「直之先生也反對喔，雖然他表現得沒有英二先生那麼激烈，但他絕對也是持反對立場的。包含靜枝小姐，這間歐風民宿裡應該沒有半個人同意出售。」

「所以豐橋才決定使出懷柔政策啊？原來如此，這種事也常有……」

去吧！什麼鬼！吃我一招！還早得很咧！

「……休閒開發計畫與反方立場的土地所有人之間的對立嗎……」

喝！呼！呀！嘿！

「該不會她打電話來警告的就是這件事……啊啊！你們幾個實在太吵了！別人在思考，你們卻一直在那邊乒乒乓乓的！」鵜飼從旁加入眼前激烈的攻防戰，伸出左手抓住了那顆飛在半空中的乒乓球。他的舉動導致原本還在激戰中的流平與寺崎瞬間陷入了沉默。「很好，這樣安靜多了！」

「…………」除了鵜飼以外的三人，

「…………」完全搞不清楚狀況，

「…………」接著所有人都陷入了沉默。

「你知道自己做了什麼嗎？」

朱美冷冷地瞪著他。

「嗯!?」鵜飼將目光移向自己手中的乒乓球，突然恢復神智。「啊、糟糕，我想事情想得太專注，忘記我們正在比桌球了。真是抱歉——那個、朱美，現在是幾比幾？」

「你可以振作點嗎。因為剛才的犯規，現在是九比九，拚賽末點了。」

朱美隨便扯了個謊，但令她感到意外又意外的是，在場沒有任何人提出異議，看來他們都希望這場毫無意義的桌球對決可以盡早結束。就這樣，以啤酒為賭注的正式比賽突然迎來最高潮。鵜飼用所有人都聽得到的音量跟流平講著悄悄話。

「聽好囉流平，勝負就看這一分，該是使用X攻擊的時候了！」

「我知道了，拚上全力賭上這一擊！」

流平顯擺地將原本拿在右手的球拍換到了左手。流平什麼時候成了左撇子的？話還沒問出口，寺崎便發球了，鵜飼接下那球，接著來回了幾次攻防後，南田放出高球，鵜飼組的機會球出現！鵜飼和流平的叫聲同步迴響在整個遊戲間——「上呀啊啊啊！」

下個瞬間，鵜飼拿在右手的球拍與流平左手上的球拍重疊，兩人份的力量合而為一將球打了出去，原來這就是傳說中的X攻擊！朱美吃驚地看著乒乓球像要被壓碎似的飛了出去，往對方接球區的正中央突擊過去——

三

「乾杯——！」月牙山莊的餐廳裡傳來充滿朝氣的聲音。

兩人灌下一大口啤酒杯中的琥珀色冰冷液體，接著從口中發出——

「呼哇～～～」

「咕嗝～～～」

的愉悅嘆息，彷彿正在享受極上的快樂。南田智明與寺崎亮太兩人，正沉醉於「別人請客的美酒」。如文字所述，這是象徵他們獲勝的美酒。

遊戲室裡的桌球對決中，賽末點的攻防結局最後由南田組取得勝利。鵜飼組的X攻擊非常完美，然而往對手區突進的乒乓球卻被寺崎蓄勢待發的球拍輕鬆地打回，結束了比賽。看來X攻擊的威力並沒有想像中的強大。

「呵呵，流平，看來我們的那個與其叫『X攻擊』，不如叫『叉叉攻擊』吶！」

「是呀，不過這種冷笑話只有鵜飼先生才笑得出來呢……」

兩人小口啜飲著看似啤酒其實卻不然的敗者專用飲品，冰涼的麥茶。
朱美喝著自掏腰包點的燒酒兌熱水，開口提問從剛才就一直在意的問題。
「對了，南田先生，你剛才提到的 Log builder，是什麼樣的工作啊？」
「啊，那個啊，就是利用槓鈴之類的道具去做運動，練出傲人的肉體線條——」
「不好意思，可以請你閉嘴嗎？鵜飼。」
「我知道，就是那個最近很流行的，有在寫部落格的那種人——」
「流平，你說的是 Blogger（部落客）好嗎——跟 Log builder 一點關係都沒有！」
「真是的，原來你也不懂嘛！比我誤會成 Body Builder 還慘。」
你才比較慘吧！不如說你的答案早就過時了！
朱美咬牙忍住想大叫的心情，再次問了剛才的問題。
「所以 Log builder 是什麼呢？」
「Log 指的是木材，拿他們來蓋房子的人就叫作 Log builder，也就是建造木屋的專家喔！簡單說來，就是專門蓋小木屋的木工啦！」
「原來如此，我還是第一次聽說這種職業。啊！該不會動手把這間月牙山莊的蓋起來的人也是南田先生你？哇，好厲害啊！」
「沒有啦，妳太看得起我了。剛才也說了，打造這間木屋的人是孝太郎先生，我只是以木屋建造者的身分從旁協助而已。」

南田有些害羞地摸了摸下顎的鬍鬚，卻無法隱藏他微微透露出來的喜色，似乎是覺得這份工作讓他感到很自豪。寺崎見狀，諂媚地接著說道。

「南田太謙虛了，我倒覺得這棟建築物稱作是南田的作品也可以。因為從木屋的設計到木材的選配、工具的準備，甚至連什麼時候要租借起重機等都是他負責處理的。要是沒有他的話，這間木屋根本不可能蓋得起來。我說得沒錯吧，南田？聽說孝太郎先生生前也很仰賴你的技術呢。」

「沒有沒有，沒這回事——比起這個，機會難得，我就稍微跟大家介紹一下吧，關於月牙山莊的特色。」

根據南田智明的說法，月牙山莊是以圓狀凹槽（round notch）以及短木材搭配短木材（piece-en-piece）這兩種組合搭建而成的。主要使用的材料是黃杉木，屋頂技術採P&B柱梁工法。簡單來說，就是以精湛手法打造出來的小木屋。對朱美而言，大概就只能這樣理解了。反過來說，除此之外的專業知識對她來說就像深海魚的生態，有聽沒有懂。

在南田解說的過程中，唯有鵜飼像是完全理解一般，時不時地點頭稱是。

「的確，像這種正統的小木屋建築已經不多了，應該也有不少客人是被這棟建築物吸引過來的吧。啊——該不會你們也是吧？」

鵜飼以生而具有的厚臉皮，向坐在遠處的一對年輕男女攀談，導致正在享用餐後咖啡的他們像是被誰從背後拍了一下，嚇得挺直了身子。女生有著一頭栗子色的頭髮，綁了一個馬尾，看起來滿可愛的；男生則是金髮刺蝟頭，體格十分健壯。

「不、不是，我、我們是那個……」

「不、不是啦，我們是因為……」

突然被搭話的兩人顯得戰戰兢兢——不如說是害怕得提心吊膽。嗯哼，看起來有什麼隱情，難不成他們是私奔出來的？相較於沉浸在妄想中的朱美，身旁的鵜飼卻一臉大事不妙地用手扶著額頭。

「對了，想起來了，你們是因為迷路才到這裡來的，哎呀，是我誤會了。我想想，你們是叫馬場鐵男跟有坂香織吧，記得你們剛才還在樓梯上摔跤了，有沒有受傷？」

「沒事，託您的福。」兩個一同敬了個禮，卻沒有想跟著加入談話的樣子。

「啊、對了。」鵜飼又像突然想起什麼事地，轉向南田與寺崎。「我之前還想問你們兩位一件事來著，你們認識一個叫山田慶子的女性嗎？」

兩人還未開口，朱美身後便傳來「咳咳咳」的奇怪反應。她轉過頭去，只見剛才那位綁著馬尾的女孩現在正漲紅著臉，拚命地咳嗽，好像是被咖啡嗆到氣管了。「喂，妳在犯什麼傻啊？」她身旁的男子露出尷尬的笑容，輕輕撫摸著她的背。感受到朱美視線的男子微微點了個頭，似乎在說著：不好意思，我們這邊太吵了。朱美也點頭示意：沒事。

她再次看向前方，南田與寺崎兩人都搖了搖頭，回應鵜飼的發問。

「山田慶子嗎？這名字還滿普通的耶，是誰啊？」

「我也是第一次聽到這個名字，是你們的朋友嗎？」

「也不是，稍微認識而已。」面對兩人的反問，鵜飼刻意用這種模稜兩可的答案結束了話題。在此同時，朱美也感到背後有股炙熱的視線。

那之後他們又笑嘻嘻地聊了一會。鵜飼單手拿起麥茶，向寺崎發問。

「話說，以你的角度來看，這間歐風民宿最有魅力的地方在哪裡？建築物？溫泉？還是桌球？」

選項只有這三個嗎？朱美好奇地等著寺崎的回答。「嗯……」寺崎發出低吟，以右手撐著白皙的臉頰。

「吸引我的應該是這間歐風民宿周遭的大自然吧，我平常有在溪釣喔，赤松川周邊就有非常好的溪釣地點，但附近只有這裡提供住宿。所以每次來釣魚我都會住在這裡，不知不覺就變成常客了。對了，說到釣魚，雪次郎先生今晚說不定也會去……」

對於寺崎彷彿喃喃自語的發言，鵜飼立即反應過來。

「哦，雪次郎先生也有在釣魚嗎？」

說曹操曹操就到，如同這句諺語，橘雪次郎矮小的身影也現身於餐廳。

「啊，雪次郎先生，我們正提到您呢，您今天晚上也會去吧？」

寺崎舉起一根手指頭，比了個甩竿的動作。雪次郎見狀，一臉理所當然地點了個頭。

「嗯，正有此意。寺崎老弟也務必去試試，要不今晚跟我一起？」

「咦，不了，我就先不跟了。畢竟這裡可是真的荒郊野嶺，太陽一下山，周圍就是一片黑，根本無法悠哉地垂釣嘛！」

默默聽著兩人對話的鵜飼，表情瞬間僵硬了起來。

「咦、咦咦？雪次郎先生，難道你都半夜去釣魚嗎？半夜去溪邊釣魚？真的嗎？我的意思是，就像寺崎先生說的那樣，半夜可是很危險的喔！真的想夜釣的話等到明天清晨比較——」

「那樣就不叫夜釣啦！」

「原來如此，我失算了。」偵探用手敲了一下自己的額頭，有點老套的反應。

「總之我是想說，不要從事太過危險的活動比較好。」

「沒事，這可是我每個禮拜都會進行一次的消遣，已經這樣很多年了，老早就習慣，沒有什麼危險的。而且你——」雪次郎忽然好奇地盯著偵探的臉，繼續說道。「你怎麼會覺得今天晚上特別危險？有什麼根據嗎？」

「不、沒有，只是——」鵜飼不知所措地支吾起來。

也不是沒有根據，畢竟是山田慶子打電話來警告的。但是，要將那通電話稱之為根據似乎又沒到那種程度。或許偵探也是這麼判斷的吧，他換下困惑的表情，笑著裝糊塗回答。

「那個，我只是有點擔心而已，請不用介意我說的話。順便問一下，您都在哪裡釣魚？在月牙山莊附近嗎？」

然而雪次郎卻壞心眼地勾起嘴角，緩緩地搖搖頭。

「那是我的祕密地點，才不會告訴你咧。頂多可以跟你說，要開車往下游一點的地方，我挺喜歡那個地方的。」

「您打算幾點左右出發呢？」這次換南田智明開口詢問。

「跟平常差不多，半夜十二點左右吧，大概明天早上回來。反正南田跟寺崎就在這等我回來吧，順利釣到大魚的話，我請你們一頓。」

雪次郎對兩位常客露出親切的笑容。接著他轉向非常客的鵜飼與流平，仔細端詳兩人之後，視線落在他們喝的飲料上。

「冒昧請教一下，為什麼你們兩個大男人竟然在喝麥茶？」

「啊，其實是……」

「X攻擊被破解了……」

鵜飼兩人友好地拿起麥茶乾杯。雪次郎搖了搖頭，十分乾脆地放棄理解他們的回答。

「完全聽不懂你們在說什麼，不過也沒差。當作紀念我們相遇，我就請你們喝一杯吧，千萬不用客氣——」

「那我要單一麥芽威士忌，兩盎司。」

「我要大杯的頂級生啤酒。」

喂——！給我客氣點啊你們兩個！好歹也站在跟你們一夥的我的立場想想啊！

然而朱美內心的吶喊是不可能傳達給這兩位不懂得人情世故的傢伙，他們大搖大擺地從雪次郎那裡拿到心心念念的酒。而朱美也跟著沾光作陪，又續了一次燒酒兌熱水。她的行為在雪次郎眼裡，絕對也被視為厚臉皮三人組的其中一員。

晚上要釣魚的雪次郎克制地喝著無酒精啤酒，看起來心情很好。

鵜飼心想就是現在！他積極地向對方攀談，希望能夠獲取更多月牙山莊出售的相關資訊。然而雪次郎的回答總是顧左右而言他，唯一能夠從他口中得知的只有他對於豐橋昇這個男人的觀感，而且多半都是壞話。關於月牙山莊出售問題的具體部分，最終還是真相不明。

在他們對話期間，朱美發現先前那兩位年輕情侶悄然無聲地離座，偷偷摸摸地走出餐廳。總覺得令人有點在意呢，那兩個人——

抱著對他們的模糊印象，朱美目送兩人的背影離去。

四

走出餐廳的鐵男與香織刻意避人耳目地回到他們的房間。

「哇——嚇死我了！怎麼回事啊馬場！」

有坂香織伸手關上身後的門，呼吸急促地說道：「那個叫鵜飼的人到底是誰啊？為什麼要到處打聽山田慶子的名字？」

「誰知道。」鐵男拋下這句後，便在房內大步地來回行走。「但是，那傢伙一定認識山田慶子，說不定是相關人士，正在尋找下落不明的山田慶子。」

「你是說她的家人或親戚？」

「大概吧。」

「或是戀人還是朋友？」

「也有可能。」

「又或是那些人雇用的偵探？」

「那個也——」鐵男忽地停下腳步，揮揮手駁斥這種玩笑話。「不，這絕對不可能，那個人看起來一點都不像偵探。」

「嗯，也是，的確不像。」香織也同意。雖然她也答不出來怎樣的長相看起來才像一名偵探。

「總而言之，那個男的是來月牙山莊尋找山田慶子的。換句話說，月牙山莊跟山田慶子之間一定有什麼關聯才對。」

「有道理。也就是說，我們在不知不覺中住進了這個跟山田慶子關係匪淺的地方囉？」

「似乎是——啊！怎麼覺得我們好像被山田慶子的冤魂追著跑啊！」

鐵男無意間脫口而出的怨嘆，讓香織有種不寒而慄的感覺。

「接下來該怎麼辦？」

「怎麼辦，我們也只在這裡住一晚而已，只能盡量不要引人注目，裝出普通情侶的樣子吧。像剛才那樣一聽到山田慶子的名字就戰戰兢兢的反而才可疑。」

「也是，擺出正大光明的樣子比較好吼。」

「就是這樣。那現在飯也吃完了，要不去泡個溫泉吧，畢竟這間歐風民宿的溫泉好像滿有名的，不泡一下反倒會讓人覺得奇怪。」

「對耶，啊、不過我晚一點再進去好了，馬場，你先請吧。」

「是喔。」鐵男一點也不介意，逕自走出房間。「那我就先去泡啦！」

獨自留在房間的香織首先便倒在床上，伸了一個大大的懶腰。感覺已經好久好久沒有一個人獨處了。畢竟白天把鐵男捲進這起事件後，就一直和他一起行動了，難以想像今天中午前，他們還是八竿子打不著的陌生人。這樣的兩人現在卻完全是共犯關係，人生真是難以捉摸。

「……嗯，現在不是在那邊感慨的時候了。」香織一股勁地從床上坐起。「還要給春佳打個電話。」

打從在河邊簡短的通話之後，已經有一段時間沒有聯絡春佳了。畢竟那之後又發生了一堆有的沒的，關於事件的經過也得跟身為當事人的妹妹交代才是。

「不過我要怎麼說明比較好呢？把事情經過全盤托出真的沒問題嗎!?」

香織想了又想，總之還是先拿出手機，撥打了妹妹的電話號碼。

「喂，我是姊姊喔，春佳妳現在還好嗎？」

「一點也不好啦，吼！」春佳的聲音透過電話傳來，感覺非常不開心。「還說什麼等一下要打電話給我，結果根本沒有打來啊！」

「啊，我好像是這麼說過沒錯，對不起啦，因為後來又發生了不少事嘛。」

「說到這個，姊，妳說要去我家看那個屍體，真的有吧？……有在那邊吧？那個女人的屍體……在廚房……」

「嗯，真的有，而且真的死了。不過沒問題的，我已經都處理好了。」

「咦!?都處理好了是什麼意思？姊，妳該不會……該不會，幫我把廚房都收拾好了吧？那個血流成河的廚房？那不是很辛苦嗎？」

「呃，也沒有，我說的收拾不是那個啦。」

春佳似乎以為姊姊只是幫她打掃了自己的家裡而已。不過這也不能怪她，憑她的想像力，應該無法猜到姊姊將整具屍體都處理了吧。香織決定讓妹妹就這樣誤會下去，再讓真相埋藏得久一點。

「對、對了，春佳，我有件事情問妳，妳對山田慶子這個名字有印象嗎？」
「山田慶子!?沒有，完全沒聽過的名字，是誰啊？」
「山田慶子是那個死掉的女人的名字喔，我從她口袋裡的洗衣店收據知道的。」
「欸！姊，妳竟然敢把手伸進屍體的衣服口袋！太強了……我連一根手指都不敢碰就逃跑了……姊，原來妳還為我做了這些事，妳都不覺得噁心嗎？」
「呃，嗯，還好啦，只有拔刀子的時候覺得有點噁心。」
「咦……刀子!?」電話另一頭傳來春佳動搖的聲音。
「啊、不是，我說拔刀子是指，就是那個，因為刀子是凶器嘛，想說趕快先處理掉比較好。屍、屍體都沒動喔，當然不可能動的。」
「姊，妳是從屍體上把刀拔起來的嗎？真的嗎？」
「呃，嗯，真的喔。」正確來說負責拔的人是鐵男才對，但現在就先這樣回答吧。「怎麼了，不能把刀子拔起來嗎!?對了，說到刀子，春佳妳用的水果刀長得還真奇怪，看起來跟短刀一樣，最近很流行那種款式嗎？」
「像短刀一樣的刀子……那是什麼？」
「不，妳怎麼會這樣問……」
「…………」
兩人陷入莫名的沉默，幾秒後，電話那頭突然傳來激烈的真情叫喊『哇啊啊！』迫使香織不得不將手機拿離自己的耳朵。即便如此，還是可以從話筒清楚聽見妹妹的聲音，不知為何，她的聲音中帶著莫名驚喜。

「太好了！姊！我說不定有救了！不對，是絕對有救了！不是我，我不是殺人犯！」

「這我知道啊，春佳是正當防衛，錯的是對方嘛。春佳才不是殺人犯，雖然我不知道別人會怎麼想，但我一定會站在妳這邊的——」

「不是啦，妳仔細聽我說，姊妳不是把刀從屍體上拔起來了嗎，但是那是不可能的，因為我在當下就把手上的水果刀丟在地板上了。絕對不會有錯，這點我記得非常清楚。」

「丟在地板上!?我想想，妳說丟了，也就是說隨便扔在某個……」

這個意外的事實讓香織的內心百感交集起來，她用力握緊手機。

「妳、妳說什麼！那、那為什麼被丟掉的短刀還會插在屍體上面！這不可能啊！」

「所以我才覺得奇怪，而且我用的水果刀是粉紅色的刀柄，小小的、可愛可愛的那種，應該不是姊妳說的那把像短刀一樣的小刀。」

「妳的意思是、是什麼意思啊？」

「就是說，那把刀不是我的，我猜在那之前就有別人用那把像短刀一樣的小刀刺向山田慶子的側腹。欸，姊，山田慶子的屍體上有幾個傷口啊？一個？兩個？」

「一、一個吧。就只有小刀插著的那個傷口……啊！也就是說春佳妳的水果刀！」

「對，我的水果刀並沒有刺到對方，換句話說，我沒有殺人！也不是什麼正當防衛或防衛過當，只是我之前一直以為自己手上的刀子刺到她了。」

「原來如此，原來是這樣啊，春佳，這真的是太好了！」香織才剛發出歡呼聲，馬上又想到一個嚴重的問題。「等等，那山田慶子是在什麼時候、又是在哪裡被刺殺的？她死在妳家廚房是事實吧，但她卻不是在廚房被刺的，這也表示——」

「我想她一定是在其他地方被刺的。我現在終於懂了，為什麼她那時候會突然跑進我家，為什麼會一臉跟死人一樣地走向我，我猜那時候她的肚子就已經被誰刺了一刀，快要斷氣了。因為重傷陷於瀕死邊緣的她死命地逃來我家想求我幫助她，雖然我不知道為什麼她會選我家就是了。總之，她一定很努力了，但她卻嚇到了完全搞不清楚狀況的我，甚至我還不顧一切地拿起水果刀刺向她。雖然那把刀最後沒有刺到她，但因為她往我撞上來，又被反彈到地上，大概就是那個時候壓到原本刺在她身上的刀子，結果反而成了導致她死亡的致命傷。而我沒有仔細檢查就以為是自己手上的刀子刺殺了她，也沒有好好確認屍體就丟下刀子逃跑了——喂，姊，妳有沒有看到廚房的地板上有把粉紅色刀柄的水果刀？」

「不知道，我沒看到——應該說，我一開始沒想到會有那種東西，所以也沒特別找，仔細找找看的話應該會有。大概掉到冰箱下面，或是被流理臺的陰影遮住了，又或者是其他地方，那把沒有沾到血的水果刀。」

聽起來沒什麼問題，剛才春佳推理出來的事情應該才是真實的情況。

電話那頭傳來春佳充滿懊悔的嘆氣聲。

「對不起啦姊，事情變成這樣，都是因為我沒有事前仔細跟妳說明水果刀的事。不對，在那之前，我應該要更冷靜地觀察屍體才對，那個當下馬上就可以確認她到底是不是被我殺死的了……但我卻因為太害怕而逃跑了……」

「沒、沒辦法嘛，畢竟人就死在自己面前，一定會害怕的啦。總之真是太好了，春佳，姊姊我也放心多了，這樣妳就不用繼續逃亡了。」

「對呀，謝謝妳。但現在問題就變成到底是誰殺了山田慶子了，希望警察一定要逮捕到凶手。啊——但是姊，這件事警察還不知道吧，因為我沒有報警就逃跑了。」

「對、對呀……」

「那不快點報警不行，好，我現在馬上就打電話！」

「等、等一下啦！」香織慌忙阻止妹妹，她將手機拿遠，自言自語起來：「怎麼辦……是要報警沒錯，但是屍體已經沒有了……」

「咦？什麼!?姊妳說什麼？」

「沒、沒事啦，是我這邊的事。」香織努力讓聲音聽起來毫無異樣。「那個啊，春佳，妳難得到仙台一趟，就在那邊好好度假一下吧，而且明天也是禮拜六。妳吃牛舌了嗎？是喔，已經吃啦，那妳去看伊達政宗的銅像了嗎？嗯，看了也不能怎樣——也是啦，那樂天呢？不行啦春佳，沒去宮城縣營球場看野村教練跟小將（註3）的話怎麼能算去過仙台？」

「但我又不是來仙台觀光的，而且姊妳應該知道吧，現在已經沒人用宮城縣營球場這個名字了，現在都叫——」

「我知道啦，Fullcast Stadium 對吧？」

「不是啦，是 Kleenex Stadium 才對。」

「那種事隨便怎樣都好啦！」在這種無所謂的小事上，妹妹總是比姊姊更要細心。「總之就這樣決定了，春佳妳就在仙台多待一天，這邊的事就交給姊姊處理吧。警察那邊我也會視情況通報的。」

「呃，視情況……」

「沒事，就交給姊姊吧！」香織以堅定的命令口吻封印了妹妹的疑問。「那就這樣囉——我會再打電話給妳的——拜拜。」

「喂、等等、姊——」

「喂！」無視電話另一頭的妹妹還想說些什麼，香織用一個按鍵結束了通話。

「原諒我春佳，姊姊現在有無法對妳訴說的祕密……」

註3　日本職棒東北樂天金鷲的先發投手田中將大。

香織對著靜悄悄的手機閉上雙眼，行了個禮，並維持這個姿勢數分鐘之久。許久香織才抬起頭來，發出一聲比大海還要深、比河川還要長的嘆息。

「……唔啊啊啊啊啊啊啊啊……我到底幹了什麼蠢事啊……」

不該丟掉山田慶子的屍體的，一開始就應該按常識打一一〇報警的才對。那樣的話，現在就不會有這麼多事了。但現在說這些都太遲了，就算妹妹是清白的，姊姊也已經犯下棄屍的罪行了，而且──

「啊啊啊！我該怎麼對馬場說才好！我還硬逼他來幫我，結果現在才知道那些事都是多餘的，叫我怎麼說得出口！」

坐立不安的香織從床上跳下。

「……啊啊啊，糟糕透頂！香織妳這個大笨蛋！」

彷彿在懲罰自己輕率的舉動似的，香織將自己的頭往房間的牆壁砰的一聲撞了上去。

五

「呼──洗了個舒服的澡，活過來啦！」

穿著浴衣的鐵男打開房門，對香織說道。「妳也快點去洗吧，大浴場裡有檜木製的浴池，泡起來超舒服的──喂、喂、妳怎麼了香織！」

鐵男被眼前莫名其妙的景象嚇傻了眼。

只見香織不斷用頭去撞牆壁，簡直就像恨透了自己的腦袋似的。她使勁地撞了又撞，一次又一次砰砰砰個不行。那令她引以為傲的馬尾，現在像是一匹瘋馬的尾巴一樣搖個不停。而在此同時，也可以聽到她宛如在詛咒自己般的悲慘叫聲——

「笨蛋笨蛋、香織妳這個笨蛋、香織妳這個大笨蛋啊啊啊——」

鐵男看著她搖晃的背影，感到有些毛骨悚然，頓時不知該說些什麼才好。

「…………」真是可憐啊，有坂香織！終於因為做了壞事良心不安導致精神崩壞了嗎？「喂、喂！妳在做什麼？香織，我叫妳停下來！」

鐵男伸出雙手按住香織的臉，硬是將拚命反抗的香織帶離牆邊。卻沒想到香織這回改換抱住了鐵男。

「鐵男喔喔喔喔……我對不起你啊啊啊啊啊……」

「唔……嘿、嘿嘿、怎麼了啊，喂……」

透過浴衣傳來的她的碰觸讓鐵男瞬間欣喜若狂。不久，香織抬起頭來，眼眶泛著淚。她的額頭上再度出現一滴鮮血，直直滑落到臉上。

「唔哇！」鐵男嚇得瞪大了眼，身子還往後仰了一下。

看來是白天因為交通意外造成的傷口又裂開了。

自己拿自己的頭去撞牆，故意讓額頭上的傷口裂開導致流血，妳這傢伙是

「阿卜杜拉屠夫」A. T. Butcher（註4）還是「印度狂虎」T. J. Singh 啊！

「喂、妳到底在幹麼啦，給我好好說明！」

鐵男背靠著牆，聽著坐在床鋪一端的香織淚眼汪汪地敘述著。

「原來如此……原來是這麼一回事……」

得知前因後果後，鐵男的心情猶如烏雲密布。看樣子自己的幫忙完全是毫無意義的犯罪行為，他用責備的目光盯著香織看。

要是這傢伙有先搞清楚事情狀況的話，要是這傢伙沒有把我拖下水的話，要是這傢伙沒有提議要把屍體沉到池子裡的話——那麼這起事件也不會變得這麼複雜了。有坂香織，一切都是這個傢伙的錯！

「對不起，鐵男……都是因為我事情才……」

「混蛋——這才不是妳的錯！」那瞬間，鐵男突然改變了想法。「不對的是那個犯人！沒錯，就是這樣！雖然不知道那傢伙是誰又在哪裡，總之我要說的就是殺害山田慶子的那個真凶，就是因為他把山田慶子殺了，才害我們要抱著屍體跑到這種深山裡來。那傢伙才是最壞的，妳一點錯也沒有！」

註4　加拿大籍摔角手，比賽中常帶著武器去傷害對手，譬如用叉子去挖對方額頭，製造大量鮮血。自己的額頭上也有道非常清楚的疤痕。

拚命維護她的鐵男在不自覺中，意即毫無任何企圖之下，自然而然地在她身邊坐了下來，握緊拳頭持續著滿腔熱血的辯護。香織盯著他看，眼眸因為感激而泛出淚光。

「謝謝你，你對我真好，鐵男。」

坐在床邊的香織將身子微傾，依靠在鐵男身上。

「！」

面對這個從天而降的機會，鐵男全身的神經都緊繃起來。不過，在這種時候因為太過猴急撲倒對方，而慘遭失敗的男人也不在少數。絕對不能慌。鐵男小心翼翼地將左手伸到她的背後，以確保抓住良機。但就在他正想一鼓作氣攬住她的腰時，香織突然站起身。

「——我要去洗澡了。」

「!?」鐵男的左手空虛地攬住一團床上的空氣。「……啊、對、洗澡，嗯，趕快去吧。」

可惡！這個時候洗什麼澡啊！不洗澡也沒問題的！不如說根本不要去洗！不曉得是不是看出鐵男心中的想法，香織走到門前又回過頭來，對鐵男微笑說道。

「在我回來前不要睡著喔。」

「喔！」鐵男馬上就察覺她的話中之意。「喔、我、我知道了。」

香織走出房間。獨留在她床上的鐵男按捺不住迫切的心情，不知怎地當場就做了三十下伏地挺身，接著又橫躺在她的床上，滿心期待著各種發展，嘿嘿嘿地傻笑。接著他慢慢閉上雙眼，想像起香織穿著浴衣的模樣，大口吸著氣。漸漸地，白天的疲勞一次湧上，鐵男也在不知不覺中陷入深沉的睡眠。

「……Zzz」

六

二宮朱美全身浸泡在大浴場裡的檜木浴池，悠閒地享受著這股放鬆氣息。這是她今天第二次來泡溫泉，順著與偵探們的孽緣發展，她來到了月牙山莊，在這裡度過了半天後，現在她才開始喜歡上這裡。美麗的建築物、美味的料理，還有出色的檜木浴池，最棒的是沒有發生任何事件。只要繼續維持下去，這將會是個非常理想的休假……

正當她想著這些的時候，身後傳來了開門聲。熱氣氤氳中，隱約可以看見一名年輕女性，原來是剛才在餐廳碰面的那對私奔情侶的女生。名字是有坂香織，記得鵜飼是這樣稱呼她的。

香織在認出朱美後先是嚇了一跳，接著馬上打了聲招呼：「晚上好」，再將身子浸入檜木浴池。

「晚上好——咦!?」朱美忍不住又看了一下香織的臉。「——新月？」

「咿！」聽到這個字眼的瞬間，香織忍不住發出叫聲，幾乎就要從浴池中站起。「什、什麼新月!?新月怎麼了!?」

「…………」這個小女生有需要這麼驚訝嗎？朱美一邊覺得奇怪，一邊指了指自己的額頭。「妳額頭上那個像新月一樣的傷口是怎麼弄出來的？好像時代劇裡的英雄角色。」

「咦、啊啊，妳說的新月指的是這個傷口啊……」香織不知為何露出安心的神情，用指尖按著自己的額頭說道：「——嘿嘿嘿，無所忌憚，勇往直前的傷疤～妳說的是這個吧？」

「…………」這個小女生還真配合。再說，這個年紀竟然知道早乙女主水之介（註5），這樣的孩子也不多了。「妳還真是有趣呢。」

「沒、沒這回事，我很普通啦，很普通。那個，我的傷口，很明顯嗎？是喔，那我用瀏海遮一下。」

香織將瀏海撥到額頭，拚命想遮住那道新月傷疤。

「欸，妳知道嗎？現在住在這間歐風民宿的女生好像就只有我們兩個喔！靜枝小姐是工作人員，應該不會跟我們客人一起在這裡洗澡。」

註5　日本通俗小說《旗本退屈男》的主角，最為出名的招牌動作是指著眉間宛若新月的刀傷，再說出「無所忌憚，勇往直前的傷疤（天下御免の向こうの傷）」。

「是這樣啊，也就是說，這個浴池就像是我跟朱美小姐包下來的。」
「沒錯——咦!?妳、妳怎麼會知道我的名字？」
「咦!?是、是剛才在餐廳裡聽到鵜飼先生這樣叫妳所以……」
原來如此。雖然還是覺得哪裡怪怪的，但暫時先接受這個答案。這個小女生一邊跟男朋友吃飯，還一邊注意明明隔了段距離的鵜飼嗎？
「那個、請問鵜飼先生是個怎麼樣的人啊？跟朱美小姐又是什麼樣的關係呢？」
「咦!?」抱持懷疑態度朱美須臾便反應過來，撒了個幾可亂真的謊言。「鵜飼就是個普通的上班族喔，流平則是他公司的派遣員工。」
「是喔，那朱美小姐就是那間公司的ＯＬ囉？」
「不是，我是大樓的房東。」這部分不需要說謊，朱美如此判斷。「鵜飼現在住在我管理的大樓，我們的關係就是這樣。」
「大、大樓的管理人！哇！好厲害！朱美小姐一定很有錢囉！」
「沒有啦，而且雖然說是大樓，其實只是間老舊的綜合大樓罷了。公寓叫作『黎明大廈』，妳應該沒聽過吧？雖然就在烏賊川車站的旁邊，但那附近還滿多建築物的。」
「雖然沒聽過，但或許常常經過那裡也不一定，因為我妹——我是說我的朋友就住在車站附近。」

「那可能有擦肩而過也說不定喔，我們兩個。」

「是啊。」香織露出微笑，注視著往上飄升的熱氣。「原來……鵜飼先生也是烏賊川市的人啊……嗯——」

「？——妳為什麼會對鵜飼這麼感興趣？」

「咿!?沒有沒有，稱不上是感興趣，就只是覺得他還滿帥的而已……」香織慌張地搖了搖手，從浴池中站起。「啊、對了，我要趕快先走了，他還在等我。那就先說晚安了，我就泡到這裡。」

說時遲那時快，有坂香織飛快地走出浴池，身影也往建築物的方向消失了。澡堂裡只剩下朱美獨自一人，她將頭歪了四十五度角，喃喃自語著。

「帥!?鵜飼嗎!?為什麼她會這樣覺得!?」

七

那之後又過了幾個小時，時間即將來到午夜十二點。是時候就寢了，朱美心想。正當她要放下窗邊的窗簾時，橘雪次郎的身影也進到了她的視線範圍。停車場裡，雪次郎正在將釣魚用具放進箱型車內，看來他果然要在半夜出發去溪釣。

朱美有些忐忑不安，山田慶子曾經警告月牙山莊將會發生大事，似乎就是現在。朱美立刻做出判斷，她走出房間，往停車場的方向走去。

就在雪次郎準備齊全，正要坐上車出發時，朱美委婉地向雪次郎提出了忠告。

「那個，怎麼說才好……今晚去釣魚時，還請您務必小心。」

「謝謝妳的關心，不過，有點奇怪啊！為什麼妳會擔心我呢？有什麼理由讓妳如此擔心？」

「要說理由……對了，雪次郎先生知道一個叫作山田慶子的人嗎？我猜她應該是月牙山莊的人……」

「不知道，這間民宿沒有叫那個名字的女人，那位山田小姐怎麼了嗎？」

「不、沒有，是喔……」

朱美支吾起來。是某個不知道哪來的女人，說有可能會發生什麼的莫名其妙的警告，這樣直接坦白好嗎？就在朱美還在猶豫的同時，已經從眼角看到雪次郎乾脆地坐上箱型車，發動引擎了。

「那我要先走了，期待我大豐收吧！」

雪次郎對窗外悠悠地揮揮手，駕駛車子離開了月牙山莊。

這樣真的沒問題嗎？朱美懷抱著近似後悔的心情，望著車子離去的方向久久不能釋懷，但已經開離的車應該也不可能再繞回來了。又過了一陣子，朱美才重新打起精神，轉身離開。她喃喃自語地說服自己。

「算了，這也沒辦法嘛，我又不是警察，也不是私家偵探──咦!?」

就在這時，朱美瞧見了一名偵探的身影，那個人正是鵜飼。他穿著浴衣，走到建築物外頭，小心翼翼地窺探著周遭。朱美不曉得要不要叫住他，只見鵜飼的行為實在反常，最後她決定偷偷跟在他的背後。

鵜飼以緩慢的步伐繞到建築物背後，走向後院。那裡可以看到一間小木屋，窗戶露出橘黃色的亮光。鵜飼直接走向小木屋，不加思索地敲了敲窗戶。窗戶被無聲地打開，鵜飼縱身跳入屋內，消失了蹤影。

「什、什麼啦那個！根本超詭異的吧！」

簡直就像在跟女人私會一樣——想到這裡，朱美突然大驚失色，難不成是有坂香織？應該不可能吧！但是，她感覺一直在注意鵜飼，還說什麼很帥。鵜飼似乎也不討厭香織那種可愛型的女生，尤其大部分三、四十歲的男性，似乎都特別喜歡年輕女性綁馬尾的造型，曾聽說過有這種數據資料，而且可信度還滿高的——

「算了，鵜飼要跟誰私會也不關我的事……」

幾分鐘之後——

宛如忍者的朱美將背緊貼在小木屋的牆上。實在是太在意了，最後還是忍不住做出如此行動，她躲在窗邊，探頭窺伺著屋內的情況。也是在這時，一隻男性的手從身後拍了拍她的肩膀，那瞬間，朱美還以為是幽靈在叫她，感到十分恐怖。

「呀啊啊啊啊啊——」

她不顧形象地發出慘叫。然而一回頭，卻發現站在那裡的並不是幽靈，而是戶村流平。偵探的徒弟漫不經心地舉起右手。

「哦，朱美小姐也有興趣嗎？足球。」

朱美完全搞不清楚狀況。「你說足球是什麼意思!?」

大概是因為聽到她的慘叫聲，小木屋的窗戶也被打了開來，幾個男人從窗內探出頭來。那是直之與英二兩兄弟、南田智明、寺崎亮太，當然還有鵜飼本人。這到底是什麼聚會？

朱美越過窗戶，重新探頭看了一下裡頭的樣子，終於搞清楚整個狀況了。

小木屋裡頭放置了一臺薄型電視在牆邊，偌大的螢幕中，現在正播著國際足球比賽，是日本對巴林，現在才正要開球。

第四章　漂浮在河川上的屍體

一

一夜過後，時間來到週六上午七點，旭日的陽光灑進月牙山莊的餐廳。

二宮朱美坐在窗邊的位置喝著咖啡，身穿西裝卻不打領帶的鵜飼坐在她的對面，手舞足蹈、滿腔熱血分析著日本代表在昨晚比賽中使用的戰術。但對朱美而言，那些事情一點都不重要，而且說老實話，她現在非常想睡覺。

朱美在那之後與鵜飼和其他人一起，入迷地看著電視轉播的足球比賽。他們一邊飲酒一邊觀看比賽，氣氛十分熱烈，朱美也順理成章地延後了就寢時間。待比賽結束，已經快要半夜兩點了。

「流平呢？他怎麼了？」

「他還在小木屋的沙發上睡覺，現在大概正在打呼吧──哦！」

朝著窗外看的鵜飼提高了音量。一輛普通的小客車駛進月牙山莊的大門，在停車場的一邊停下。

「看來雪次郎先生釣魚回來了。」

「才不是，雪次郎先生是開箱型車出去的。」

這時朱美才終於發現，停車場裡一輛箱型車也沒有。雪次郎還沒回來嗎？朱美有股不好的預感。順著她的視線看去，只見一名身穿制服的年輕巡警從小客車走出，這讓朱美內心的不祥預感更加強烈。

鵜飼用力一蹬，從椅子上站起，從餐廳往玄關的方向移動，朱美也隨之在後。玄關大門被推開的同時，大廳傳來巡警強而有力的聲音。

「打擾了——」

「噓！」然而鵜飼卻將食指舉至脣邊，搶先一步制止了看起來有些興奮的刑警。「不好意思，請別驚擾到其他客人！」

巡警馬上用手摀住嘴，像是搞砸了什麼事情一樣。鵜飼面帶嚴肅地壓低音量。

「怎麼了？發生什麼事了嗎？」

「您是月牙山莊的人吧，我是本地的巡警，敝姓吉岡。」

「我是在問你發生什麼事了！」鵜飼的神情像是擔憂得胸口都要炸開似的，他抓住巡警的肩膀，接著問道：「該、該不會大叔發生了什麼事……」

「事、事情是這樣的……」巡警壓低音量，一臉沉重地說：「剛才派出所接到最新消息，有人發現了疑似是橘雪次郎的屍體。」

「你、你說什麼！在哪裡發現的！」

「是！案發地點在從這裡稍微往山下走，烏賊川市三俣町的河邊。」

「在河邊被發現，意思是他是溺死的嗎？」

「從目前得知的情報研判，這種可能性很高。」

「哎呀，所以我就跟他說夜釣很危險了啊！但是，巡警先生，請問一下，有沒有可能是他殺？」

「不，關於這點，目前沒有任何蛛絲馬跡指出有他殺的可能，不過調查也才剛開始……接下來需要親屬去確認死者身分，方便請您一同前往嗎？」

「確認!?我去就可以了嗎？」鵜飼將手放在胸口上，沒什麼自信地撇撇頭。

「不，我有辦法確認嗎？畢竟昨天才剛認識——」

「……………」巡警的臉色立刻變得鐵青。「不好意思，請問您是雪次郎先生的家屬沒錯吧？」

「不是，我才不是雪次郎的家人咧——嗯？你問我們是什麼關係？我也不知道，要說什麼關係，我不過是昨天才到雪次郎名下這間月牙山莊投宿的旅客而已，但那又怎麼了嗎？」

「請你去請家屬過來！應該有誰在吧！他的家人還是親戚！」

年輕巡警漲紅了臉，雙肩也微微抖動起來。

「好啦，別這麼激動，你明明是本地巡警卻不認得居民的樣子，不對的是你。」

「我才剛到職不久！」

「我想也是啦。啊，話說要確認屍體的話，橘氏兄弟是最合適的人選，我現在就去叫他們——哎呀，看來是不需要了，他們正好過來了，兩個人都在。」

或許是聽到玄關這裡的騷動，橘氏兄弟直之與英二一同從裡頭走了出來。吉岡巡警面向二人，再次幹勁滿滿地敬了個禮。

「打擾了，我是本地的——」

「噓！」話還沒說完，哥哥直之便將食指舉至脣邊。「不好意思，請別驚擾到其他客人！請問有什麼事嗎？到底發生什麼事了？」

「您是月牙山莊的人吧，我是本地的巡警，敝姓吉岡。」

「我們是在問你發生什麼事了！」弟弟英二的神情像是擔憂得胸口都要炸開似的，他抓住巡警的肩膀，繼續問道：「該、該不會是叔叔發生了什麼……」

「事、事情是這樣的……不對，在那之前，你們兩位真的是月牙山莊的人嗎？不是單純的住宿客？是真的吧？」

吉岡巡警似乎再也無法輕易信任他人了。橘氏兄弟你看我，我看你，無法理解對方為什麼會這麼問。一旁的鵜飼則事不關己地欣賞著展示櫃裡的花瓶。無可奈何之下，朱美輕咳了一聲。

「那兩位是貨真價實的月牙山莊的人，他們是雪次郎先生的外甥。」

這下子吉岡巡警才終於相信，將剛才對鵜飼說的話又重複與橘氏兄弟講述了一次。不愧是真正的家屬，兄弟二人在聽到雪次郎的死訊時表現得十分激動，立刻將歐風民宿的事情交代給靜枝，便要一同前往現場確認。

「那我也一起去吧！」鵜飼叫道，彷彿要在緊張的氣氛中製造麻煩似的。

吉岡巡警聽聞，做出趕蒼蠅的動作。

「你跟雪次郎先生一點關係也沒有吧，請不要插嘴。」

「我雖然跟雪次郎先生沒關係，但跟烏賊川署的砂川警部倒是關係匪淺。你既然是豬鹿村的警察，應該不會不知道今年冬天豬鹿村善通寺家發生的事件才對。那起事件之所以可以完美解決，還要歸功於我這個偵探，鵜飼杜夫。」

這種說法似乎誇張過頭了，站在鵜飼身旁的朱美默默地搖了搖頭。善通寺家事件說到底，鵜飼的表現明明只占了那麼一點功勞而已。卻沒想到——

「你剛才說鵜飼杜夫！」吉岡巡警的反應出乎意料地大。「就是在善導寺家事件中以快刀斬亂麻的推理能力，成功解決事件的傳說中的名偵探！那個人就是你嗎！」

「原來如此，這麼一說的確有聽說過。」直之用手推了一下眼鏡，仔細觀察起鵜飼。

「說到這個，難怪我之前一直覺得在哪裡聽過這個名字。」英二彈了一下大拇指。

「…………」意象不到的展開讓朱美啞口無言。

雖然不知道是怎麼一回事，但看來鵜飼杜夫這個名字雖然在烏賊川市一文不值，但對豬鹿村的居民而言，卻是個活生生的傳奇。或許是偏遠鄉鎮難得有事件發生，加上居民的休閒娛樂也不多，事情傳到這裡反而都被誇大了。這種意外發展讓朱美感到非常驚訝，而鵜飼本人也一副不知如何是好的樣子，最後只能勉強擠出僵硬的笑容。

「哈、哈哈哈——反正就是這麼一回事啦！事出有因，所以才一直隱瞞大家。總之時間寶貴，我們還是趕緊出發去現場吧！」

二

有知名偵探跟著一起去，安心多了。直之說出這句話後，大家都表示認同。

橘氏兄弟乘著吉岡巡警的車出發，鵜飼與朱美則開著雷諾跟在後頭。兩輛車一鼓作氣從盆藏山直驅而下，不久便來到了案發地點，烏賊川市三俣町的河邊。

三俣町位於烏賊川市外圍，與朱鹿村相連結。流經城市中央的烏賊川沿岸是住宅跟農地的所在處。說起來烏賊川市的規模根本無法稱作是都市，充其量只是個弱小的偏遠城市，而拿位於其外圍的三俣町等鄉鎮跟日本全國的任何一個地方比，這裡簡直是鄉下中的鄉下。

然而今早算是特例，景色與平常大不相同。除了有警車和身穿制服的警部，再加上站在遠處看熱鬧的人們，河邊簡直變成了盂蘭盆節會場那般熱鬧歡騰。

橘氏兄弟和鵜飼等人在吉岡巡警的帶領下，穿過事前圍起的黃色膠帶，走進案發現場。警方中的一名中年刑警很快地認出他們，並朝他們走了過來。那是一張在烏賊川市的殺人現場中，大家絕對不會陌生的臉孔，砂川警部。

警部面無表情地向橘氏兄弟敬了個禮，以公事公辦的口吻說道。

「不好意思，勞煩你們跑這一趟，總之我先說明整個事情經過。今天早上六點半左右，附近一名老人家在河邊散步時通報了一一〇，說是看到河川上漂著一名男性屍體。我們立刻前往現場，將屍體打撈上岸。接著我們調查了死者身上的遺物，幸好這名男性身上有帶駕照，駕照上的名字是橘雪次郎。」

「那麼，這具遺體果然就是叔叔了。」直之沮喪地說。

「不，還不能確定。之所以這樣說，是因為我們發現屍體上，尤其是臉的部位受損特別嚴重，即便我們有雪次郎先生的駕照，也沒有辦法跟上頭的照片做比對。因此我們才會聯絡你們，想請家屬前來確認——另外，我可以問個問題嗎？」

砂川警部伸出手，直直地指向站在遠處的鵜飼。「那個男的和雪次郎先生是什麼關係？是遠親還是有其他關係嗎？」

「不是的，叔叔名下有個月牙山莊，他是昨天來投宿的客人——」

「原來如此，我十分理解了。」砂川警部並沒有將剩下的話聽完，他轉過身去，命令在他身後等候的忠實部下：「喂，志木！把那個男的給我趕出去！女的也一起！」

「是。」年輕刑警踏出步伐，來到鵜飼與朱美的面前，宛如一尊金鋼力士像般站立著。

是要用武力驅趕我們嗎？朱美不禁擺出架勢來，準備與對手交鋒。卻沒想到志木刑警只是揮了揮手背：「好了，去那邊，去去去！」

「什麼嘛，把我們當野狗嗎！真令人火大耶！」

朱美激烈地表達抗議，但被這樣對待早已習以為常的偵探似乎絲毫不受影響。

「這樣好嗎？警部，做出將我排除在外這種蠢事，要是因此破不了案，我可不負責任喔！」

「哦，這話說得可真奇怪。哪有什麼破不破得了案的，都還不曉得這起事件跟他殺有沒有關係。不，事實上死者就是溺水而亡的，照常理推估，意外事故的可能性較高，不會有偵探出場的機會。」

「這個是意外!?什麼，真是豈有此理，雪次郎先生挑在這個時機死，怎麼可能會是單純的意外事故，呢～」

「哦，這個時機指的是什麼時機？」

「誰知道～呀～是什麼時機呢～」

「…………」

「啊～啊～事情會怎麼發展～我可不知道哦～」

「給我把這傢伙丟下河去！」砂川警部勃然大怒地抓起鵜飼，接著又繞到他的身後，用手腕勒住他的喉嚨。「為什麼！為什麼每次在案發現場都一定會看到你！」砂川警部一面發出悲痛的哀號，一面手上使勁對偵探使出鎖喉技。

不是說要把他丟下河嗎警部先生？用錯技能了喔。朱美心想。

「警部，請冷靜。」志木刑警上前勸阻自己的上司，並在他耳邊輕聲提出忠告：「現在還不行，周遭有太多人圍觀了。」

「啊、嗯，你說得對，我居然犯了這種低級錯誤，一不小心就……」

砂川警部鬆開手腕的力量，偵探立即撲通跌落在地，看他的樣子，應該需要一段時間才會復活。朱美順勢代替鵜飼，說出他原本打算說的話。

「總而言之，雪次郎先生並不是死於單純的意外，關於這點我們手中握有相關證據。警部先生若是想要這筆情報的話，最好不要對我們太過無情比較好喔。」

「……真的是很重要的情報吧，不是那種無關緊要的八卦吶。」

朱美刻意裝出鵜飼平常故弄玄虛的樣子，重重地點了個頭。

「是的，真的非常重要喔，重要到會讓一個單純的意外事故變成殺人事件。」

「好吧，算了。畢竟你們是跟著橘氏兄弟一起來的，我們也不能怠慢你們。但你們一定要好好協助警方搜查，聽懂了嗎？」

砂川警部如此交代後，又轉向橘氏兄弟，接著說道。

「那就請兩位盡快跟我一起去確認屍體的身分吧。」

被發現漂浮在烏賊川河面的屍體，現在已經被搜索隊搬運到河邊的空地。親眼目睹屍體後，橘氏兄弟以及朱美都不禁發出了小小的驚恐聲，因為屍體的狀態遠比他們想像的還要悽慘。

額頭像是被人用巨大的斧頭劈開，臉上的肌膚布滿了無數擦傷，手腳露出的部分也有著同樣傷痕，右腳膝蓋上的傷口更是深可見骨。溼答答的衣服已經破破爛爛的不成樣子，簡直就像是隨便從路上撿來一條布包裹著的屍體。

「死得還真悽慘吶……」鵜飼皺眉。

「哎呀，你已經復活了？挺快的嘛。」比起屍體，朱美對於偵探的恢復能力更感吃驚。

話才剛說完，只見英二圓嘟嘟的臉微微抽搐著，接著更說出了奇怪的發言。

「啊，又是這樣……」

他恨天嘆息一聲。但他口中的「又是」是什麼意思呢？

另一方面，直之那雙宛如科學家般冷靜的眼眸，在眼鏡下閃爍著光芒。

「沒有錯，這個屍體就是我們的叔叔，雪次郎。這身衣服跟昨晚他出門時穿的衣服是同一件，臉上跟身體的特徵也都吻合，比方說叔叔的鼻子下方有顆明顯的痣，左手背也有燒傷過的痕跡。」

「那應該不會有錯了。順便請教一下，雪次郎先生昨晚出門是去哪裡？」

「他是去釣魚，我叔叔每個週末都會來月牙山莊，等到半夜再去釣魚，這是他的興趣。昨天也是半夜十二點左右開車出門的樣子。」

「那麼，雪次郎先生就是釣魚釣到一半，因為突發事故掉落河川溺死的囉——嗯。」

什麼嘛，這不就是意外嘛——砂川警部喃喃細語著。朱美接著提出疑問。

「請等一下，如果只是掉到河裡，應該不會死得這麼悽慘吧？這個屍體看起來就像被誰拿了石頭或是其他東西，狠狠砸個半死再丟到河裡的。」

回答這個問題的是直之。「不，二宮小姐，我想這應該是瀑布造成的。」

「瀑布!?」

「是的，從這裡往上一公里左右就是上游地帶，河道在那裡分開，形成烏賊川與它的支流赤松川共兩條。而赤松川再往上一公里左右有個瀑布，這部分您清楚嗎？」

「經你這麼一說，的確有聽過一個叫龍什麼的瀑布。」

「是的，就是龍之瀑布。大家通常會在龍之瀑布的上游溪釣，因為瀑布下方河面較廣，幾乎沒有溪釣那種氣氛了。我不確定叔叔昨天晚上是在哪裡釣魚的，但他的興趣是溪釣，所以地點一定會選在瀑布的上游地帶。」

「也就是說，雪次郎先生是墜落瀑布身亡的囉？」

「我認為是。龍之瀑布中有塊平坦的斜面，水源從岩石表面傾瀉而下，就好像一個用岩石打造出來的天然溜滑梯。人類從那個瀑布摔下來，一定會被瀑布沖撞到周遭的岩石或河底，變得殘破不堪，就像叔叔的屍體那樣。」

在一旁聽他說明的砂川警部也認同地點了個頭。

「的確這麼一想，也能說明屍體上的傷痕和衣服上的破損從何而來了。雪次郎先生是從龍之瀑布摔下來的可能性很高。」

警部迅速轉了個身，對搜救隊大聲下達指令。

「徹底搜查龍之瀑布附近，先找出雪次郎先生駕駛的汽車，接著沿著河川尋找，應該會有他的遺物。只要找到釣竿或冰桶之類的東西，那裡應該就是事故的發生地點了。」

這起案件就是一場意外事故，砂川警部認定這是無庸置疑的，然而鵜飼卻提出了完全相反的意見。

「警部，就算雪次郎先生真的是從龍之瀑布摔下去的，也不能因此認定這只是場意外啊。說不定是誰從背後推了雪次郎先生，才害他掉下去的。若是這樣，就是殺人事件了——對了，英二先生。」

鵜飼冷不防地轉向英二，從正面緊盯他那張圓嘟嘟的臉。

「你在親眼看到雪次郎先生的屍體後，小聲地說了『啊，又是這樣……』吧？為什麼你會這樣說？既然提到了『又是』，表示以前也有發生過類似的事情嗎？」

鵜飼指出這點後，砂川警部也一臉好奇地看向英二。英二蜷曲著他那壯碩的身軀，像在道歉般地回答。

「那是因為，叔叔死掉的樣子跟一年前父親去世的樣子幾乎一模一樣，所以我才……」

「去世的父親，你指的是橘孝太郎先生吧？這件事我昨天有聽寺崎先生稍微說了一點。孝太郎先生死的時候，樣子也是這麼悽慘嗎？」

「對，跟這次非常相近。刑警先生不曉得嗎？那是發生在一年前的事了。」

「嗯，請等一下。」砂川警部將手放在太陽穴上，搜索著過去的記憶。「嗯，那不是我負責的案子，但我多少有些印象。前陣子的確有個經營歐風民宿的老人家掉到瀑布裡溺死的事件，現在想起來，死掉那名老人家好像就是姓橘……」

「是的，那個人就是橘孝太郎，是我們兩兄弟的父親，也是過世的雪次郎的哥哥。但那時候屍體不是在河邊，而是在龍之瀑布的壺穴裡被發現的。父親的屍體幾乎與這次沒什麼兩樣，死狀都很悽慘，所以我才不小心說出『又是這樣』了。」

「其實我也有同樣的想法，所以在見到叔叔屍體的瞬間，才會覺得一定是從龍之瀑布掉下來的。」

「原來如此。」聽了直之的話，砂川警部重重地點了個頭。「我記得一年前這件案子是被判定為意外事故。」

「是的，父親掉進因大雨漲潮的河川，被沖到下游再摔落瀑布而死。當時的警察判定是普通的意外死亡。」

「但是！」鵜飼從旁插話。「因為這起事件的發生，整件案情就沒有這麼單純了吧？在這一年內，有著月牙山莊老闆身分的兩位老人家接連掉落瀑布，溺水而亡。只有一次還可以認定是普通的意外，可是都發生兩次了，總覺得背後一定有什麼隱情。我說得沒錯吧，警部？」

「現在下定論還太早了——但是，的確有詳細調查的必要吶。」

警部以先前那種謹慎卻不容分說的口吻對橘氏兄弟說道。

「稍後我方便去月牙山莊拜訪一趟嗎？需要對其他的關係人進行問話。」

「當然沒問題，反正我們什麼虧心事都沒做。」

不知道為什麼是鵜飼先回答警部的話，然後再徵求兩兄弟的同意。「我說得沒錯吧？直之先生？英二先生？」

「…………」

為什麼這個人要擅自幫我們回答？橘氏兄弟盯著鵜飼的側臉，好像很想說這句話似的。

三

在那之後過了不久，穿著制服的巡警跑向砂川警部，傳達了最新獲得的情報。

「發現疑似雪次郎先生的箱型車了，地點在赤松川沿岸的森林裡，從龍之瀑布再往上游一點的地方。」

「哦，果然是瀑布的上游嗎——」一查明案發地點，警部便將視線移往烏賊川上游。「好，我們走，志木！另外，希望直之先生你們也能一同前往。」

「我知道了，出發吧！」鵜飼答道。

沒有人在問你吧，朱美對此傻眼地聳了個肩。警部露出為難的樣子，到底還是沒能說出：你可別跟來！

就這樣，砂川警部搭上志木刑警駕駛的車，迅速前往雪次郎的車的發現地點。橘氏兄弟也在那輛車上，鵜飼與朱美則理所當然地跟在他們後頭。

他們從烏賊川往其支流赤松川前進，沿著河岸道路一路登上盆藏山。那邊已經不是烏賊川市，而是豬鹿村的地域範圍了。順便一提，因為豬鹿村也在烏賊川署的管轄區域內，因此就算砂川警部在這裡耀武揚威地發號施令也不算違法。

沒過多久，前方便出現負責保護現場的巡警身影。刑警與偵探各自將車停在道路兩側，迅速下車。在巡警的帶領之下，一行人走進森林。

眾人的目標，那輛箱型車就停在森林深處。感覺雪次郎是強行將車子駛進野生動物行走的森林小徑，一直開到無法再往前開的地方才下車步行。失去駕駛的車子，被丟在這裡整整一夜。

朱美側耳傾聽，某處傳來轟隆隆的水聲，想來瀑布就在附近。志木刑警東張西望地打量著周遭，像是在尋找什麼似的。

「雪次郎先生是從這裡下去河邊的話，應該會有通往河川的階梯或是步道才對——」

直之聽聞，搖了搖頭，像是要打碎刑警天真的期待。

「很可惜，龍之瀑布並不是觀光景點，反而還是危險地區，即便是在地人也不太來，所以也沒有完善的階梯或道路。」

「那樣的話，雪次郎先生是怎麼到瀑布那裡去釣魚的？」

「嗯，我猜叔叔應該是從這個斜坡下去的。」直之推了推鏡框，探頭看了一下斜坡下方。「你看，那邊隱約可以看到河流吧。」

志木刑警彎下腰——

「雪次郎先生真的會從這麼難走的路下去嗎？他都已經要七十歲了，真的想釣魚，應該還有更輕鬆的地方吧？」

「您說得沒錯，但其實只要習慣了，就不會有什麼不方便。再說，對釣手而言，杳無人跡的地方才是絕佳的釣魚地點。」

「是這樣嗎？」年輕刑警低聲嘀咕著，似乎還反應不過來。他向上司請示接下來的行動。「怎麼辦？警部，我們要掉頭嗎？」

「掉什麼頭！事故現場不就在前面嗎！」警部大聲喝斥部下不爭氣的發言。「都到這裡了，沒路也得走出條路來。走了，志木，跟在我後頭！」

警部帶著志木刑警往斜坡下去，橘氏兄弟、鵜飼，以及朱美也跟在後頭。

辛苦了一陣子，一行人終於成功抵達斜坡底部。河川沿岸盡是凹凸不平的石頭，水流沖刷著岩石表面，順著河道綿延而下，這條河便是赤松川。河床寬度約三公尺，最寬的地方也不過五公尺。彷彿是拒絕人類進入那般，河流兩側的地形十分陡峭。

眼前的河流，看似跟一般溪流並無兩樣。但當他們將目光移向下游，只見那裡就像暫停施工的道路，河流斷絕，水流不再接續。事實上河流當然不可能說斷就斷，而是有面陡峭的斜坡，水流到那裡自動傾注成一道瀑布。

砂川警部帶著志木刑警站上岸邊最大的石頭上，那是一塊宛如一個天然舞臺般巨大的岩石。

警部也彷彿化身為舞臺劇演員，將眉頭深深皺起。

「我們先假設雪次郎先生大概是站在這塊石頭上享受釣魚樂趣的，接著他受到了某種衝擊進而掉下河，就這樣被沖下瀑布——喂、志木！」

「我不要。」

「我什麼都還沒說吧。」

「『你掉下河試一次看看』，您是想讓我這樣做吧？請不要提出這種要求，這種做法一點意義也沒有。」

「不不不，我怎麼會做出這種無理的要求呢——我是不會將部下暴露於危險之中的——」

警部立刻故作糊塗，含糊帶過。但他原本想說的應該就是那樣沒錯。警部輕咳了一聲，轉身返回石頭上方，居高臨下地注視著部下。

「話說，假如雪次郎先生是在這附近享受釣魚樂趣的話，應該會留下些什麼才對，我們首先要把那些東西找出——啊！」

砂川警部的神情突然大變。「喂、你！你在那裡幹什麼！」

順著警部的視線望去，那道身影的主人正是鵜飼。只見一個箱型物品懸掛在河岸延伸出去的樹枝上，而偵探正要伸手去拿。那是一個冰桶。朱美有股預感，那個冰桶就是雪次郎昨天晚上帶出去的東西。看來死者的遺物竟然被最麻煩的男人發現了。

「喂！你不要隨便亂碰！」

砂川警部殺氣騰騰地推開面前的下屬，從石頭舞臺一躍而下。「唔哇！」幾乎就在同時，大家也聽到了微弱的慘叫聲。緊接著，警部身後濺起漂亮的水花，原來是志木刑警剛才正巧被警部的手臂揮中，跌下河去了。他的跌下河甚至還不是一般的那種跌落，而是像跳水選手那樣在空中轉了一圈才落至水中。

「幹得好，志木！真不愧是令人敬佩的警察魂！」

Good Job！砂川警部舉起大拇指，完全沒有意識到對方是被自己推下水的。

「不要再說那些了……咕嚕……快來救我啊、警部……唔哈。」

「你撐一下，我得先去阻止那個男的。」

警部決定暫時拋棄下屬，往鵜飼衝了過去。鵜飼站在掛在樹枝上的冰桶旁，將雙手張開於胸前，一副自己冤枉的樣子。

「沒事啦警部，你不要這麼激動，我好歹也是個偵探，才不是那種會直接用手接觸現場遺留證物的菜鳥。」

「你說的是真的吧，那之後只要在上面驗到你的指紋，我就立刻以嫌疑犯的身分逮捕你！」

「太扯了吧？」鵜飼回嘴，無法再繼續開玩笑。「對了，直之先生，這個應該是雪次郎先生的東西沒錯吧。」

「對，不會有錯的，這個就是叔叔的冰桶。對吧，英二。」

「嗯，確實是叔叔的……但比起這個……那個、警部先生。」

「怎麼了？你發現了什麼嗎？」

「呃，我沒有發現什麼……」英二伸手指向河流。「但那個年輕刑警，是不是應該要去救他了？總覺得，他看起來好像快淹死了……」

「哈哈哈，怎麼會，他再怎麼說也是一名刑警，比起一般人，游泳自是不在話下——不會吧！」

警部回過頭去，表情瞬間凍結。照理說應該要比一般人還會游泳的志木刑警，現在卻拚命揮著雙手掙扎，華麗地被水流沖著走。站在岸邊的大家都束手無策，只能眼睜睜地目送這名刑警從面前流過。

「警部嗚嗚嗚嗚嗚嗚嗚嗚咕嚕嚕嚕——」

聽到他的求救聲後，終於反應過來的人卻是鵜飼。

「啊——對了，用這個！」

鵜飼看向面前懸掛著的冰桶。他拚命將雙手往前伸去，從樹枝上取下冰桶。朱美不安地看著他，好奇他到底想做什麼。鵜飼用兩手抓住冰桶的背帶，將冰桶拋至頭上轉了三圈，接著又像鐵人室伏（父親）（註6）那樣，以強勁的姿態帶動身體旋轉三圈半，「吼哇啊啊叱叱啊嗚伊啊呀」連同莫名其妙的叫聲將冰桶甩了出去。

脫離鵜飼掌控的冰桶在空中畫出一道拋物線，留下了飛行距離約十幾公尺的紀錄，這或許是冰桶史上最遠的拋擲紀錄，至今應該還沒有人能將冰桶丟得那麼遠。而冰桶也如鵜飼計畫的那樣，掉落在仍在拚命掙扎的志木刑警面前。接著就像溺水之人的救命稻草那句諺語一樣，溺水的刑警立刻伸出雙手抓住了冰桶。

看到志木刑警因此鬆了一口氣的樣子，鵜飼和砂川警部都彷彿順利完成了任務。他們走近彼此，面露安心的神色。

「不好意思啦警部，事件現場的遺留證物就這樣被我拿來用了，因為當下真的找不到其他可以代替救生圈的東西了。」

「哪裡，這也沒辦法，你的判斷沒有問題。我要代替屬下向你道謝。」

平常絕對不會向偵探低頭的砂川警部坦率地道出感謝之意。「沒什麼，小意思而已。」另一方面，平常應該會更拿翹、要對方知恩圖報的鵜飼也拿出了成熟大人的應對方式。親眼目睹歷史上難得一見的和解場面，朱美不禁感到熱血沸騰。

這兩個人終於能夠互相理解了！

註6 指的是室伏重信，日本鏈球運動員，有「亞洲鐵人」之稱。其兒子是室伏廣治，也是鏈球運動員並有「鐵人」之稱。

然而就在這樣的感動場景之中，英二卻有如要潑他們冷水似的輕輕點了一下警部的肩膀。

「那個、不好意思，警部先生……」

「嗯？怎麼了？」

「在這種情況下，就算丟那個過去好像也幫不上什麼忙耶？」英二指著抱著冰桶卻還是被水流沖著走的刑警說道。「因為你看，前面就是瀑布了……」

「糟了！」警部的臉色鐵青。「志木木木木木木——」

警部拚命叫著下屬的名字，但瀑布的水聲卻略勝一籌，將他的叫聲都蓋了過去。

很快地，在河面上載浮載沉的志木刑警連同冰桶被獻至龍之瀑布前。或許是領悟到自己的死期將近，年輕刑警用力地揮起右手，像在與大家告別似的。

「警部嗚嗚嗚嗚嗚——我，我的人生就要這樣結束了嗎啊啊啊啊啊——」

留下遺憾的發言後，志木刑警的身影便倏地消失了。宛如在觀賞一齣出色的魔術，真是漂亮的消失方式。之後就只剩遠方傳來東西掉下瀑布的落水聲。剛才的喧囂早已不再，取而代之的是降臨在周遭的深沉寂靜。

砂川警部茫然地看向下游，彷彿在感嘆世間無常地低語著。

「真是可惜，一個好好的男人就這樣……」

我記得那個人是被你從石頭上撞飛出去，才會演變到那種地步的吧？朱美感到不解。剛好就在這個時候，警部的手機響了。

「喂，我是砂川。哦，吉岡巡警啊，怎麼了，發生什麼事了？」

電話那頭傳來吉川巡警興奮不已的聲音。

「是！那個，我正在龍之瀑布下游搜索遺留證物，結果不得了！發生了不得了的事情！從瀑布上方——志木刑警竟然從瀑布上方滑了下來！而且不知道為什麼還帶著一個冰桶一起！」

「哦，是這樣啊。」

「噢、您一點都不感到驚訝嗎？真不愧是警部大人！」

「不，就算我想感到驚訝也……」警部搔了搔頭。「所以，他死了嗎？」

「不！奇蹟般地他只有骨折而已。但不知道是不是經歷了什麼可怕的事，嘴裡一直念念有詞的，不過並沒有生命危險。接下來應該怎麼處理比較好？」

仰賴上級下達指示的吉川巡警請求警部發布命令。

「冰桶是證物，先小心地保管起來。」

「咦、重點是那邊嗎!?呃，那志木刑警要怎麼辦？」

「哦，他啊，對對對，找個誰帶他去附近的醫院看看吧。」

砂川警部意外敷衍地下達指示後，一臉嫌麻煩似的闔上手機。接著從容不迫地轉向橘氏兄弟聳了個肩，彷彿事情終於告一段落了。

「真是一場鬧劇，我都沒臉見人了。哈哈哈——」

不，現在不是哈哈哈的時候吧！面對眾人責難和疑惑的眼神，砂川警部重新打起精神，以爽朗的口吻說道。

「真是慶幸，我的部下平安無事，搜索行動也進行得十分順利。那麼，這裡就交給其他人處理，我們趕緊前往月牙山莊吧！」

四

為什麼自己會在那種關鍵時刻睡著，馬場鐵男重複問了自己許多次。那種情況就該拿起針刺進指縫，逼自己清醒才對啊——

「怎麼了馬場？你看起來臉色很不好，在想事情嗎？」

坐在餐桌對面的有坂香織將咖啡杯拿到嘴邊輕嘗了一口。時間是上午八點，鐵男與香織正在月牙山莊的餐廳內享用早餐，荷包蛋吐司。

「沒、沒有，我沒有在想什麼……比起這個，香織，昨天晚上，那個……」

「啊、幫我拿個鹽巴。」

「是！」鐵男立刻伸出右手取了鹽巴，再加上左手恭敬地放到她面前。「請用！」

「謝啦。」

「…………」

什麼嘛，氣氛變得超尷尬的。明明昨晚兩人之間的距離應該縮短了不少才對，結果到了今天早上，又多了橫濱到新橫濱這種難以言喻的距離。一定要做些什麼才行，鐵男感到十分焦急。面前的香織小心翼翼地打量了周遭，確認除了他們以外沒有其他的人，這才微微開口。

「昨天的事，實在得好好跟馬場你道歉才行，真的很對不起。」

「妳、妳在說什麼！要、要道歉的人是我才對啦，真的很對不起，我竟然在那種時候睡著了……」

「啊，你在說那個啊，睡著又不會怎樣。」香織意外地乾脆。「我要說的是把你捲入這種麻煩裡，你很生氣吧？你會生氣也很正常，但不用擔心，之後都不會再給你添麻煩了。」

「不會再給我添麻煩……妳想怎麼做？」

「什麼都不做喔，就這樣下山，然後回到原本的生活。我有我公司的工作，馬場也有你資源回收的工作，我們就普普通通地生活著，裝作互不相識，這樣誰也不會想到我們是共——」她把差點脫口而出的話吞了回去，重新說道。「這樣誰也不會想到我們結成了K・H關係，還犯下S・I的罪。你說對吧？」（註7）

結成共犯關係並犯下棄屍罪——原來如此，用英文字母代替爭議話題就不怕

註7 共犯的日文「共犯」發音為KYO HAN。而棄屍的日文「死体遺棄」發音為SI TAI I KI。

會有什麼問題了。鐵男點了個頭，用同樣的方法詢問。

「那，沉在M池底的山田——Y．K，就這樣放著不管了嗎？（註8）」

「嗯，畢竟也不可能現在去把她打撈起來吧，沒辦法啦。」

確實目前的情況就如同她所說，但鐵男心裡卻還有件事情放不下。現實是，因為他們的輕率行動，山田慶子這起殺人案等同於沒發生過，殺死山田慶子的真凶應該會對這種結果感到很開心吧。到頭來，他們的所作所為不過是讓殺人犯逍遙法外而已。一想到這裡，鐵男就覺得氣憤不已。

但仔細想想，要把已經沉到池底的屍體打撈起來，不僅沒有意義，還很危險。事已至此，他們也只能下山去，把剩下的事情交給老天處理。但是，這樣做真的好嗎？

鐵男陷入沉思。就在這時，一名看起來毫無半點煩惱的男子出現。

那名青年就是鵜飼那個神祕人物口中的「流平」——戶村流平。他一個人占了餐廳一角。見他走入餐廳，橘靜枝也立刻從廚房走了出來。一看到靜枝，流平便納悶地歪了歪頭。

「老闆娘，妳的臉色看起來不太好耶。哈哈哈，妳晚上是不是也在看足球比賽

註8　新月池的日文「三日月池」發音為MI KA DU KI I KE。而「山田慶子」的日文發音為YAMADA KEIKO。

所以才睡眠不足啊？沒有啦，其實我也是啦，剛才為止都還在小木屋打呼咧——」

「不是這樣的，我是因為……只是從早上開始就有太多事情要忙。廚師也一早就出門辦事了。」

「哦，經妳這麼一說，也沒看到我另外兩位同伴耶，發生什麼事了嗎？」

「不、不知道耶。」靜枝神色古怪地搖搖頭。「總而言之，因為廚師不在，所以今天早餐會由我代勞，請您稍等一下。」

靜枝走回廚房。流平環顧整個餐廳，認出鐵男他們，對他們點了個頭：「你們好。」鐵男與香織一驚，連忙嘿嘿嘿地陪了一個難以言喻的笑。

沒過多久，靜枝拿著裝滿早餐的托盤從廚房走了出來。接著流平以閒話家常的輕鬆口吻向她問道：

「請問這附近有適合散步的地方嗎？沒有啦，就是我一個人也不知道要做什麼，想說不如吃完早餐去散步一下。對啊，風景這麼好，天氣也很好，想去沒什麼人又很涼快、最好還可以從遠處偷看泳裝美女在水邊戲水的地方，然後還要很安靜舒適，這附近有這種地方嗎？」

就算你把整個地球翻過來找，我想應該都不會有那種人間天堂吧……

「啊，這樣的話說不定有個地方很適合哦！」

「妳、妳說什麼？真的有這種地方！哪裡哪裡！快告訴我，那個地方在哪裡！」

流平彎著腰，傾聽靜枝說出那意外就在附近的人間天堂的名字。

「那個地方叫作新月池。」

一聽到靜枝突然說出的那個名字……

「！」鐵男忍不住將口中的咖啡朝空中噴了出來。「噗！」

「！」香織吃到一半的吐司也卡在喉嚨。「咳！」

靜枝與流平彷彿沒有注意到他們的樣子，繼續交談著。

「那個地方真的很棒喔！新月池……話雖這麼說，有沒有穿著泳裝的美女在那邊玩水就不曉得了。」

「什麼嘛，沒有美女嗎？真讓人失望。」流平一點也不忌諱地說出這種話，還表現得非常失望。就某方面而言，這男的還滿猛的。「但也沒關係，反正我很閒，就去那邊看看吧！」

喂、千萬別！別做多餘的事，給我回房睡覺去！鐵男使勁忍住想要大叫的心情，就這樣瞪著流平。不曉得是不是鐵男的念力成功了，流平的表情突然有了變化。

「嗯，等等，妳說的新月池，該不會是那個新月池吧？就是那個在赤松江上游只有它一個的。」

「對，說到赤松江沿岸的新月池，就只有這麼一個，一定就是那個沒錯了。你也有聽說過新月池嗎？」

「有，小時候有聽過關於它的一些傳說。不過，完全不是什麼好的傳說耶。我記得他們說那裡深不見底，非常危險，絕對不能靠近之類的。總覺得這樣一點都不想去了。」

對對，這樣就對了，戶村流平，你想的沒錯！鐵男在心中不斷讚賞著他的判斷。但就像是要與鐵男作對似的，靜枝搖了搖頭。

「不對，才沒有那種事呢。新月池不是什麼深不見底的池塘，我說的是真的，絕對用肉眼就可以看得見。」

「咦，看得見？看得見什麼？」流平一臉茫然地提問。

鐵男也聽不懂靜枝的意思，他在心中喃喃自語著：用肉眼就看得見什麼？

「水底啊！嗯，用肉眼就能把池子底下看得一清二楚喔。」

「喔，原來是這樣啊！」流平總算理解。

「！」鐵男與香織啞口無言。

「！」他們對看了一眼。

無視兩人的變化，靜枝繼續對流平說明著。

「新月池跟傳說中的完全相反，其實是非常淺的池塘，水也非常清澈，不僅能將水底看得一清二楚，連在水中游來游去的魚兒都像垂手可得一樣。那些說新月池深不見底的，應該是附近露營地的人，為了嚇唬小孩編出來的怪力亂神。我還聽說過什麼在那邊溺死的人，屍體絕對浮不上來之類的傳言。」

「聽妳這麼一說，我好像也是小時候去露營時聽到那些謠言的。」

「大概是露營地的人不想讓小孩子太靠近池塘，才編出這些故事的，但其實新月池沒有那麼可怕喔，景色很美，風也很涼，最適合散步了。」

光是聽著他們的對話，就讓鐵男嚇得覺得自己的身子都要抖起來了。這話說的不對吧，怎麼會說新月池是很清澈又很淺的池塘。要是真如她所說，那他們昨晚推下去的 MINI Cooper 現在在水裡又會呈現什麼狀態……

不好的預感在內心發酵，有些心慌的鐵男接下來聽到的是流平充滿苦惱的聲音。

「聽起來新月池是個好地方沒錯……但是那裡沒有泳裝美女吧……」

「是啊，應該不會有泳裝美女才對……真是可惜……」

「不過，現在這種季節，也不能說死絕對沒有……」

這傢伙明明什麼根據都沒有，為什麼可以這麼樂觀啊！不，千萬不要去！鐵男在心裡不斷向神明祈求，坐在對面的香織也不安地雙手合十。然而，兩人的祈禱並沒有產生作用，流平最終還是下了他們最不願看到的結論。

「好，我等一下就過去那裡看看，再請妳告訴我那個地方在哪啦！」

五

在那之後過了三十分鐘——

戶村流平獨自從月牙山莊出發，前往目的地新月池。嗯，雖然他本人是這麼認為的，但其實有兩道身影一直暗中跟蹤著他。掩蓋了自身氣息的他們，正是馬場鐵男與有坂香織。他們尾隨著流平，和他維持了一定的距離。

流平仰賴著手中的地圖，悠悠哉哉地走下森林小徑。不久之後，一座橫跨V字型河谷的水泥橋出現在鐵男他們眼前。水泥橋距離下方的谷底約五公尺，可以看到那裡有條涓涓細流，正是赤松川。沒想到昨晚丟低音提琴盒的那條河，竟然也流到了離月牙山莊這麼近的地方，鐵男感到非常驚訝。

過橋之後，是一條雜草叢生又崎嶇不平的道路，令人聯想起越野車的賽道。這樣的景色讓鐵男突然想起了什麼。

「我們昨天開車經過的那條坑坑洞洞的路，好像就是這條耶。」

「嗯，雖然不確定是不是同一條，但感覺很像耶——哇！」

似乎是察覺到背後的動靜，走在前方的流平冷不防地回過頭來。鐵男與香織飛快地躲在草叢遮蔽處。草叢立刻傳來一陣翩翩振翅聲，一隻烏鴉飛了出去。

「……什麼嘛，原來是烏鴉啊……」

流平有些無趣地發著牢騷，再次向前邁進。後方的兩人也「呼」地鬆了一口氣，再次尾隨。緊接著，流平又猛地轉過頭來，兩人再次躲藏，這次草叢衝出了一隻野豬。

「……什麼嘛，原來是野豬啊……」

流平再次無趣地發著牢騷，兩人也再次鬆了一口氣。但就在這時，流平竟再次回過頭來。

「……等等，野豬！最好啦，真的假的！」

忍不住回望兩次的流平、逃之夭夭的野豬，以及在草叢中擦拭著冷汗的鐵男。

「可惡！那傢伙根本就知道我們在後面吧！」

然而對野生動物陸續登場感到興奮不已的流平，沒過多久又像是什麼事都沒發生一般，往前踏出步伐。鐵男他們趕緊追在他的後頭。不久，流平走進森林小徑，那是一座即使在白天也略感陰森、令人不太舒服的森林。但不到幾分鐘，眼前的視野忽地開闊，一片完整映照出藍天的湛藍湖面出現在他們面前。

鐵男與香織隱身在樹蔭下，觀望著那裡的景色。

「這裡就是新月池吧，我還以為要走更遠一點。」

「我們昨晚是繞了一大圈才走到月牙山莊的吧，原來實際距離根本不用走到十分鐘。」

「這個池塘意外地小吶，總覺得昨晚看到的比較大耶。」

「我也覺得，不過比起這些，靜枝小姐說的到底是不是真的啊？她不是說池塘很淺，如果是真的，那我們丟下去的車子，不就被看得一清二楚了。」
兩人正是為了確認這件事，才特地跟在流平後頭，直到抵達新月池。
「從這裡看根本看不清楚吶，總之，希望那個男的什麼都不要發現，就這樣離開最好。」
鐵男像在禱告般地喃喃自語。另一方面，毫不知情的戶村流平正站在池邊，將手舉在額頭上，環視整個池塘四周，大概是在找泳裝美女吧。當然，這座池塘是不可能出現那種東西的。最後，搜索不到目標的流平一臉氣餒地拿下肩膀上的背包，接著像是突然想起什麼似的開始脫起上衣。
「怎麼了，那傢伙……是要晒日光浴嗎？」
另一邊的流平全然不顧鐵男的錯愕，一鼓作氣把褲子都脫了，原來他早就在褲子裡穿了泳褲。看到泳褲的瞬間，鐵男什麼都懂了。
「哇！那傢伙，竟然打算在這裡游泳！」
因為找不到在水邊戲水的泳裝美女，戶村流平大概是想，乾脆自己下去玩水好了。鐵男咬牙切齒，這傢伙竟然辜負了我們對他的期望！鐵男真想立刻衝出去敲他的頭：別做些多餘的事！
「我說，他都要下去游泳了，表示水是真的很清澈吧？」
「是啊，一定是這樣，真不妙……」
「馬場，你還記得我們昨天把 MINI Cooper 丟在哪裡嗎？」

「我不記得正確的位置，但應該不會是在新月的兩端。」

「嗯，我也這麼覺得，而且也不是在新月的內側，是在外側的岸邊。」

「對，是在月亮形狀比較胖的那一邊——換句話說，就是從我們現在站的這邊推下去的。」

「也就是說，流平從這裡跳下水，再轉頭回來看池底，就有非常高的機率會……」

「……會發現的吧，MINI Cooper。」

兩人的對話充滿了絕望。而對此毫不知情的流平則從背包拿出潛水鏡跟呼吸管，做好游泳的萬全準備。接著他爽快地發出一聲怪叫「呀吼！」來提振精神，稍微助跑了一下，便從河邊跳了下去！他先是停在半空中，接著頭朝水面衝了進去。

濺起的水聲、飛舞的水花、在樹蔭下倒吞一口氣的兩人。一瞬間，新月池又回到一片寂靜。

然後下個瞬間——「呀啊啊啊啊啊！」

流平的臉從水中露出，發出了悽慘的叫聲。感覺是在池裡遭遇了什麼不可置信的事情，才會發出如此驚訝、錯愕又焦躁的聲音。果然被發現了嗎？鐵男感到萬事皆休，沮喪地垂下肩膀。

「呼哈、噗、唔哇、噗哇……」

但他馬上就發現流平的樣子有些奇怪。怎麼了嗎，那傢伙!?

「喂，馬場，他該不會是溺水了吧？」

「……好像是。」鐵男不由得豎起了大拇指。「好，就讓他這樣沉下去吧！」

「不行啦！放著不管的話，他真的會死喔！我們一定要去幫他。」

「就算妳說要幫，我，其實不會游泳，畢竟妳想，我基本上就是『鐵』構成的啊。」

「我不認為那個是主要原因……怎麼辦，其實我也不會游泳……」

香織立刻打量起周遭，她的視線停在被丟棄在岸邊草叢裡的一艘小船！而且旁邊還有船槳。

「欸、馬場，我們用那個就可以救他了！」

說時遲那時快，香織立刻衝出樹蔭，往小船的方向跑去。她推著船尾，試著讓船能夠浮在水面。鐵男見狀，無奈地出手幫忙。過了不久，小船慢慢地滑進水中，香織立刻坐了進去，鐵男也拿起槳坐了進去。他們往前方看去，只見流平仍然在水面掙扎。

「撐著點！我們現在就去救你吶——嘿咻！」

鐵男一邊鼓勵著罹難者，一邊將船槳往岸邊一推。被推離岸邊的小船在水面滑行前進，眼看就要抵達罹難者的所在位置——咚！突然發生了激烈碰撞。

「啊嗚。」一聲慘叫從船頭傳來，接著又轉變為「咕嚕咕嚕」那種冒泡泡的聲音。好像是船頭撞到了溺水的流平，給予他致命一擊。

「啊啊啊！他、他沉下去了啦！」

「找、快找！應該就在這附近，還有辦法救他。」

小船上的兩人死命觀察著四周，也是在這個時候，鐵男才能近距離觀察新月池的狀況。確實如靜枝所說，新月池是非常清澈又淺的池塘，水深最多也只有兩公尺吧。儘管如此，他們還是找不到沉到水裡的流平。在來回看向四面八方後，鐵男突然注意到了一件事。

「好奇怪吶……竟然沒看到……」

「對啊，完全沒有看到耶，流平到底沉到哪裡去了？」

「不，我不是在說他，我說的是車子。」

「車子!?」香織表情一變。「經你這麼一說，的確沒有看到耶，MINI Cooper。」

「對吧，超怪的，我們應該是在這附近把車子推到水裡的沒錯。」

「但是，應該就是在這邊吧，一定是這樣啦，只是我們還沒找到而已。」

「但那輛 MINI Cooper 是鮮紅色的耶，而且 MINI 本身又不小，就算沉到水底，紅色的外型也應該很明顯才對，可是這裡連個影子都沒看到。」

「……嗯。」

「……為什麼啊？」

「……我也不知道呀。」

「……………………」

「…………………………」

沉默降臨在兩人四周。就在這時，兩人背後忽地濺起了水花。剛才沉到水底的戶村流平宛如一隻缺氧的海豚，「噗哇！」一聲露出水面。

他看著坐在小船上的兩人，發出抗議般的大叫。

「你們兩個真的是來幫我的嗎？你們想殺了我吧！」

六

鐵男與香織趕緊將戶村流平拖上小船，三人一起回到岸邊。兩人攙扶著流平走到樹蔭下，橫躺在大樹根上的流平虛弱地張口，向他們道謝及賠罪。

「不好意思啊，剛才對你們這麼凶，因為我沒想到自己竟然會被前來搭救的小船撞飛，所以才——但是，真的很謝謝你們來救我。」

「沒事，這沒什麼大不了的啦。比起這個，你為什麼會溺水啊？」鐵男小心翼翼地選字，確認最關鍵的部分。「難不成是池塘底下有什麼嗎？又或者，那個、怎麼說……你是因為看到了什麼奇怪的東西才溺水的？」

「沒有，跟那些無關，其實也沒有什麼特別的原因。好啦，硬要說的話，是我昨天熬夜喝酒看足球比賽轉播，今天早上又沒有做暖身就直接跳進池塘裡，結果水比我想像中的還要冷多了——大概是這個原因，不對，完全就是這個原因吧。」

「…………」這傢伙總有一天會溺死吧。「所以，你什麼都沒看見囉？」

「對，什麼都沒看見。咦——你的意思是，池塘裡有什麼東西嗎？」

「沒有沒有沒有有有沒有，我、我不是這個意思啦——對吧，香織。」

「對對，他不是那個意思啦。比起那個，你先休息一下好讓體力回復吧，不是說睡眠不足嗎，要不要小睡一下？」

「說得也是。」流平點頭，接著立刻打了一個大大的哈欠。「那我就恭敬不如從命，就照、你們、說的去、做、呼……」

在鐵男他們的注視下，眨眼間流平便沉沉進入夢鄉。

「哼！去夢裡找你的泳裝 Girl 吧！」鐵男看著流平的睡臉，氣憤地拋下這句話，接著小心翼翼離開他身旁。「總之，我們再去調查一次池塘吧。」

「好，這次把範圍再擴大一點吧。」

兩人回到岸邊，再次乘上小船。鐵男站在船頭，再次拿起船槳。他專注地觀察著岸邊周遭的水面，慢慢划著小船前進。按照他們的推測，車子應該是沉在新月池外側的弧形岸邊，另外再去掉新月的兩端也無妨，就這樣，他們鎖定了需要搜索的範圍。然而不管他們如何聚精會神地尋找，依舊沒有在水中發現車子的蹤影。偶爾，鐵男還會用槳在水裡翻來翻去，但還是什麼都沒找到。

他們利用這種方法，持續在車子可能沉沒的地點搜索，最終鐵男與香織得到了難以置信的結論。

「沒有車子……也沒有山田慶子的屍體……」

「怎麼回事……才一個晚上就消失了？」

「我也不知道，會不會是我們找錯地方了？我的意思是，昨天我們棄車的地方其實不是這個池塘——之類的也是有可能吧？」

香織環視著池塘四周，開口答道。

「昨天到新月池的時候是晚上，現在是白天，雖然不能十分肯定，但我還是覺得就是這裡沒錯。因為池塘也是新月的形狀，而且流平跟靜枝小姐不也說了嗎，赤松江沿岸只有一個新月池。既然如此，一定就是這裡了。」

確實如香織所說，鐵男也是這麼想的。若要再加上一個理由的話，就是連接新月池的那條荒蕪小道。道路兩旁叢生的雜草，還有周遭的景色之類的，跟他們昨天開 MINI Cooper 經過的那條路幾乎一模一樣。昨天他們果然是先來到這裡，再把車子跟屍體丟下池塘的吧。但若真是這樣，怎麼才經過一晚就找不到了？

「會不會是誰偷偷把我們丟在池塘裡的車子打撈起來了？」

「不可能，這應該沒那麼容易。畢竟要把沉在水裡的車子打撈起來，可是相當費工夫的，除非用吊車之類的工具才能——啊！」

「啊！這麼說來，昨天晚上新月池旁不就有一輛吊車嗎？」

「嗯，是有一輛，好像是因為要施工還是什麼的，道路標示禁止通行，那旁邊就有一輛吊車。」

鐵男從小船上環視池塘四周的森林。「回想起來，今天來這裡的路上倒是沒看到那輛吊車吶，已經移動到其他地方了嗎？」

「會不會是誰開著吊車，偷偷把水裡的車子打撈起來，然後再把吊車開去別的地方，這樣一切就說得通了。」

「就像妳說的，開吊車的話，就有可能把車子打撈起來了。但還是有幾個問題沒解決，首先，做這件事的人到底為什麼要這樣做？」

「你指的是動機吧。」

「沒錯，再來，那個人是怎麼知道這裡就是車子的沉沒地點？」

「對耶，他也要知道地方在哪才能打撈啊——啊，你的意思是，該不會！」

「該不會——怎樣？」

「昨晚我們在這裡推車子的時候，被誰不知道躲在哪裡看得一清二楚？就像剛才我們躲在樹蔭下偷看流平的樣子一樣。」

「原來如此，確實有這個可能。」

如果我們的一舉一動都被誰看到了，那個人很有可能就是把車子打撈起來的人。

「但是，動機這個問題還是沒解決。把沉在池底的車子打撈起來，究竟有什麼好處？泡過水的車子，基本上就已經報廢了，何況車子裡還有一具屍體。」

「那或許他的目標並不是車子，而是屍體呀！」

「目標是屍體!?不不不，這才是最不可能的吧。誰會特地去打撈沉在池底的屍體？除非屍體對他來說有用處——不對，等等。」

「你想到什麼了？」

「妳仔細想想，誰會對屍體有興趣？」鐵男將一根手指頭舉到面前。「至少這世上有一個人確實會有興趣。」

「真的嗎？有這種人？是誰？」

鐵男看著一臉不可思議的香織，如此回答：

「殺害山田慶子的真凶。如果是犯人，應該就會對屍體有興趣了吧。」

第五章　不在場證明

一

藍色雷諾奔馳在山路上，目的地是月牙山莊。坐在後座的朱美因為車內奇妙的景象以及沉重的氣氛感到有些暈車。鵜飼坐在駕駛座上操控著方向盤，而平常不是朱美就是流平乘坐的副駕位置，現在卻是砂川警部坐在上面。

「哈哈哈……讓警部坐我的車，還真的是頭一回呢！」

「因為我平常都是坐志木開的車移動啊。說到這個，你的夥伴呢？就是平常跟在你身邊見習的那個偵探，戶村流平，他是死了嗎？」

「是啊，因為一場突如其來的重病……」鵜飼喃喃自語。「但如果志木刑警沒發生那種事，警部應該也不會來搭我的車。那輛車比較好吧？」

鵜飼用下巴比了比開在前方的偵防車（註9），駕駛座上是一位穿著制服的巡警，橘直之與橘英二兩兄弟坐在後座，目的地當然也是月牙山莊。

「我來搭這輛車是為了方便跟你說話。你好像握有這起事件是殺人案的可靠消息，聽朱美小姐說，那是可以將意外事故轉變為殺人案的情報，我就是來問這個的，跟我說說那個情報吧，搭你的車就不怕被其他人聽到了。」

「告訴你也沒關係，但我這個人最不喜歡做白工，我有個條件。」

註9　警車的一種，與一般民間用車無異，方便刑事或便衣警察藏匿於無形，打擊犯罪。

「哦，說說看。」

「請不要把我排除在這次的殺人案之外，我對這起事件非常感興趣，希望能夠參與到最後，可以吧？」

「沒問題，我從一開始就沒打算把你排除在外。再說，照你的說法，假設這起事件真的是殺人案的話，你當然和這件事脫不了關係。我接下來要去月牙山莊面談關係人，你就在旁邊一起聽吧。」

「是以偵探的身分旁聽？還是代替志木刑警做為你的助手？」

「都不是，你是嫌疑犯——這沒差吧？」

「也是。」鵜飼輕點個頭，瞄了一下後座。「那我要專心開車了，你就先從朱美問起吧。」

被點名的朱美毫不隱瞞地說出已知情報：偵探事務所接到了山田慶子打來的警告電話，但第二天山田慶子卻沒有在約定的時間出現。另外，戶村流平才沒有死於什麼突如其來的重病，之類的——

砂川警部一發不語地聽著朱美陳述，帶著嚴肅的神情低聲說道。

「原來如此，這樣的確會把山田慶子的警告和橘雪次郎的死連結在一起。雖然我不清楚理由，但感覺山田慶子預知到了他的死亡……」

「沒錯，而既然能夠預知，就代表是謀殺了對吧，警部？」

對於鵜飼的提問，坐在副駕的警部沉默地點了個頭。

車內充斥著沉悶的氣氛，吳越同舟的車子沿著山路前行。道路其中一側是陡峭的山崖，從車窗往下望去是一片翠綠森林。森林一角有處看似香蕉又似新月形狀的，十分顯眼的池塘。水面映照著著夏日的天空，散發出耀眼的水藍色。

「新月形狀的池塘——是新月池嗎？」朱美自言自語地眺望著那片光景。

水面有一艘小船，看起來像是興高采烈划著船的小朋友，也像是正在釣魚的人，又或是一對年輕的情侶。光是眺望著這幅平和的畫面，竟讓人不知不覺有點想睡了，一點都無法跟誰的死亡聯想在一起。

「看起來真悠閒啊。」朱美喃喃自語著。

「什麼悠閒？」鵜飼歪了歪頭。

「…………」砂川警部依舊不發一語，只是注視著窗外。

二

抵達月牙山莊後，砂川警部立即召集民宿裡的所有人到遊戲室集合。

扣去警部本人，一共有七人到場。首先是歐風民宿的工作人員，橘直之與橘英二兩兄弟，再來是直之的妻子靜枝。投宿的旅客有豐橋昇、南田智明，最後是鵜飼與朱美。

「這裡就是民宿裡全部的人了？」砂川警部來回打量著大家。

「不是的。」回答的是靜枝。「有幾位客人外出了。一位是歐風民宿的常客，寺崎亮太先生，他應該是去釣魚了。還有一位戶村流平先生，他去新月池散步了。最後是馬場鐵男先生與有坂香織小姐，這對年輕情侶吃過早餐後就不知道去哪了。」

「我明白了，那晚點我再請他們四個人來問話。」

砂川警部重新面向一行人，恭敬地敬了個禮，在表明自己的身分後，以平淡的口吻陳述發現了橘雪次郎的屍體，以及屍體上的異狀。

三名工作人員加上朱美已經提前知道這些事了，並沒有特別令他們感到驚訝的部分。

但對於豐橋昇與南田智明而言，或許是第一次聽說這件事，他們不約而同發出「咦」的小小驚訝聲。最莫名的就是鵜飼，他誇張地伸出右手放在嘴邊：「怎、怎麼會這樣……為什麼、會發生這種事情……」彷彿是才剛得知這件消息的普通房客。有需要演成這樣嗎？朱美感到有些尷尬，但很快便轉念：算了，你愛演就去演好了。

砂川警部無視於鵜飼的表演，接著說道。

「總而言之，因為這個緣故，接下來我會詢問各位兩三個有關雪次郎先生的問題——」

當然，他的問題絕對不會只有兩三個。「首先，我想先請教大家昨晚雪次郎先生的情況。在雪次郎先生還沒發生意外前，請問誰是最後一個看到他的？」

「啊、我想應該是我。」朱美舉起手。「我記得那時快要半夜十二點了，是我目送雪次郎先生開著箱型車出門的。」

「那有其他人在半夜十二點後看到過雪次郎先生、或是有跟他聯絡的嗎？」

警部等待著誰舉起手，然而卻沒有任何人回應他的期望。

「昨天晚上，雪次郎先生看起來有什麼不對勁嗎？」

面對這個問題，在場的眾人依舊沒有任何反應。砂川警部換了一個問題。

「那麼，接下來我要問的是半夜十二點之後的狀況。請教在場的各位，你們那個時候都在哪裡、又在做些什麼事呢？」

一聽到警部的問題，休閒開發公司的中階主管，豐橋昇馬上表達了不滿。穿著一身整齊西裝的他擺出善於交涉的姿態，面向砂川警部。

「請等一下，警部先生，你問這個問題，就是要調查我們的不在場證明吧？雪次郎先生應該是釣魚釣到一半發生意外過世的吧？既然如此，為什麼還要我們提出不在場證明？難不成是在懷疑我們嗎？」

「怎麼會，我問的這個稱不上是不在場證明，只是例行調查中的一個環節罷了。再說，豐橋先生，我剛才也沒有說雪次郎先生是意外過世的吧，你怎麼會認定這是一場意外？」

「咦!?不是、你問為什麼，一個老人家半夜跑去釣魚，隔天被發現死在河裡，這種事一般都會先想到是意外吧！難道不是意外嗎？」

「不，應該就是意外沒錯。」警部露出微笑，意圖讓對方放鬆戒備。「但也不能表示完全沒有他殺的可能性，所以還是需要走一下形式上的面談。」

「既然如此，那也沒辦法了。不過警部先生，你問的可是半夜十二點之後，一般人都不會有深夜的不在場證明吧？咦，你問我嗎？那個時間我當然在房間裡睡覺啊，大家都是這樣吧——對吧，大家？」

恐怕豐橋以為會有許多聲音認同自己，然而現實卻完美違背了他的期待。聽了他的話之後，唯獨靜枝點了個頭，其他五人不僅沒半點反應，甚至還明確地搖了搖頭。豐橋被這意料之外的發展嚇得驚慌失措。

「咦!?真的假的!?騙人的吧!?為什麼？為什麼那個時間大家都有不在場證明？」

看在朱美眼裡，豐橋昇這名人物實在值得同情。因為不受月牙山莊的大家歡迎，這名男子昨晚並沒有被邀請到小木屋。

「這究竟是怎麼一回事？」

砂川警部也跟豐橋一樣對此感到疑惑。直之向他說明。

「昨天深夜有衛星轉播日本對巴林的足球賽，我們大家都在小木屋裡圍著電視觀戰。聚在那裡的有我、英二、南田先生、寺崎先生，還有鵜飼先生、二宮小姐，以及戶村先生。換句話說，在電視轉播期間，我們七個人一直待在一起。我太太對體育沒興趣，所以只有她一個人早早就寢了。」

「原來是這樣，那再請問一下，比賽是從幾點開始，又是幾點結束的？」

「比賽開始時間剛好在午夜十二點，上半場有四十五分鐘，接著是十五分鐘的休息時間，下半場也是四十五分鐘，所以比賽結束的時候應該是在凌晨一點四十五分。但因為休息時間沒有這麼抓得那麼緊，所以應該是在凌晨兩點左右才結束比賽，電視轉播也有稍微超過兩點。」

「我明白了，剛才提到的七人都看到了最後，也就是說，這七個人可以互相證明彼此從半夜十二點到兩點之間都在場，是這樣沒錯吧？」

直之點頭。砂川警部接著轉向身材高壯的鬍鬚男子，確認同樣的問題。

「南田先生呢？按直之先生所說，你當時也在場。」

突然被問到的木屋建造者，絲毫沒有猶豫，果斷點了個頭。

「對，跟直之先生說的一樣。剛才提到的七個人一直都在一起，也沒有人中間突然消失。對了，警部先生，請問已經知道雪次郎先生的死亡時間了嗎？大概是在幾點，可以跟我們說嗎？因為如果死亡時間推定在凌晨三、四點的話，剛才問那些也沒什麼意義。」

大多數的人都點頭認同南田的話，他們一同看向砂川警部。發現無法忽視他們無聲的要求後，砂川警部鬆口說道。

「警方推定死亡時間為凌晨一點左右，法醫對自己的判斷挺有信心的，應該不會有太大的誤差。」

話說完的瞬間，大部分的人都鬆了一口氣。南田更是一臉高興地說道。

「如果是凌晨一點的話，剛好就是足球比賽轉播到一半的時候。換句話說，在小木屋看足球比賽的我們，所有人都有不在場證明。我這樣說沒錯吧，警部先生？」

然而砂川警部並沒有回答南田的問題，反倒回問他：

「請等一下，凌晨一點左右的話，剛好也是中場休息時間結束，下半場正要開始的時候。這十五分鐘的休息時間，你們大家一直待在小木屋裡嗎？都沒有人去上廁所？」

南田一臉洩氣地揮揮手，彷彿是在說當然不可能的樣子。

「怎麼可能，中場休息時間當然還是會去上廁所，因為小木屋裡沒有廁所，所以有幾個人趁中場休息的時候出去了。寺崎應該也是，我有看到他走出小木屋，往本館的方向過去。」

「南田先生您自身的狀況又是如何？」

「我沒有去廁所。啊、不過我也沒有一直待在小木屋裡。我有走出去抽菸，上半場一結束我就到外面了，大概抽了兩、三根後，剛好是下半場快開始的時候才回到小木屋的。我菸癮還滿重的。」

「我了解了，也就是說，中場休息的十五分鐘南田先生都是自己一個人對吧？」

「是這樣沒錯，但就只有十五分鐘喔，要說那段期間只有我自己一個人所以怎樣的也太……」

「其他人也請說說各自的狀況吧。直之先生與英二先生又是如何？」

橘直之用手指推了一下鏡框，平靜地回答。

「我在休息時間也一直待在小木屋，因為比賽開始前我就去過廁所了，而且我也不抽菸。」

站在哥哥身旁的英二雙臂交叉在胸前，圓滾滾的眼睛直盯著天花板，努力回想著昨天的情形。

「我有走到外面，但沒什麼特別的理由，就只是想伸展一下，還有吸吸外頭的空氣而已。當然，在下半場開始前我就回到小木屋了。」

砂川警部點了個頭表示了解，接著他轉向鵜飼。還沒等到警部問話，鵜飼就自顧自地回答起來。

「我和朱美一直待在小木屋裡喔！流平倒是有出去一趟，應該是去廁所吧，請你晚點再直接問他本人。」

「好，都清楚了。」警部說了這句後，視線落在手中的筆記本上。「簡單說來，鵜飼杜夫、二宮朱美、橘直之這三人都留在小木屋，其他四人——南田智明、寺崎亮太、橘英二，還有戶村流平都有因為上廁所或抽菸之類的理由暫時離開小木屋，各自行動過——嗯，也就是說，後面這四人沒有完美的不在場證明，因為至少有十五分鐘是空白的。」

語畢，直之嚴厲的目光從眼鏡下注視著警部。

「請等一下，刑警先生。就算有十五分鐘的空檔，在超過凌晨一點，比賽下半場開始時，他們四人就都已經回到小木屋了，因此他們是不可能犯下罪行的。因為就算叔叔真的是被誰殺害的，地點也應該在龍之瀑布附近，但從這裡到龍之瀑布不可能只花十五分鐘來回，就算開車或騎車也無法。再加上車子也沒辦法開到釣魚地點，光是要花十五分鐘殺人就已經很難了，還要加上回程時間更不可能。我說得沒錯吧？」

聽完直之條理分明的論點，警部的表情顯得有些尷尬。

「是啦，就像你說的那樣，確實不可能花十五分鐘做到那些事。沒有啦，其實我也不是真的覺得有辦法做到啦，只是不怕一萬只怕萬一嘛——這樣啊，那麼，在小木屋的七人不在場證明都成立。也就是說，剩下的只有靜枝小姐和……」

砂川警部來回掃視著面前這群人，一會兒才將目光停在一名男子身上。其他人也順勢將視線集中在那名男子身上。眾人的注目焦點是豐橋昇。

「等、等一下，怎麼了大家？」

豐橋敏銳地察覺到投射在自身的懷疑目光，他大聲反駁，像是要逼退那些目光似的。先前裝出來的和藹可親早就消失得無影無蹤。

「開什麼玩笑，跟我一點關係都沒有，刑警先生！我就只是在房間裡睡覺而已啊，我可沒有說謊！」

「哼，誰知道你說的是不是真的。」原本就與豐橋不合拍的英二斬釘截鐵地說。「警部先生，你聽我說，這個男的，豐橋昇是休閒開發公司派來的人，他們公司正計畫要在盆藏山開發度假區，豐橋為了讓計畫順利進行，目標是收購我們月牙山莊。但是山莊持有人，也就是我們的叔叔堅決不肯賣，導致整個開發計畫受到阻礙。換句話說，對豐橋來說，我叔叔的存在本身就非常礙事。」

「所以我就殺了他，你是不是想這樣說？」豐橋冷冷地瞪著英二，彷彿在心裡覺得對方就是個笨蛋。「不可能啦，英二先生，倒不如說你對我的態度完全否定了我的犯罪，難道你都沒感覺？」

「你、你說什麼，什麼意思？」英二圓滾滾的眼睛露出不安。

「就是說我沒有殺人的動機，我根本就沒有殺害雪次郎先生的理由。」

「理由就是我剛才說的，對你來說，我叔叔的存在本身就是個麻煩，所以你……」

「那我問你，英二先生，假設我真的殺了雪次郎先生，收購月牙山莊就會變得比較容易嗎？怎麼可能，恰恰相反吧。雪次郎先生死了，月牙山莊應該就會記在你們兄弟名下，而我也必須重新跟你們進行交涉。那在我跟你們進行交涉後，『好，我們賣。』你們會這樣說嗎？」

「這、這個……」英二一時語塞，但馬上便大聲叫道：「怎麼可能會說要賣你！這不是廢話嗎！」

「對吧？」豐橋一臉得意地點了個頭。「你本來就強烈反對出售月牙山莊，你哥哥直之先生也是，雖然他表現出來的態度沒有你那麼強硬，但內心肯定也是反對的，我說得沒錯吧，直之先生？」

「沒有錯，我的想法的確跟英二一樣。我們是不可能出售月牙山莊的。」

確認完橘氏兄弟的想法，豐橋昇像是大獲全勝般，邀功似的舉起雙手。

「看吧，跟我說的一樣，要是我殺了雪次郎先生，收購的事反而更不會有進展。不對，你們兄弟倆比雪次郎先生還難搞，收購只會變得更加困難而已。換句話說，殺害雪次郎先生對我來說一點好處也沒有。倒不如說，最能因此得利的反而是能將這間民宿納為己有的，你們兄弟倆不是嗎？」

「你說什麼？你這混蛋！你有種再講下去啊！」英二粗壯的手臂因憤怒而微微顫抖。

「住手，英二！」

眼看英二就要抓住豐橋胸前的衣領時，直之上前制止了。接著，可以感受直之刻意壓抑著自己的情緒，低聲向豐橋抗議。

「豐橋先生，您剛才也都聽到了，不論是我還是英二都有不在場證明，可以請您不要故意找碴嗎？」

「哼，先找碴的人是你們吧！再說，要拿不在場證明出來講的話，你們兄弟的確都有完美的不在場證明，這點我承認，但是你太太，靜枝小姐就沒有了吧？」

「什麼!?」直之眼鏡下的雙眸透露出殺氣般的光芒。「你這話是什麼意思？」

「什麼意思——你應該很清楚吧，要推一個老人家下河，對女性而言也不是多難的事吧！」

聽了豐橋無恥的發言，就連直之也無法保持冷靜。乍看之下性格冷靜的直之，其實性急又情緒化的部分似乎更勝弟弟。

「你這傢伙！飯可以亂吃，話可不能亂講——」直之作勢舉起右拳。

「什麼！那是我的臺詞吧——」豐橋見狀，也跟著舉起了左拳。

危機一觸即發，卸去知性外表的直之，以及脫下生意人面具的豐橋，現在想要求他們進行理性的對談已經是不可能的了。「你們兩個，通通住手！」不曉得在場的誰發出了制止聲，然而聲音卻傳達不到情緒激動的兩人耳中。兩人反而像是聽到了比賽的敲鐘聲，猛地往對方衝去，一口氣縮小了彼此的距離。接著他們各自將握緊的拳頭拉向耳後，準備出擊。

「開什麼玩笑，你這混蛋蛋蛋蛋蛋——」

「別小看我，畜生生生生生——」

隨著兩人的怒吼，拳頭硬生生地往前擊去。在場的兩位女性發出尖叫，來勢洶洶的兩個拳頭從兩側發射出去，朱美不由得閉上雙眼。下個瞬間「嘎啦！」「碰吱！」骨頭與肌肉激烈撞擊的聲音響徹整間遊戲室。待朱美再次張開雙眼——「？」她簡直不敢相信眼前的景象。「——鵜飼！」

只見鵜飼的雙頰完美承受了兩人份的拳頭。在雙方拳頭就要碰撞的瞬間，不小心闖入兩人之間的鵜飼，臉部接受了來自雙面的暴擊。原本他張開身軀，一副要勸架的樣子，照理說應該要受人讚賞的，卻沒想到換來的代價如此龐大。鵜飼雙眼發白，完全失去了意識。雖然看起來是站著，但其實卻是被兩個拳頭從兩側夾住。其證據便是，當直之與豐橋收回拳頭後，他便如一隻軟體生物，軟趴趴地往地板倒了下去。

「…………」沉默籠罩了整間遊戲室。

失去發怒理由的直之與豐橋二人，一邊偷偷觀察著鵜飼的狀況，一邊向對方挑釁著。

「給、給我記住，你這個黑心商人！」

「你、你才是咧！暴力四眼田雞！」

語畢，黑心商人與暴力四眼田雞默契十足地忽略了鵜飼的存在，各自往遊戲室的兩側走去。彷彿剛才發生的一切都與自己無關似的，兩人都面帶尷尬神色——

砂川警部對倒在地上的偵探投以同情目光，接著立刻將視線移回其他嫌疑人身上，好像剛才什麼事都沒有發生似的繼續說道。

「嗯，總覺得這起事件並不是單純的意外，尤其在看過各位的言行舉止後，更加堅定了我的想法。月牙山莊的收購問題，加上一年前老闆又因事故身亡，隱藏在這起事件背後的，似乎遠比想像中的還要複雜——」

或許事情就如同警部所說的那樣，但砂川警部，您若還有閒情逸致說那些臺詞，不如先幫幫已經失去意識的鵜飼吧——再說，動手打人的兩人已經是犯下傷害罪的現行犯了不是嗎？

朱美在心中如此想著，這才往倒下的鵜飼走去。

三

馬場鐵男與有坂香織坐在漂浮於新月池的小船上，感到前途茫茫。

應該沉在池底的屍體不見了，就連車子也跟著失去蹤影。雖然難以置信，卻不得不承認這是事實。面對預料之外的發展，兩人在激動的情緒逐漸冷卻之後，終於開始思考今後的對策。

「就算我們先回到月牙山莊，接下來又該怎麼做？」

「只能謝謝他們讓我們住一晚，把帳結一結然後離開吧。」

然後回到烏賊川市，若無其事地回到各自的日常生活。吃早餐的時候的確也聊過這個話題，但是，現在的狀況跟那時完全不一樣。就這樣下山的話，消失的屍體跟車子依舊行蹤不明，未解的謎團也會留在盆藏山中。這樣做真的好嗎？鐵男感到十分煩惱，在他面前的香織用力搖搖頭。

「不行，不行啊！不行不行！就這樣離開絕對不行啦！至少在找到消失的屍體之前，我都無法安心地回市區。我要留在這裡。」

「同意，我也要留下。」鐵男下定決心。「但這樣一來又會有住宿問題了，昨晚我們好不容易才拜託對方讓我們住下，有辦法請他們再讓我們多住一晚嗎——」

「也只能硬著頭皮再拜託看看了。」

「也是，要是真的不行，就只能找找看其他地方了——哎呀!?」

一顆水滴彈落在鐵男臉上，他不由得抬頭朝天上看，這才發現天空不知何時早已布滿宛如鉛塊般重的烏雲。從烏雲飄落而下的雨珠，在水面上畫起一個個漣漪。

「哇，下雨了，下雨了！馬場，我們快點回去，趁現在雨勢還不大——」

嘩啦——嘩啦嘩啦——嘩啦啦啦——

「——好像來不及了。」香織自嘲地聳了個肩。「傾盆、大雨！」

「可惡！從昨天開始就盡沒好事。」

鐵男划著竹槳，將小船划到岸邊。

「用跑的回月牙山莊吧。」

大雨中，全身溼透的兩人跑了起來。一進到幽暗的森林小徑，不久便遇到了赤松川。正要度過小橋時，香織突然大叫，隨即止步。

「啊、糟糕了啦！馬場，我們把流平忘在那邊了！」

鐵男這才想起，他們剛才讓戶村流平睡在大樹根上後便放著不管了。雨下得這麼大，他有辦法繼續在那邊午睡嗎？假使可以，那還真是驚人的睡眠能力。

「管他的，等一下他醒來就會自己回來了。」

「是這樣沒錯啦──咦!?」

「妳又怎麼了！」

「你看，有人在河邊。」

香織伸出手，直直指向赤松川下游的方向。只見暴雨中，有個人正從河邊往這裡走來，身上還背著釣魚人士經常背的那種細長型背袋。鐵男從橋上盯著那名人物，總覺得好像在哪裡看過男人身穿的上衣和他矮小的身材。

「那個人好像是月牙山莊的客人吧，我記得他姓寺崎，大概是釣魚釣到一半也被雨淋了，不用特別管他吧。」

急著回去的鐵男再次向前跑去。香織不知怎地總覺得有點放心不下寺崎，但還是跟在鐵男身後跑去。他們過了橋，在小路上跑了一會兒，這時路旁的草叢突然發出沙沙聲。那瞬間鐵男還以為又遇到了野豬，他微微擺出架勢準備接招，沒想到從草叢後方現身的卻是一名抱著細長型背袋，皮膚白皙的男人。這人正是寺崎。

鐵男和香織被突然出現在眼前的寺崎嚇到，忍不住發出小小的尖叫聲。而寺崎也被他們嚇了一跳，接著尷尬地舉起雙手。

「哎呀，不好意思嚇到你們，我在河邊碰到大雨。」

寺崎用手掌擦拭著臉，露出苦笑，看了一下四周，又接著說道。「哇咧，走到奇怪的地方了，回歐風民宿的路是這條嗎？」

「我們也要回去，一起走吧，趕緊的。」

兩人與寺崎一同往月牙山莊的路跑去。他們的速度並不快，彷彿在雨中慢跑似的。看起來很重的背袋在寺崎的肩上晃動著。鐵男見狀，邊跑邊問道。

「你那個包裡裝的是釣竿嗎？」

「咦!?」寺崎先是發出困惑的聲音，但很快又接著回答：「哦，對呀，因為我喜歡釣魚啊。剛才看天色要變，釣到一半就決定收工回歐風民宿，結果還是慢了一步，哈哈哈。」

「那條溪流這麼淺，有辦法釣到什麼嗎？」

聽到鐵男問了一個可有可無的問題，寺崎苦笑著回答。

「不是這樣的，從這裡再稍微往下走一點，那邊有個不錯的點喔。」

的確，寺崎是從下游過來的，但是那裡真的如他所說，有適合釣魚的地方嗎？鐵男對寺崎的回答打了一個問號，但現在並不是可以閒聊釣魚的狀況。寺崎也趁機拿大雨當藉口，單方面結束對談。

「好了，我們也加快腳步吧，得趁還沒打雷前趕快回到月牙山莊。」

寺崎加快跑步速度，鐵男與香織稍微落後，卻也跟著他的步伐往前跑去。雨勢漸漸變大，彷彿在追趕著三人一樣，遠方還傳來了打雷聲。

幾分鐘之後——三人爭先恐後地抵達月牙山莊。

「哎呀，淋得還真慘，全身都溼了。」寺崎站在月牙山莊的玄關，用雙手擠著溼淋淋的頭髮。「那你們小心不要感冒了，我先回房。」

這麼說完後，寺崎拖著溼答答的身體走上樓梯，身影消失在往二樓的方向。接著靜枝便出現在玄關大門，彷彿與寺崎交替出現似的。「啊，怎麼淋得溼答答的！」一見到兩人，靜枝驚訝地將手放在嘴邊：「請稍等一下，我去拿毛巾過來。」

靜枝走進裡頭，香織看著她的背影，用手肘撞了一下鐵男的側腹。

「喂，馬場，剛才說的那些，現在這時機不錯。」

「好，我知道。」鐵男小聲回應，點了個頭。

不久，靜枝再次出現，手裡拿著大毛巾。鐵男接過毛巾擦拭著臉和身體，接著便對靜枝說出準備好的臺詞。

「那個啊，其實我們真的非常喜歡這間歐風民宿，兩人還討論說，要是能夠多住一晚的話，不知道有多好——對吧，香織？」

「對呀，我們真的很喜歡。不僅房間漂亮、餐點好吃，再加上夫人還是大美女，這種歐風民宿實在是難得一遇啊！」

「沒錯！所以想請問您，不曉得能不能再讓我們多住一晚呀？」

「哦，原來是這個樣子。但是——」靜枝的表情明顯感到困擾。「你們能夠喜歡真是太好了，但是，其實從今天早上，就發生了不少事情，實在是有點處理不過來……」

靜枝雖然沒有直接說明原因，但也明白表示並不歡迎鐵男他們延長住宿期間。糟糕，這樣下去就要被趕出去了，鐵男他們心想。就在這時，背後傳來了意想不到的救贖之聲。

「想要多住一晚！這不是很好嗎！」

鐵男嚇得回過頭去。只見背後站著一名看似四十多歲，穿著西裝的中年男子。

「這是好事啊，老闆娘。他們自己若想多住一晚，也不用刻意請他們出去。民宿裡還有空房吧，有的話就沒問題了。就讓他們住下吧，我也替他們拜託了，老闆娘——」

中年男子十分有禮地低下頭，靜枝的態度也軟化下來。鐵男與香織眼見機不可失，也跟著低下頭去。靜枝見狀，露出無可奈何的樣子，臉上的表情也緩和許多。

「我知道了，那就歡迎你們再住一晚。」

就這樣，鐵男與香織得到了在月牙山莊續住的許可。兩人轉向中年男子道謝。

「謝謝你幫我們說話，真的非常感謝。」

「我叫有坂香織，他是馬場鐵男，大叔您呢？」

「客氣了，我本無名之輩，不足掛齒——我姓砂川，不過是個希望市區能夠維持安全與和平的普通男人罷了。」

「……嗯!?」

「你們，怎麼了嗎？」

「……沒事。」

怎麼回事，這種感覺，明明應該是第一次遇到，卻又覺得很熟悉。難道這就是人家說的既視感嗎？鐵男與香織納悶地歪歪頭，轉身離去。

兩人往二樓的階梯走去，走到一半還停下腳步，回頭向砂川再行一個注目禮。砂川向他們輕輕揮手示意，隨即轉向靜枝。

「對了，老闆娘——」

是，有什麼事嗎？後方傳來靜枝的聲音。接著他們聽到砂川開口提了一個令人震驚的問題。

「可以向您打聽一下過去投宿過的旅客嗎，名字是山田慶子——」

「！」兩人今天再次，

「！」從同一座樓梯上滾了下去。

「唔」「呀」

「哇」「啊」
「啊」「啊」
「啊」「啊」
「啊」「啊」
「啊」「啊」
「啊」「啊」
「……」「……」

四

沒事吧？靜枝與砂川一臉擔憂地趕了過來。鐵男與香織一面拒絕對方的好意，一面憑著自身力量站起，裝做什麼事都沒發生過般走上樓梯，回到他們的房間。脫下溼淋淋的衣裳後，總之他們先換上了民宿提供的浴衣。因為迷路才偶然入住這間民宿的兩人，並沒有準備其他可穿的衣服。

忙了一陣好不容易才舒爽許多，疲憊感也忽地湧上，兩人於是走到床邊一屁股重重坐下。

「唉唉，又是山田慶子，這次換從那個叫作砂川的人口中聽到。」

「會是誰啊，那個叫做砂川的人。他怎麼知道山田慶子這個名字？」

「不曉得，說不定跟那個叫鵜飼的是同夥人。總覺得那兩個人有點像，而且他們好像都以為自己是普通人。」

「但他們的年紀跟散發出來的感覺又差滿多的——咦!?會是誰啊？」

突然傳來敲門聲，兩人嚇得挺直了背，互看了一眼。鐵男戰戰兢兢地打開房門，往門外看了一眼，只見一名中年男子站在走廊，正是砂川。砂川快速掃過鐵男穿著浴衣的樣子，露出恬靜的笑容，但眼睛卻完全沒有笑。

「看來你們已經換好衣服了。那麼，不好意思，方便打擾你們一下嗎？我有點事情想請教，大概會耽誤你們兩、三分鐘。」

「啊、啊——這樣啊，那請進。」

不自覺被對方牽著鼻子走的鐵男將砂川引進房間。其實想拒絕也是可以的，但總覺得這個男的散發出一種令人無法拒絕的氣勢，再加上鐵男對砂川這名陌生人物也十分好奇，認為有一談的價值。

鐵男與香織在窗旁的小桌各據一方，面對砂川而坐。

「請問你要問我們什麼事情？不對，在那之前，請問大叔，你是什麼人？」

「看起來不像月牙山莊的工作人員，但也不像是普通的住宿客人——大叔您究竟是誰啊？應該不會只是一位親切的大叔吧？」

「嗯，你們會有疑問也是很正常的。」

面前的中年男子緩緩點了個頭，從胸前的口袋掏出一個類似折疊式皮夾的東西放在兩人面前。這是什麼？鐵男與香織一臉困惑。接著，男人啪的一聲打開那個對折的東西。

「我是烏賊川署的砂川。」

「…………」

鐵男深深吸了一口氣，來回看著眼前的男人以及他所展示的東西。

中年男子和他的警察證件、中年男子和警察證件、中年男子和警察證件、中年男子和警察證——好不容易他才終於意識到，眼前這名中年男子竟是一位警察。

「……喔喔……喔喔喔！」

鐵男的身子猛地退後，整個背緊緊貼在椅子上。我感受到了，從警察證件散發來的猛烈風壓，這不是錯覺，幸好現在是坐在椅子上，要是剛才是站著恍神，絕對會因此摔倒，然後再一屁股跌坐在地吧。對面刮來的風實在是太猛烈了，好痛苦，我快要沒辦法呼吸了。這個、這個就是傳說中的官威嗎！

鐵男轉向正旁邊，確認香織的狀態，只見她也同鐵男一樣上半身貼在椅背上，嘴巴還一張一合的。香織的眼神充滿驚恐，彷彿在問著鐵男。

——為什麼這裡會有警察？

——我哪知道啊！

鐵男只能微微搖頭。在失去說話能力的兩人面前，中年男子告知他們自己的職稱是警部，接著再次展現他們先前看到的職業笑容，慢悠悠地展開對話。

「其實你們也不用這麼緊張，為什麼警察會來？你們會覺得奇怪也是很正常的。總之我先說明事情原由，其實是今早有民眾報案，說發現一具屍體，死者應該是你們也知道的人。」

「……咿！」

鐵男忍不住發抖起來，因為他能夠想到他們知道的，而且還已經成為屍體的就只有一個人。香織有種不好的預感，不由得臉部抽搐，嘴脣打顫。

「發、發現屍體，該、該不會是山田……」

「山、在山裡！」鐵男大聲喊道，蓋住香織即將說出的話。要是他們在警察面前說出山田慶子這個名字就死定了。「屍體是在山裡發現的吧？這座岔藏山！」

看著拚命想蒙混過去的鐵男，砂川警部面無表情地回答。

「不，屍體並不是在岔藏山裡發現的喔。」

「咦……」鐵男不禁面露驚訝。

不是在岔藏山？沉在新月池的屍體出現在岔藏山以外的地方嗎？事情變得越來越詭異了。不顧鐵男還處於狀況外，警部以平淡的口吻說明了實情。

「發現屍體的地方在烏賊川市三俣町，烏賊川的河邊。」

一聽到這個出乎意料的地名，鐵男與香織同時大叫。

「烏賊川市嗎！」

「這麼遠！」

兩人驚訝的樣子反倒讓砂川警部愣了一下。

「不需要這麼驚訝，好吧，畢竟地點離這間歐風民宿的確有段距離，但離龍之瀑布並不遠，應該沒什麼好奇怪的，因為他應該是昨晚在龍之瀑布釣魚的時候摔落河裡的，但究竟是意外事故還是殺人案件，現在正在調查中。」

「……正在調查!?」這位警部到底在說什麼!?

鐵男更加弄不清整件事情了，山田慶子明明是被小刀刺死的，是意外事故還是殺人案應該很好判斷吧——還有釣魚!?在龍之瀑布釣魚嗎，山田慶子昨天應該沒有去釣魚才對，畢竟她昨天上午就已經死了——奇怪!?

鐵男從警部一連串的對話中，終於意識到他們之間的對話有很大的出入。

「……那個，警部先生，請問在烏賊川市發現的屍體是哪位？」

話一說完，砂川警部便搔了搔頭：「哎呀，真是抱歉。」接著才補上說明：「是橘雪次郎先生，你們昨天有見過，應該知道是誰吧。」

「…………」

不是山田慶子而是雪次郎，從某種意義上說來也是挺令人驚訝的。鐵男吞了一口口水。「橘雪次郎先生，嗎……」

「是那個老先生！那個老先生死了嗎？警部先生！」

「是的，昨晚出門釣魚後就再回不來了。」

「怎麼會……真難以置信……」香織一臉茫然，用手摀住嘴邊。

坐在香織一旁的鐵男逐漸恢復冷靜。雪次郎的死著實令人訝異，但對他們而言絕對不是壞事。

「是、是這樣啊，那個老先生死掉了啊，在烏賊川的河邊，原來如此，所以警部先生是為了調查這起事件才會來這裡的嗎？」

當然是這樣。眼見警部點了個頭，鐵男暗自感到放心。

看來砂川警部不是來逮捕鐵男他們的，山田慶子的屍體也還沒被發現。雖然不知道怎麼一回事，但總之得救了。鐵男感到全身肌肉放鬆下來，因緊張而僵硬的表情也自然而然地轉為微笑。若是隨便開口，說不定還會發出笑聲。

「怎麼回事，你的反應有些奇怪，有一個人死掉了耶。」

砂川警部責備似的對鐵男說。遺憾的是，『有一個人死掉了』並不符合事實，事實上，已經有兩個人死掉了。鐵男立刻繃緊才剛鬆懈下來的表情。

「不，我當然也覺得雪次郎先生過世這件事很令人難過，畢竟他昨天看起來還十分有活力。不過，雪次郎先生的死跟我們沒有關係吧，畢竟我們和雪次郎先生只是昨晚偶然住在同一間民宿的關係而已。」

「嗯，說得沒錯。」一旁的香織不斷點頭。「我們幾乎沒跟他說到什麼話。」

「哦，是這樣嗎？但為了保險起見——」

砂川警部拿出記事本，看著上面的文字，繼續說道。「這個問題我已經問過住在這裡的所有人了。請問你們昨天凌晨一點左右人在哪裡，又在做什麼呢？」

「那個時間的話我已經睡著了。」

「我也是，睡得很熟。」

「是嗎？也是，畢竟都那個時間了。」警部換了個問題。「我想知道你們住進這間民宿的整個經過，聽說你們是因為迷路才輾轉到這裡的，你們是開車上山的？」

「對，開車——才不是！」鐵男猛地改口剛才脫口而出的回答。「不是開車，怎麼會開車——我們是用走的，用走的上山的。對吧，香織？」

「對、對對對，從山腳一路爬上來的喔，我們兩個。」

「喔，登山客啊，那你們的目的地應該是山頂吧，要一路走到盆藏山的山頂，距離還滿遠的喔。」

「沒、沒有沒有，我們沒有要攻頂啦——對吧，香織？」

「對對，我們的目的地是新月池——才不是！」

「才不是!?」砂川警部一臉奇怪。

「不是新月池，呃，是哪啊？馬場？」

不要把問題丟給我！馬場微微瞪了一下香織的側臉，接著面向前方輕咳一聲。

「我們沒有特別訂什麼目標，想說能走多遠就走多遠，就是這種很隨興的山間漫步而已。沒想到因此迷路，然後就來到這間民宿了——哈哈哈，說起來還真丟臉。」

「原來如此。」警部露出令人放鬆戒備的微笑，接著突然以銳利的眼神直視著鐵男。「你們該不會在山裡做了什麼見不得人的事吧？」

「請、請別開玩笑了，哪有什麼見不得人的事，譬如說？」

「是呢，最近山中頻發非法棄置案件，有電視、冰箱、洗衣機……」

「哦，原來是在說這種東西啊。」

「錄影機、電腦、家具和樂器……」

「樂、樂器……」想起丟在河裡的樂器盒，鐵男的臉瞬間繃緊。

「還有看過更過分的，像是把整輛車直接丟棄在山裡的傢伙，真是不像話吧。」

「車、車子……」鐵男的臉唰地鐵青。「這、這還真是……不像話耶。」

「…………」香織的眼神也飄來飄去。「……不、不可原諒呢，做出這種事。」

「真是的，山林又不是垃圾桶。哎呀，我好像離題了，現在不是講非法棄置的時候——怎麼了，你們兩個的臉色看起來跟死人一樣蒼白。」

「沒、沒事，一點事也沒有。對吧，香織？」

「對、對阿，大概是因為剛才被雨淋了，現在身體有點冷。」

「是喔，那去泡泡溫泉，讓身子暖起來比較好。我要問的問題就這些，謝謝你們的配合。」

砂川警部闔上記事本，從椅子上站起，揮揮手告別，開了門，走出房間。幾乎在門被關上的同時，鐵男與香織也鬆了一口氣。

「呼～～～～～」「吁～～～～～」

兩人宛如斷了線的玩偶，軟趴趴地癱在地上。看來他們並沒有什麼特別值得懷疑的地方，可以免於警方的追查了。兩人蹲在地上，露出安心的表情。然後就在這時——

「啊、對了，最後還有一件事。」

「哇！」才剛放下戒心的兩人忍不住叫了出來，彈也似的站了起來。

只見才剛關上的門又被打了開來，砂川警部的臉再度出現，從門縫中打量著他們。鐵男伸出右手按著撲通撲通跳的心臟，開口說道：「怎怎怎、怎麼了嗎？警部先生。」

「？」警部看著兩人，眼神比起先前更加懷疑：「你們兩個為什麼這麼慌張？」

「沒、沒有慌張啊，一點、都不慌張……對吧，香織？」

「嗯、嗯，冷靜，我們很冷靜……比起那個，警部先生還有什麼事嗎？」

砂川警部接著說道：「其實還有一個問題。」他仔細觀察著兩人的表情，「雖然有些唐突，但你們有沒有聽過一名叫作山田慶子的女性——」

「沒有！沒有！沒有！」

「不知道！不知道！不知道！」

看著拚命否定的兩人，砂川警部總覺得有些奇怪，但還是接著說道。

「……是嗎？沒事，不知道的話就算了。請別在意，打擾了。」

最後警部並沒有深究，而是真的走出房間。

鐵男與香織不敢再大意，立刻鎖上門，接著兩人靠在一起，再次往地上蹲了下去。

第六章　各自的推理

一

上午開始下的雨不久便轉為雷雨，盆藏山的景色也一轉為鉛灰色。由於所有關係人的問話都已結束，砂川警部也在傍晚前離開了月牙山莊。不久，失去主人的月牙山莊，再度迎來了晚餐時間。

二宮朱美與鵜飼一同走向餐廳。上午鵜飼被左右夾攻挨了兩拳，雙頰腫得像是發酵過後的麵團，但現在已經消下去了。

「我們做私家偵探的賣點就是要不屈不撓，因此臉部的肌肉強度也比一般人要強上許多。」

「只是臉皮比較厚而已吧？」

兩人走到餐廳入口，恰巧遇到寺崎亮太與南田智明二人，四人便順勢地坐在同一桌。才剛坐下，寺崎便好奇打聽：「咦，昨天跟你們一起的那位年輕人呢？」

「你說流平啊，他上午被淋得跟落湯雞一樣，一回來就發了高燒，現在睡得正熟呢。誰叫他下雨天還在外頭睡午覺——」朱美據實以告。

就在這時，背後傳來盤子相撞的尖銳聲。怎麼回事，朱美回過頭去，只見那對年輕情侶，馬場鐵男與有坂香織仍舊坐在餐廳一角，正在用晚餐。馬場鐵男對眾人行了個禮，為他們製造的噪音表示歉意。記得昨天也是這樣，這兩人在用餐時莫名地無法靜下心，大概是不習慣道地的法式料理吧。朱美自行解讀了他們的行為。

「因為發高燒病倒了嗎？那流平不就沒有接受警部先生的問話了？」

對於寺崎的疑問，這次回答的是鵜飼。

「不，他也有被問話喔。話雖如此，昨晚他的行動跟我差不多，不過就是重複了一樣的內容而已。那寺崎先生呢？有被警部問話嗎？」

「我也沒被問什麼特別的，就回答了幾個跟雪次郎先生有關的問題，之後又被問凌晨一點左右的不在場證明。不過那時我都跟大家在一起，所以也沒什麼好說的。」

「但是中場休息時間有十五分鐘的空檔——他應該有這樣說吧，那位砂川警部。」

「嗯，對。我在中場休息的時候有去廁所，那時候沒跟大家在一起，就只有那時沒有不在場證明。但聽說雪次郎先生過世的地方在龍之瀑布附近，那邊離這裡還滿遠的，只有十五分鐘沒辦法做什麼事啦。」

「對，結果問題還是在這裡。」

鵜飼舉起一根手指頭吸引大家注意，接著轉向同桌的木屋建造者。

「話說，我聽靜枝小姐提到，南田先生你以前就在這座山裡從事林業相關的工作，是嗎？」

「對，沒錯，因為我父母是從事林業的農家。之所以會建造小木屋，也是因為我有這方面的經驗，雖然現在這個才是我的主要工作，怎麼了嗎？」

「如果有林業相關經驗，應該很清楚這座山的地理環境吧。我有個問題想請教你，從這間月牙山莊到赤松川下游的龍之瀑布，沒有只花十五分鐘就能夠來回的方法嗎？」

南田面有難色摸摸下巴的鬍鬚。

「嗯，開車十分鐘左右應該可以到龍之瀑布附近，但是要從那裡走到瀑布只能用走的，走下坡去大概要花十分鐘。開車十分鐘、走路十分鐘，加起來單趟就要二十分鐘。就算再怎麼會開車、再怎麼習慣在山裡走，給他減個幾分鐘好了，單程至少也要花上十五分鐘。所以要只花十五分鐘來回根本是不可能的任務。」

「沒有什麼不為人知的捷徑嗎？」

「我是想不到啦。」

「那麼，從完全不同的路線去也不行嗎？譬如說，天空之類的。」

「你是說坐直升機之類的嗎？不可能啦，瀑布旁邊根本沒有讓你停直升機的地方，再說還有個前提，你們之中有誰會開直升機嗎？」

「不，我當然知道直升機是不可能的，我的意思是，沒有可以一直線穿過整座山的、便利的交通方式嗎？之所以開車跟走路都要花上十分鐘，也是因為要沿著蜿蜒的山路前進的關係，但月牙山莊跟龍之瀑布之間的直線距離應該沒有那麼遠吧。」

恐怕發明東京灣跨海公路的人當初也是這麼想的，朱美不由得露出苦笑。坐在她面前的南田也愣了一下，接著要笑不笑地回答。

「你說得沒錯，從月牙山莊到龍之瀑布的直線距離最長應該只有三公里，但是，山裡的三公里可是非常遠的喔，因為山裡面不可能有那種直線道路的。總之，不管你要用什麼方式從哪裡切入，都要花費不少時間的。」

「是吧，連對山勢這麼了解的你都這樣說了，應該不會有錯。」

鵜飼露出作罷的樣子，看似有些不甘地放棄。然而朱美卻從南田偶然說出口的情報中察覺到了什麼古怪。山裡面沒有直線道路，確實是這樣沒有錯。但是，等等，說不定有類似那種路的東西。在發表腦中浮現的想法之前，朱美決定先跟南田確認內心的疑問。

「從月牙山莊到離赤松川最近的地方，最短要花多久時間？」

「不曉得耶，我想大概要走五分鐘才會到赤松川吧。」

「五分鐘！這麼近嗎！」

「對，怎麼了嗎？二宮小姐。」

從南田的回答獲得自信的朱美只差沒脫口說出：這樣一來，事情就簡單了。

「從月牙山莊到龍之瀑布的直線距離大概是三公里，因此沒有辦法花十五分鐘來回，剛才是這樣說的吧。但是從月牙山莊到最近的赤松江卻只要花五分鐘，這樣的話不是也有這種做法嗎？」

「哦，妳想到什麼了，朱美？」鵜飼催促她接著說下去。

「犯人先綁架半夜外出釣魚的雪次郎先生，用繩索將他綑綁住，讓他沒辦法逃跑。之後暫時先將他丟在赤松川上游的某處，這時還沒有殺死他哦。」

「嗯──」

「接著犯人在半夜跟我們一起看電視轉播的足球賽，趁中場休息的十五分鐘離開，前往赤松江，再動手殺害事先綁架的雪次郎先生，把他的臉壓到河裡溺死，然後犯人只要再將屍體放水流就好了。」

「原來如此──」

「這樣屍體就會順著溪水被運到下游了，犯人趁著河流幫他搬運屍體的時候，自己則趕緊回到月牙山莊，在比賽下半場開始前和大家會合，若無其事地繼續觀戰。這時被放水流的屍體也逐漸漂往下游，再掉落到龍之瀑布，被瀑布沖打得殘破不堪後，再從赤松川一路流往烏賊川，最後漂浮在三俣町河邊──就是這樣。用這種方式，犯人就沒有必要往返龍之瀑布跟月牙山莊了吧。」

「原來是這樣，警方推斷雪次郎先生的死亡地點是在龍之瀑布附近，但那裡不一定要是案發現場。在赤松川上游被殺害的屍體，經過一晚後，就算漂到了烏賊川也不奇怪。這樣一來，犯人只需要從月牙山莊往返赤松川就好了，包含殺人所花的時間，十五分鐘完全足夠吶。」

站在略顯興奮的鵜飼面前，朱美也稍稍擺出了名偵探的架勢。怎麼樣啊，她一臉得意。卻沒想到南田智明與寺崎亮太二人只是面帶遺憾地對望了一眼。

「怎麼了，我的推理有那裡不對嗎？」

「呃，要說哪裡不對也……」南田有點難以啟齒的樣子，但還是接著說道。「那個，二宮小姐，市區的人經常都有這個誤解，但其實赤松川是一條非常小的河川喔，水也很淺，就連小孩子想在那邊游泳肚子都會碰到河底，更不用說讓船浮在上面了。像赤松川這種涓涓細流，實在難以期待讓它搬運大人的屍體，一定流到半路就會卡住了。」

「啊、原來是這樣……」朱美感到氣餒，卻又不肯放棄地追問。「但是，你說比較淺的地方是指赤松川上游附近吧，稍微往下游一點，水量也會增加不是嗎？」

「確實水量是會比較多一點，但也不到可以搬運屍體的程度。要一直到跟另外一條支流，青松川會合之後，水才會遽增。」

「那就是說，只要到跟青松川的會合之處，就有辦法請河流幫忙搬運屍體吧。這兩條河的匯流點在哪裡呢？」

「在從龍之瀑布往上游的方向約兩百公尺處。」

「才兩百公尺!?那不就還是在龍之瀑布附近？」

「是的，換句話說，赤松川沒有流到龍之瀑布附近，水量是不會增加的。因此二宮小姐所說的，從上游將屍體放水流的方法，在赤松川是行不通的。這樣妳了解了嗎？」

就這樣，南田完全推翻了朱美的假說。朱美咬著下唇，彷彿在為自己的無知感到羞愧。一旁的鵜飼望向被雨敲打著的窗戶。

「原來是這樣，那麼，如果是今天晚上，就有可能實現朱美所說的詭計了。今晚的大雨會導致河川的水量增加吧，那樣就能搬運屍體了。」

「是啊，不過，昨晚的月色很美，一滴雨都沒下，河水應該跟平常一樣少喔。」

「這樣果然還是行不通啊——再說，仔細一想，還有車子的問題沒解決。」

聽著鵜飼的喃喃自語，朱美馬上追問。

「車子的問題，什麼意思？」

「不是妳目送雪次郎先生開車離開的嗎？那樣的話，凶手要怎麼綁架開車出門的雪次郎先生——這說起來容易，做起來可不簡單，要是他是走路外出的還比較好綁架。」

「對耶，雪次郎先生是自己開箱型車出門的。」

就在這時，一直保持沉默的寺崎對朱美的話產生了反應，喃喃自語了起來：

「嗯，箱型車——」接著他又提出一個讓人覺得毫無意義的問題。

「那個，雪次郎先生的箱型車……難不成是 MINI Cooper？」

「？」朱美愣了一下。「不是喔，雪次郎先生的車是國產的箱型車。」

「而且 MINI Cooper 的外型雖然也方方小小的，但不能算是箱型車。」

一旁的鵜飼仔細地補充說明。就在這時，兩人背後突然傳來——喀噹！再度響起尖銳聲響。緊接著又聽到砰的一聲，地板震動了一下。朱美驚訝地回過頭去，只見又是那對年輕情侶，以他們的桌子為中心展開了一幅奇妙的景象。馬場鐵男似乎將咖啡打翻在桌上，手忙腳亂地站起。而有坂香織則不知為何一屁股坐在地上，像是受到了什麼驚嚇似的。

二

「……痛痛痛啊。」

屁股受到的衝擊令有坂香織皺起眉頭，但她很快便回過神來，環視起周遭。餐廳內悄然無聲。原本離他們有段距離，圍桌而坐的四位男女早已停止對話，正盯著自己看。彷彿箭矢般射向她的那些目光更令她覺得難受，怎麼辦啊有坂香織！打死她也不能說是因為聽到 MINI Cooper 這個單字太過驚訝才摔到地板上的。

「香織妳怎麼了嗎？」

二宮朱美一臉擔心，就要站起身。「沒事！」香織見狀連忙揮手阻止，也不顧屁股的疼痛，一鼓作氣站了起來。「嘿嘿嘿」接著她為了掩飾內心的動搖，裝作不好意思地傻笑起來。或許是這個辦法見效了，朱美一行人的表情也緩和許多，又繼續他們的對話。香織這才放下心來。另一邊，終於將翻倒的咖啡擦拭乾淨的鐵男，立刻悄聲對香織說。

「有什麼事總之先回房間再說吧。」

兩人緩緩地往餐廳門口走去，一踏出餐廳，立即使出全力衝刺回到他們的房間。鐵男一關上門，香織隨即上鎖。接著兩人才一口氣說出憋在心中已久的話。

「欸、到底是怎麼回事！妳聽到他們剛才說的了吧！」

「嗯，聽到了聽到了！他們提到了 MINI Cooper 對吧！」

這時的兩人就像是擔心著外敵的小動物，在房間裡走來走去，發出不安的聲音。

「怎麼回事啊，那個叫寺崎的怎麼會說出 MINI Cooper 這個車子品牌，而且還挑在這種時候。」

「我不認為是偶然耶，也就是說、也就是說是怎麼一回事啊？難道寺崎先生知道了什麼關於我們丟棄 MINI Cooper 的事情？」

「但是，他好像以為 MINI Cooper 是雪次郎先生的車耶。」

「嗯，感覺他雖然知道 MINI Cooper 的事情，卻不曉得車主是山田慶子。」

「可是為什麼寺崎會知道 MINI Cooper 的事啊？」話剛說完，鐵男突然抬起頭，像是想到了什麼似的。「寺崎知道消失在池裡的 MINI Cooper，就表示他曾經在哪裡看到過。不，搞不好，寺崎本人就是把 MINI Cooper 從新月池打撈起來的人……」

「你是說，殺死山田慶子的凶手就是寺崎先生？」

然而鐵男卻搖搖頭，發出小小的呻吟聲。

「不對，果然還是說不通吶。如果寺崎就是殺害山田慶子的犯人，那他應該要知道她的愛車是 MINI Cooper 才對，因為山田慶子應該是先將 MINI Cooper 停在妳妹妹公寓旁的停車場，然後才在附近被殺害的。」

「啊，對耶，犯人那時應該就看到山田慶子的 MINI Cooper 了才對，既然如此，就不應該把它跟雪次郎先生的愛車搞混了。」

「嗯，但不管怎樣，寺崎知道 MINI Cooper 的存在是事實，說不定他還知道些什麼……」

「嗯，雖然寺崎先生很可疑……但應該不是凶手……」

香織靠在窗邊，眺望著窗外。上午開始下的雨，至今仍然沒有要停的趨向。她回想起早上在大雨中意外碰見寺崎的畫面，那時的寺崎看起來就有些不自然，原本還以為是自己多心了，現在想來或許不是。

「話說，鵜飼先生他們不是在餐廳聊了雪次郎事件嗎，馬場，你有聽懂他們說那些話的意思嗎？好像是在講不在場證明，會不會影響到我們啊？」

「怎麼可能，雪次郎的事件和我們八竿子打不著。」

「也是啦，可是，山田慶子被刺殺這件事，會不會跟雪次郎先生溺死在河川有所關係？因為警部先生除了調查雪次郎事件之外，不也問了山田慶子的事情嗎？」

「也就是說，這兩起事件其實是有所關聯的，至少警方是這麼想的。」

「說不定就是因為我們藏匿了山田慶子的屍體，整個案情才變得更加複雜？」

「有可能，但也沒辦法吧，再說山田慶子的屍體跟車子都消失了，事到如今更不可能跟警方說實話。」

「的確，拖到現在才坦承，他們也不會相信的吧——」

站在窗邊的香織嘆了一口氣，再度望向窗外。被雨打溼的玻璃窗另一側，可以看到月牙山莊的停車場。一輛看似陌生的車子停靠在一盞水銀燈的正下方。不，雖說是陌生，但香織幾乎沒有看過這種類似進口車的車款，卻又覺得好像曾經在哪裡看過。

「——咦!?」

「嗯？怎麼了，香織？」

站在一旁的鐵男發出聲音，更激發了香織的記憶。

香織猛地將面前的窗戶開到一半大，窗框發出吱吱聲響。接著不知怎地，幾乎在香織開窗的同時，隔壁房的窗戶也喀啷一聲打了開來。

從隔壁窗露出一張女性的臉，她們自然而然地對上眼，那人正是二宮朱美。

「……哎呀。」朱美輕輕舉起手。

「……妳好。」香織微微點了頭。

兩人維持著尷尬的氣氛，幾乎又同時關上了窗。

怎麼了？鐵男一臉奇怪地提問。「沒事，什麼都沒有。」香織說完後便回過頭去，接著反問馬場：「我最近是不是也有過像現在這樣，和你一起站在窗邊，然後看著隔壁停車場停了一輛藍色進口車？」

「什麼!?在窗邊看藍色進口車——哦，妳說的應該是那個時候吧，就是昨天早上，我們在妳妹妹的房間，看向窗外尋找山田慶子的 MINI Cooper 的時候呀，那時隔壁的停車場好像就停了一輛藍色的進口車——咦!?」

鐵男也終於想到什麼似的瞪大雙眼，並將臉貼近玻璃窗。

「總覺得那輛車很像我們昨天看到的那臺……不會這麼巧吧。」

「不，馬場，就是這麼巧啊。」

香織回想起昨天在大浴場裡和二宮朱美的對話，記得她說自己是烏賊川車站旁的綜合大樓的房東。大樓名稱好像是黎、黎什麼的大廈——不行，這部分完全想不起來。

「對了，春佳說不定知道！」

香織拿出手機撥打春佳的電話。春佳如果有按照姊姊的交代，現在人應該還在仙台才對。電話響了四聲，春佳接起。

「喂喂，姊姊，怎麼了啦，吼！妳今天一通電話都沒打給我，妳是不是已經把我給忘了？我很擔心耶。」

聽起來像是在外頭，可以從話筒中聽到妹妹那邊傳來了鬧哄哄的噪音。

「抱歉抱歉，因為發生太多事了。對了，我有事情問妳，妳的公寓旁邊有間老舊的綜合大樓對吧，那個，妳知道那棟大樓叫什麼嗎？」

「嗯，知道啊。」電話那頭傳來比剛才更吵鬧的聲音，春佳更是直接叫出了那個名字。「岩隈～～！」

「…………」岩隈!?

「姊，妳有聽到大家的歡呼聲嗎！岩隈投出了三個三振耶！今天的岩隈實在太強啦——」

「等等春佳！妳現在在哪啊！」

「欸、哪裡——當然是棒球場啊。」

「咦！棒球場，該不會是Fullcast Stadium！」

「不是啦，是Kleenex——」

「反正是宮城縣營球場啦！」這幾年球場輾轉換了幾個新名字，誰有辦法記得一清二楚啦。「比起那個，妳為什麼會在那種地方啊春佳？」

「咦，不是姊妳叫我來的嗎，說沒來看野村教練跟小將就不算來過仙台，雖然今天的先發投手不是小將而是岩隈就是了。」

「啊，原來是這樣，對耶，我是這麼跟妳說過。」

但是我沒想到妳會真的去看樂天的比賽啊！姊姊在為殺人案到處奔走的時

候，妹妹竟然在看棒球嗎。香織不禁深深嘆了一口氣。春佳，妳能這麼清閒真好，我也好想去看岩隈啊！不過，現在抱怨這些也無濟於事。

「……………」為了讓自己冷靜下來，香織深深地吸了一口氣，接著她對著手機叫道：「先不要管岩隈了啦，快點告訴我綜合大樓的名字。」

「咦，姊妳該不會生氣了吧!?都是因為我——嗚嗚」

「沒有，我沒有生氣喔，我沒在生氣，所以妳也不要哭了，快點告訴我大樓的名字，好嗎？」

「好，我知道了。」春佳的身後傳來女性播報員的聲音，告知下一位打者為山崎選手。「隔壁那間綜合大樓叫黎明大廈喔，因為我每天都會從那邊經過，自然而然就記起來了。」

「對，就是那個名字！」模糊的記憶瞬間甦醒，二宮朱美名下的大樓名稱就是黎明大廈。記得她當時是這麼說得沒錯。「那我再問一下，那間公寓的停車場應該有停一輛藍色的進口車吧，那是誰的車？」

「我不認識那個人，是一個看起來三十多歲，感覺有點心不在焉的男人在開的。」

「三十歲……心不在焉……」就是鵜飼沒錯。不知為何，香織瞬間就下了這個判斷。

「姊妳問這些要做什麼啊？對了，死在我家的那個女人怎麼樣了？我都還沒在報紙跟電視看到相關報導——」

「沒事沒事，春佳不用管這些也沒關係，那先這樣，我還有事要忙，就先掛電話囉，幫我跟野村教練打聲招呼！」

「欸、啊、嗯、我知道——」

香織聽著電話那頭傳來春佳搞不清狀況卻還是點頭答應的聲音，單方面地提前掛斷了電話。鐵男立刻帶著不可思議的表情追問。

「一下岩隈一下野村的，妳跟妳妹到底在說些什麼啊？」

鐵男會有這個疑問也是很合理的，但總覺得要是說出實情，就算是他也會不高興的。沒辦法，香織盡量堆起笑容敷衍過去。「沒事，沒特別說什麼啦，你別在意。」

「是喔，好吧——所以妳從妳妹那打聽到什麼了？」

「嗯，跟我想的一樣。我妹公寓隔壁那間綜合大樓叫作黎明大廈，然後啊，你仔細聽我說，馬場，黎明大廈的房東就是那個朱美小姐喔。」

香織簡略地說明了昨天晚上在大浴場跟朱美的對話內容。

「原來是這樣啊。」鐵男指著窗戶外面那輛藍色車子。「也就是說，停在那間黎明大廈停車場裡的那輛，跟現在停在這個停車場裡很像的車，就是——」

「不是很像，他們根本就是同一輛車，我猜應該是鵜飼先生的車。」

「但還是搞不懂吶，為什麼住在妳妹隔壁大樓的鵜飼跟朱美小姐會來月牙山莊，單純的偶然嗎？不對，哪有這麼湊巧，那是為什麼？妳不覺得他們就像是追在我們後面來的嗎？」

香織舉起一根手指頭，像是要串起鐵男的無心發言。

「沒錯，馬場！那些人就是追在我們後面來的，這樣一想，整件事都能說得通了。」

香織走離窗邊，像在畫圈似的繞著房內走，同時也展開了她的推理。

「是的，只要冷靜下來思考，就會發現那些人真的超怪的不是嗎？首先，他們知道山田慶子這個名字。」

「沒錯，鵜飼有提到山田慶子的名字。」

「山田慶子被殺害的地方絕對是在我妹的公寓附近，而黎明大廈剛好就在她的公寓隔壁。」

「也就是說，他們就住在犯罪現場旁邊。」

「而且，在我們將山田慶子的屍體丟在盆藏山後，他們就出現了。絕對不會有錯啦，他們就是跟著我們來的。也就是說，說不定他們還有看到我們把屍體丟進新月池裡。」

「啊！那把車子跟屍體打撈起來的，該不會！」

「沒錯！他們趁著月黑風高，將車子和屍體打撈起來，藏去別的地方。然後他們便大膽地裝作普通旅客，在我們周遭打轉。」

「原來如此，也就是說，他們——」

鐵男一臉緊張地發問，香織則活像個名偵探似的說出了重大結論。

「對，殺害山田慶子的真凶，就是鵜飼杜夫他們一行人！」

雪次郎被殺害大概也是他們做的好事。香織補上這一句，接著高高舉起了確信勝利的V字手勢。

三

用過晚餐的二宮朱美與鵜飼杜夫在離開餐廳後，暫時先進到鵜飼的房間。只見戶村流平的頭上蓋著溼溼的毛巾，像死人一樣睡得十分安穩。因為夥伴流平已經倒下了，鵜飼只好把朱美當作談話對象。鵜飼繞著房間中心打轉，自顧自地說起話來。

「讓我稍微整理一下目前的發展。警方推定雪次郎先生的死亡時間是在凌晨一點左右，剛好是足球比賽的中場時間。那時在小木屋的人有我、朱美，以及橘直之，這三個人有完美的不在場證明。另一方面，橘英二、南田智明、寺崎亮太，加上流平這四個人在中場休息時有離開小木屋各自行動。有的是去上廁所，有的是去抽菸，也有人是去伸展一下。在下半場開始前的十五分鐘，他們應該都是可以自由行動的。那麼，這十五分鐘究竟能夠做到什麼？我想了許多，卻得不出什麼答案。朱美說的讓河流搬運屍體的辦法雖然十分有趣，但南田先生卻說赤松川做不到。假使如此，就能認定這四人的不在場證明是成立的。那剩下的就只有豐橋昇和橋靜枝兩人，先不論他們是否有殺人動機，這兩個人都沒有不在場證明。假如他們真有什麼想法，隨時都可以去殺了雪次郎先生——」

「等一下，這邊怎麼想都怪怪的耶。」朱美舉起手，打斷鵜飼的話。「因為沒有不在場證明，所以想殺隨時都可以去殺，真的是這樣嗎？」

「妳的意思是？」

「昨天在餐廳你不是有問雪次郎先生嗎？『今天晚上要去哪裡釣魚？』結果雪次郎先生敷衍說『那是祕密地點，不能告訴你。』」

「那沒什麼好奇怪的吧，釣魚人士通常都不會把自己的釣魚地點告訴別人，而且，那個時候他說不定也還沒決定今晚要在哪裡釣魚——對耶，這麼一想，的確還滿奇怪的。」

「對吧，犯人根本不知道雪次郎先生在哪裡，又要怎麼殺害他？」

「說是龍之瀑布的上游的話，犯人也可能先隨便抓個位置。」

「那樣做事不行啦，想說大概是那裡然後過去，結果到了那邊半個人都沒有，雪次郎先生其實是在隔了一段距離的別的地方釣魚——要真發生這種事，凶手還真是可憐到我不忍直視。」

「也是，妳說得沒錯。就算說要去殺人，但現實中做起來也沒這麼容易。也就是說，一切又回到原點了。雪次郎先生的死果然只是個意外嗎？不，這個答案應該也不對。山田慶子的來電警告，加上一年前橘孝太郎先生的事件，我不相信這只是偶然的意外事故——」

鵜飼停下腳步，環抱起雙臂，一臉無計可施地盯著天花板看。

「搞不懂吶，總覺得還漏了什麼重要的部分。」

「重要的部分啊。」相比之下，朱美還比較在意不是很重要的部分。「那個，不用考慮一下那兩個人嗎？」

「妳口中的那兩個人，指的是馬場鐵男跟有坂香織嗎？嗯，但真要說起來，他們跟雪次郎先生一點關係都沒有，看不出有哪裡奇怪吶，歸根究柢不過就是配角罷了。」

「他們的確是配角沒錯，但總覺得令人有點在意耶。那兩人莫名鬼鬼祟祟、惴惴不安的，你記得剛才香織在餐廳還一屁股摔坐在地吧，不覺得很在意嗎？」

「經妳這麼一說，那時候她的確像是被什麼嚇到才從椅子上跌下來的吧，我們有說了什麼會讓她驚訝的事嗎？」

「我記得我們那時候在聊的應該是雪次郎先生開車出去的事吧，然後寺崎先生就問了『雪次郎先生的車是 MINI Cooper 嗎？』這個奇怪的問題——是說這點也很奇怪啊，寺崎先生為什麼會突然提到 MINI Cooper？明明這起事件 MINI Cooper 一次都沒有出現過——嗯!?」

「怎麼了，朱美？」

不顧鵜飼的發問，朱美專注在自己的思考中，沉睡在她腦中的記憶漸漸清晰。她記得最近才在自身周遭看過 MINI Cooper，而且不只是看到而已，感覺是錯身而過時留下了點印象的程度——對，錯身而過！

「啊！」朱美不自覺地叫了出來。「我想起來了，原來是那時的 MINI Cooper……」

昨天下午，擅自停在黎明大廈停車場又開走的那輛 MINI Cooper，朱美還從賓士駕駛座上狠狠瞪了那輛車的駕駛。記得開車的是一名壯碩的年輕男子，坐在副駕的則是嬌小又可愛的女性——

「哇啊啊啊——————啊！」

朱美不禁放聲大叫。毫無防備的鵜飼被她的叫聲嚇到，整個人直接彈飛到房間另一側，背部順勢撞上木製牆壁！受到撞擊的影響，原本放置在牆壁旁的檯燈倒下，檯燈的前端重重摔在床上睡得正熟的流平的腹部上。流平發出痛苦的呻吟聲，整個人彎曲成「く」的樣子。

「怎、怎麼了，朱美……難、難不成是 MINI Cooper 的幽靈出現了……」

緊靠著牆的鵜飼滿臉驚恐地注視著朱美。

「沒事，只是普通的紅色 MINI Cooper 哦！馬場跟香織開的那臺！」

鵜飼驚訝地說不出話來，只是呆呆地看著一臉興奮的朱美。他的反應一點也不奇怪，畢竟朱美自己也沒想過當時擦身而過的 MINI Cooper 竟然會與這起事件有關，所以至今都沒跟誰提起過。朱美將倒下的檯燈歸位，敘述起自己與 MINI Cooper 相遇的過程。

「哦，原來還有這種事。」聽完朱美的話，鵜飼露出意外的神情。「這麼說，那輛 MINI Cooper 就是他們兩個的車囉？但他們應該是走路來月牙山莊的。」

「說到這個，的確沒在月牙山莊的停車場看到 MINI Cooper 耶——」

朱美「喀唧」一聲打開窗，想要看看停車場的樣子。在此同時，隔壁房的窗戶也喀吱一聲打開了。朱美的目光對上從隔壁窗內露臉的女性，那人正是有坂香織。

「……哎呀。」朱美輕輕舉起手。

「……妳好。」香織微微點了頭。

兩人維持著尷尬的氣氛，幾乎同時關上了窗。

「怎麼了？」鵜飼一臉奇怪。

「沒事，什麼事都沒有」朱美搖搖頭，繼續剛才的話題。

「總之，從黎明大廈離開的時候，那兩個人確實是開著 MINI Cooper 的，會不會是把車丟在半路了。」

「MINI Cooper 可是相當受歡迎的車耶，會那麼簡單說丟就丟嗎？」鵜飼帶著無法置信的表情，在房間裡繞來繞去。「嗯，真的很奇怪吶，完全搞不懂。」

「對對對，說到奇怪，那輛 MINI Cooper 還有一點特別奇怪啊。」
「怎麼了，難不成它還有翅膀？」
「不是啦，是那輛 MINI Cooper 的車頂還載了一個大到誇張的樂器盒，我想那應該是低音提琴的琴盒——」
「妳說什——麼！」
這次換鵜飼發出尖叫，朱美被他出乎意料的反應嚇到，背部順勢撞上了玻璃窗！受到撞擊的影響，檯燈再次倒下，就在又要打到流平的千鈞一髮之際，鵜飼伸手一撈，接住了檯燈。他摸摸胸口，安心地吐了一口氣。但在這個瞬間，掛在牆壁上的油畫連同畫框整個掉了下來，直接往流平的臉上砸去。流平發出慘叫，身體抽搐了一下，隨後便一動也不動了。
「怎、怎麼了，鵜飼……難、難不成是低音提琴的幽靈出現了……」
朱美眼神透露出驚恐，倚靠窗邊直盯著鵜飼看。視線的另一端，鵜飼卻是更加不安地開始繞著房間走來走去。
「說到低音提琴盒……不，怎麼可能……但這種情況又只有這種可能……妳！妳確定那個真的是低音提琴的琴盒嗎？不是大提琴也不是中提琴，是低音提琴，沒有錯？」
「嗯，絕對就是，低音提琴的琴盒怎麼了嗎？」
鵜飼一面將流平臉上的畫框掛回牆壁，一面回答。

「妳猜我聽到低音提琴的時候，第一個想到的是什麼？那是一具女人的屍體。把嬌小的女性屍體放進低音提琴盒裡搬運，推理故事中有不少這種情節喔。譬如說橫溝正史的《蝴蝶殺人事件》就是這樣的故事，角川文庫版的《蝴蝶殺人事件》的封面，還是一具全裸女屍完整裝在低音提琴盒裡的圖片咧。我還在念國中的時候就看過那張圖，當時震驚得幾乎都要成心理陰影了。」

那應該是因為鵜飼當時還只是個國中生，而圖片中的女性卻是全裸的關係吧？朱美單純地對此感到疑惑，但現在不是聊這個話題的時候。

「你的意思是，MINI Cooper 載的那個低音提琴盒裡裝的也是，屍體？」

「對，有這個可能。」

「但也有可能裝的是樂器啊。」

「喂喂，朱美小姐。」鵜飼一臉不可置信地攤開兩手。「妳仔細想一想，對方可是馬場鐵男跟有坂香織耶，那兩個人看起來像是低音提琴的演奏家嗎？不像嘛，他們大概連口琴都不會吹吧。雖然我沒真的去調查證實，但這種程度單從外表看就知道了吧。」

「雖然我覺得只用外表去判斷一個人是很失禮的——不過，或許就像你說的那樣沒錯。」

雖然對兩人都有點抱歉，但他們看起來真的一點都不像是演奏家，甚至連直笛都不會吹。

「但要因此說盒子裡裝的是屍體，這思維也跳得太快了。再說，就算裡面裝的真的是屍體，又會是誰的屍體？」

鵜飼停下腳步，恰巧就站在房間正中央。他呻吟似的低聲說出那個名字。

「……是山田慶子。」

「…………」朱美忍不住倒抽一口氣。「對耶，山田慶子已經被殺死了，這種可能性之前流平也提過。但我那時只當它是毫無根據的玩笑話。」

「當時是那樣沒錯，但是，事情發展至今，那個玩笑倒是變得挺真實的。說不定昨天上午，山田慶子是想按照約定前往偵探事務所拜訪的。結果她卻在那裡，不曉得被誰奪去性命的話？我們可以合理推測山田慶子的屍體就倒在黎明大廈附近，譬如說停車場附近。」

「對耶，的確滿有可能的。」

「殺害山田慶子的真凶將她的屍體放進低音提琴盒，運出黎明大廈，或許是擔心別人發現山田慶子的屍體。」

「為什麼要擔心？」

「因為犯人接下來還要回到盆藏山去進行殺害雪次郎的計畫。恐怕對犯人來說，這才是他的主要目的。而山田慶子之所以會被殺，是因為她會阻礙到犯人的計畫，所以犯人才臨時決定動手。既然如此，至少在殺害雪次郎之前要延後山田慶子的屍體被發現的時間。從犯人的角度來看，這麼做很合情合理。」

「對耶，聽起來很合理，或許真的就像你說的那樣。」

「犯人將藏了屍體的低音提琴盒放在 MINI Cooper 的車頂，來到盆藏山。先棄屍，之後連車子也丟了，然後再步行到月牙山莊。」

「原來如此，也就是說，犯人是——」

朱美神色緊張地等著鵜飼接話。鵜飼宛如名偵探般挺起胸膛，說出了他的結論。

「沒錯，殺害山田慶子的真凶就是馬場鐵男和有坂香織這兩個人！」

當然雪次郎也是他們殺的。鵜飼補充說明後，接著高高舉起了確信勝利的V字手勢。

四

盆藏山的降雨，在入夜後變得更加激烈。

馬場鐵男泡在月牙山莊大浴場的檜木澡池中思考著。

鵜飼杜夫與他怪裡怪氣的夥伴們就是殺害山田慶子的犯人，香織所做的推理應該八九不離十了，然而他們卻沒有證據。當然，鐵男也不是刑警，就算鵜飼一行人是多麼無惡不作、殘忍至極的殺人集團，他也沒有立場跳出來證明。

話雖如此，就這樣放了他們，說實在也很糟糕。

「那些傢伙應該希望山田慶子的死永不見天日才對，也就是說，他們若是想封我們的口也很正常……」

又或許，鵜飼他們就是因此才會一直留在月牙山莊的。至於為什麼到目前為止都還沒有行動，純粹是因為他們想先觀察而已。就算他們挑今晚採取行動，也沒什麼好奇怪的。

「嗯，總覺得事情真的有點麻煩了——」

鐵男任憑不好的念頭在腦中亂竄，突然——喀唧！背後傳來開門聲。他回過頭去，一片熱霧中，隱約可以看見一名身材普通的男性，腰上圍著一條毛巾。

「…………」飄著檜木香的大浴場的氤氳熱氣中，

「…………」兩個大男人莫名地沉默不語，

「…………」他們繃著僵硬的臉，

「…………」確認了彼此的身分。

「咿耶耶耶！」泡在浴池中的鐵男不自覺地站起身。「鵜、鵜飼——先生！」

「唔哇啊啊啊！」鵜飼往後跳了一小步。「馬、馬場——！」

站在浴池一隅的鐵男，自然而然地舉起自我防衛的拳頭；不知道在想些什麼的鵜飼，也擺出業餘摔角選手略微彎腰的姿勢。兩名裸著身子的男人就這樣站在浴池的對角線上互相瞪視著。鵜飼為了測量與鐵男之間的距離，不斷地以逆時針方向繞著浴池行走並接近。

「…………」鵜飼以不自然的聲音問道。「我可、可以進去嗎？馬場。」
「…………」鐵男生硬地點了個頭。「當、當然可以，請、請進請進。」
「那、那我就不客氣了——呼～哇～簡直是天堂。」
我竟然在和或許是殺人犯的人單獨泡澡，說不定趁我一沒注意時，手裡拿著毛巾這種普通武器的鵜飼就會露出殺手的真面目，朝我攻擊過來。鐵男的腦中不斷冒出可怕的想法，為了不讓對方看出自己的防備，他死命擠出微笑。
「啊，這裡的溫泉真的很棒耶，感覺整個人都活過來了，哈哈哈。」
「真的，哈、哈哈，活過來了。」
「…………」
什麼活過來了，我都快嚇死了。有史以來第一次泡這種緊張感多到都要滿出來的溫泉。
這段過程中，鐵男拚命思考著有什麼話題可以聊，接著突然靈光一閃，危機便是轉機，現在正是確認香織的推理是否正確的絕佳機會。抱著這種想法的鐵男，以非常、非常若無其事的口吻向鵜飼提問。
「話、話說鵜飼先生開的是一輛藍色的進口車吧，好厲害啊，那種車平常保養起來應該挺費工夫的吧。你平常都把車子停在哪裡呢？」
「沒有啦，哪有做什麼特別保養，我都停在我住的大樓停車場，隨便它日晒雨淋。」

「大、大樓——叫什麼名字啊？」

「那棟大樓叫黎——嗯——叫靈峰大樓，好像是取自靈峰富士的樣子，詳細情形我也不太清楚。」

「！」完美，簡直完美到不行的謊言。

就在這個瞬間，鵜飼也承認自己就是殺人犯了，否則這裡根本沒有說謊的理由不是嗎？鐵男在溫泉中緊緊握起象徵勝利的拳頭。

鵜飼似乎察覺到了什麼，泡在溫泉中的身體因驚訝而抖動了一下。

「說、說到這個，我也有事情要問馬場你。」

「咦？你要問我什麼事？」

鐵男擠出假笑回應後，鵜飼換上他先前從沒看過的認真表情，單刀直入地問道。

「你，會吹口琴嗎？」

「什麼？」這是會在澡堂裡問的問題嗎？而且對方還一臉認真地發問。鐵男不明所以地搖搖頭。「不會，完全不會吹。我這人沒什麼音樂天分，嗯，我想香織應該也是喔。這種事從外表看應該就能猜到了吧——會不會吹口琴怎麼了嗎？」

「沒什麼，沒事，我只是好奇問一下。」

鐵男注意到鵜飼在溫泉底下的右手突然緊握起來，他感到十分訝異。怎麼了，為什麼要暗中擺出這種勝利姿勢？完全不懂，我說了什麼會讓殺人犯開心的事情嗎？

「…………」不行，已經到極限了，緊張到無法繼續待在這裡了。「我、我要起來了。」

「咦、已經泡好了嗎？你可以再泡一下啊，不然我也可以幫你刷背？」

「背！開、開什麼玩笑，我怎麼可能會把我的背交給你。」

「是、是喔，不，其實我對男生的背也沒什麼興趣。」

「當然，我想也是——那我先起來了。」

鐵男不願將背部展露給敵人看，便面對著鵜飼慢慢退後走出大浴場。一跑進更衣室，也不管身體還溼答答的，馬上披起浴衣，宛如狡兔般飛奔到了走廊。終於逃離緊張場面的鐵男這時才終於鬆了一口氣，他感到前所未有的疲累感，迫切地希望可以泡個溫泉放鬆。這下子，都搞不懂自己究竟是為何來泡溫泉的了。

「嗯!?但是好奇怪啊，我就算了，為什麼那個人也要這麼防備我啊？越想越搞不懂。」

不過，如果是殺人犯的話，不論對誰都會保持戒心的吧。這樣說服著自己，鐵男走上二樓走廊，往自己的房間走去。途中經過遊戲室門口時，他忽然感到有些口渴。以前從沒什麼經歷過如此緊張的場面，害他口乾舌燥極了。他依稀記得遊戲室裡有果汁的自動販賣機。

「買個什麼來喝好了。」

鐵男伸手握住遊戲室的門把，輕輕將門推開。才剛覺得房間裡有點陰暗，下個瞬間一道閃電打下，周遭也因此亮了起來，接著是震耳欲聾的聲響，整棟建築物都跟著搖晃。由於衝擊過於猛烈，剛才正伸長脖子，打量房內設備的鐵男不禁僵直了身子。過了一會兒，雷聲消失，取而代之的卻是從遊戲室裡傳來的男人們的聲音。

「你說鐵砲……你指的鐵砲是什麼……」

「就是只有你才能用的鐵砲啊……呵呵。」

冷不防傳入耳中的危險言詞與嘲笑聲令鐵男的身子再度僵硬。遊戲室裡的兩名男人似乎在進行著什麼祕密對話，但他無法聽出是誰跟誰在說話。再加上入口附近的櫥櫃礙事地擋住了鐵男的視線，他沒辦法看到房內的情形。但反過來說，房內的兩名男子也沒有察覺鐵男的存在。剛才開門的聲音，似乎被雷聲完全蓋住了。

兩名男子完全沒有注意到自己的對話正在被人偷聽，繼續對談著。

「你在說什麼……犯人使用鐵砲……到底是怎麼一回事……是手槍嗎？還是來福槍……我才沒有那種東西……那個人是被射死的嗎……」

「……別裝傻了……鐵砲……只有你才會用……你就是凶手……嘿嘿。」

鐵男進也不是退也不是，只能繼續握著門把，不發出半點聲響。那些傳入耳中的對話絕對跟殺人案有關。

但是這樣一來也很奇怪，因為無論是山田慶子還是橘雪次郎，都不是死在槍下的，鐵男不清楚為什麼他們的對話要圍繞著槍打轉。

話雖如此，他也不認為這兩名男子正在進行答非所問的對話，因為其中一位的口氣聽起來像是在敲詐什麼，而另一位則表現出驚慌失措的樣子。兩人的語氣聽起來都十分認真，不像是在開玩笑。

「……你說有證據？證、證據拿出來看啊……」

「既然你都這麼說了……明天上午十一點花菱旅館裡頭……」

「好……花菱旅館的……我知道了。」

「……可別遲到了……嗯!?」

糟糕，被發現了嗎！鐵男慌張地用力關上半開的房門，引起了巨大的啪噠聲響。但幾乎是同時，雷聲也轟隆隆地響起，震動地表的巨大聲響晃動著整間建築物。鐵男趁機迅速地離開門前。被發現了嗎？敷衍過去了嗎？鐵男自己也不知道答案。

鐵男在走廊上小跑著前進，衝回自己的房間。一闖進房間，他立即上了鎖。

「呼——好險好險。」鐵男將右手放在浴衣胸前，大吐一口氣。「但剛才的對話到底是怎麼回事啊？真是一點也搞不懂——喂，香織。」

他一邊回頭一邊叫著香織的名字，才發現對方躺在床上，浴衣之上好好蓋著棉被，早已進入夢鄉。房內一角的電視卻還開著，看來是電視看到一半睡著了的樣子。

「喂喂，現在才九點半耶，小孩子才在這個時間睡覺吧。」

鐵男露出氣餒的神情，在香織的床邊坐下。

昨天也是、今天也是，他不是在跟有坂香織討論著血腥話題，就是在躲著誰的目光。結果這兩晚，鐵男雖然得到了與她入住同一間房這種千載難逢的機會，卻無法好好發揮野生動物的雄性本能。當然鐵男也能理解，現在不是發揮那種本能的時候，但總覺得怪可惜的，不太能接受。

「……………」

鐵男直盯著她的睡臉。這傢伙真的睡著了嗎，應該不是單純在拒絕我吧。他一面在心裡想著這些，一面來回看著她的睡姿，直到終於意識到自己的樣子就像隻等著主人首肯才敢吃飼料的狗，實在太不像話，鐵男這才離開香織的床。

「算了，這也沒辦法，就讓妳睡吧……」

馬場鐵男絕對不是什麼紳士，但也不是會襲擊熟睡女性的禽獸。

突然一看，這才發現還沒關上的電視正在轉播著樂天對西武的比賽，比賽剛好迎來了結束，比分為三比零，樂天的王牌岩隈漂亮地完封對手。野村教練非常高興地與岩隈握手，同時也回應著球迷的歡呼聲。在那之中，一度有個年輕女子不斷大喊著「野村教練～」為教練聲援。鐵男的目光停在那名女性身上，不知為何，看著她一邊抓著觀眾席上的鐵網，一邊拚命訴求什麼的樣子，鐵男總覺得十分在意。

「嗯!?怎麼覺得這個女的跟香織長得有點像啊……」

鐵男單手拿著遙控器，盯著電視螢幕看了一下。

「……怎麼可能。」

像是要拋開這種不切實際的想法，鐵男關掉了電視。

第七章　雙雄會面

一

過了一夜，昨日的雷雨彷彿是假象，一早盆藏山便晴空萬里。

重新放晴的盛夏青空下，二宮朱美正坐在鵜飼駕駛的雷諾的副駕駛座上。

一吃完早餐，朱美便被單方面交代「我現在要出門一趟，妳也一起來，別問了，走吧。」鵜飼也不問她是否答應，甚至連讓她發問的時間都沒有，兩人便快速坐上車子出發了。當朱美終於開口提問時，已經是車子開往下坡的時候了。

「你這麼慌張到底是要去哪裡？又要去做什麼啊？」

偵探的目光依舊盯著前方，這才開始說明原委，語氣中還帶著難以掩藏的興奮。

「就在剛才，我用手機聽了一下偵探事務所的答錄機留言。雖然大多都是催繳通知之類的留言，但有一則留言非常有趣。應該是昨天晚上留的，留言的人是豬鹿村一名叫作山田聖子的年輕女性。」

「山田聖子!?該不會是山田慶子的家人還是親戚？」

「恐怕就是，應該是她姊或她妹吧，留言的聲音聽起來也很像。」

「那，是什麼樣的留言？」

「『我有事想請教您，所以打了電話，之後會再與您聯絡。』就只有說這樣。然後，我猜她口中的『有事想請教』應該是要問山田慶子的行蹤，山田聖子可能查到山田慶子與鵜飼偵探事務所之間有所聯繫，所以才打電話到事務所——」

「那還真是不巧，偵探事務所的人都去過暑假了呢。聽起來的確有這個可能耶，所以我們現在是要去找那個山田聖子？」

「沒錯，我查了豬鹿村的電話簿，沒有人叫山田慶子，但有一戶是登記山田聖子這個名字。住址在盆藏山山腳，離豬鹿村和烏賊川市的邊界很近。山田聖子這個名字若有似無的，並不常見，感覺我們正中紅心的機率很高。」

「那麼，只要我們跟那個山田聖子搭上話——」

「沒錯，就可以揭曉那位充滿謎團的女人，山田慶子的真面目了。」

鵜飼邊說邊踩下油門，雷諾發出輕快的引擎聲，在下過雨後的潮溼道路上奔馳著。朱美也因為即將揭曉的真相感到興奮不已。

山田聖子住在專為單身人士打造的公寓。確認姓名牌標示「山田」的郵筒所對應的房號後，兩人來到她家門前。按下門鈴後，裡頭傳來年輕女子的回應聲。門被微微打開，從裡頭露臉的是一名看起來三十幾歲，身材嬌小且偏瘦的女子。她穿著灰色的薄T恤搭配丹寧短褲。臉上雖然沒有化妝，但精緻的瓜子臉足以稱得上是美女一族。山田慶子大概也長得差不多吧，朱美心想。

面對陌生的訪客，她帶著懷疑的目光提問。「請問是哪位？」

「請問是山田聖子小姐嗎？敝姓鵜飼。」

鵜飼直盯著對方的眼睛看，像是在說：妳應該知道我是誰吧。短暫的遲疑後——

「啊！您是偵探事務所的人吧！」山田聖子立刻將門整個打開。「太好了，我還在想要不要親自去拜訪一趟，兩位請進。」

聖子招呼他們進屋，帶領他們來到一張小桌前。兩人在坐墊坐下後，她便開始泡日本茶。這時山田聖子才突然想到什麼似的，提出一個單純的問題。

「哎呀!?不過還真奇怪，為什麼偵探先生會特地過來找我呢？」

「其實是我有些事想跟妳請教。首先，我想先跟妳確認的是，山田聖子小姐，請問妳是山田慶子的家人嗎？」

「對，慶子是我的妹妹。」

他們從山田聖子的說明得知，聖子與慶子是兩姊妹，他們沒有住在一起，而是各自住在不同的公寓。但從禮拜四晚上開始，聖子就一直聯絡不到妹妹慶子，本來還想說妹妹是不是生病倒下了，昨晚還特地帶了備鑰去了一趟妹妹家，查看屋裡的情形。

卻沒想到家裡空無一人。聖子在桌上發現了妹妹留下來的筆記，上頭記載著她從沒看過的電話號碼，旁邊還註明了「鵜飼偵探事務所」幾個字。為什麼妹妹要特別記下偵探事務所的電話號碼呢？感到奇怪的聖子思慮再三，最後還是決定自己打電話聯絡看看。

「我擔心妹妹是不是被捲入了什麼事件中，所以才會跟您聯絡。請問我妹有委託您辦什麼事情嗎？方便告訴我詳細內容嗎？」

「原來是這樣。可惜的是，令妹並沒有來偵探事務所，本來我們約好禮拜五上午見面的。因此我也完全不曉得她究竟想委託什麼內容。」

山田慶子的委託一定跟月牙山莊的事件有關，但鵜飼卻故意避開這點不談。

「是這樣啊，我還以為可以從你們那裡得到什麼消息。」

「是的，非常抱歉，我們也完全不曉得狀況。順便想跟妳請教，請問令妹是做什麼的？」

「她最近是在烏賊川市的一間便利超商工作。之前有在公司上班，可是跟上司發生了一些事，所以在三個月前離職了。」

「跟上司發生了一些事嗎？」鵜飼對這句含有隱情的話感到十分有興趣。「再請問一下，請問那間公司是怎麼樣的一間公司呢？」

「不算很有名的公司，是一間叫作『烏賊川休閒開發』的公司。專門進行企劃與開發別墅或度假中心的中堅企業建設公司——呀啊！」

聖子之所以發出尖叫，是因為鵜飼突然挺身，越過桌子抓住她的兩肩。真是一興奮起來就蠻橫胡來的偵探。

「烏賊川休閒開發！妳沒記錯吧！妳確定山田慶子三個月前是烏賊川休閒開發公司的員工！」

「是、是、是的！沒、沒、沒有錯！」

在鵜飼來勢洶洶的逼迫下，聖子露出了近乎恐懼的表情。朱美不動聲色地從後方扯了一下鵜飼，讓他回到坐墊上坐好。從旁看鵜飼的臉，他就像挖到金礦那般喜形於色。

「那再請問，令妹與烏賊川休閒開發那名發生了一些什麼的上司，又是誰？」

「你是問上司的名字嗎？我想想，好像是叫豐——」

「豐橋昇！」

你幹麼自己搶著回答啦？朱美輕輕嘆了一口氣。

「對，就是這個名字，叫豐橋昇。您也知道他啊。」

「不，其實也不是很清楚——請問令妹是怎麼形容豐橋昇這個人的呢？」

「不曉得，她不太跟我說公司的事情，我也不會主動問她，所以不曉得具體發生了什麼事。只記得她說跟豐橋昇這個上司發生了一點事，相處起來不太融洽所以才辭職。偵探先生，那個叫豐橋昇的人，會不會跟我妹失蹤有什麼關係啊——啊！該不會我妹跟這個人一起私奔了！」

「不，我想應該不會發生這種事……」鵜飼一臉困擾地搔了搔頭。「對了，請問令妹最近有什麼交往對象嗎？」

「感覺有，但我沒有問過對方的名字和其他事情。」

「有關令妹失蹤的事，已經報警了嗎？」

「有的，以防萬一，我還是先到派出所報案了。不過，年輕女生兩三天找不到人，這種程度應該也無法驚動警察──唉，我到底該怎麼辦才好。」

講著講著便開始不安起來的聖子一臉心神不寧，無法冷靜下來。接著她才像是重新注意到眼前的鵜飼的存在，將目光停留在他的臉上。

「那個，想請教一件事，偵探這個職業不是也會幫忙尋找下落不明的人啊？」

「哦，協尋失蹤人口當然也是偵探的工作……」

「會很貴嗎？我是指價格上。」

看來山田聖子是想委託面前的偵探幫忙尋找失蹤的妹妹。對這位偵探而言，心心念念的委託人終於出現了。但鵜飼不知道在想些什麼，突然擺起架子，挖苦似的說道。

「協尋失蹤人口嘛，不能說是便宜耶，不，我就直說了，還挺貴的喔，若是請我們家協尋的話。自己這樣講可能有點怪，但我畢竟也是這一帶數一數二的偵探，每個月都有上百件委託等著我處理──」

上百件！知曉偵探事務所實情的朱美，對他張口就來的規模如此巨大的謊言感到瞠目結舌，現實狀況根本連百分之一都不到。然而，毫不知情的山田聖子理所當然地將他的話照單全收，原本想要委託偵探的念頭也急速萎縮。光看她的樣子，朱美就可以確定她已經打消念頭了。

「原來如此，那就不方便拜託您了。」

看著一臉勉強而作罷的山田聖子，鵜飼語帶歉意地補上一句。

「請別太過失望。」

在那之後又過了幾分鐘，告別山田聖子的鵜飼與朱美回到了車上。才剛坐上副駕駛座，朱美便轉向駕駛座的鵜飼，比手畫腳地表達她無處發洩的不滿。

「吼——真是的！你到底在想什麼啦，好不容易才有的委託你竟然拒絕了！還撒謊說什麼一個月有超過百件以上的委託，要真有這麼多委託，偵探事務所門前早就大排長龍了！」

鵜飼也不打算乖乖挨罵，他扯下掛在面前的烏賊川稻荷神社的護身符，遷怒似的丟到腳邊，接著一副遭到報應的偵探樣子，要哭要哭地叫道。

「妳以為我想，我也沒辦法啊！那種委託怎麼接得下去！」

「為什麼接不下去！你不是時間很多嗎！每天都跟在放假一樣！」

「因為山田慶子一定已經死了啊！再怎麼找也只能找到她的屍體！這種錢怎麼能賺！」

「為什麼不能賺！管她是生是死，山田慶子就是山田慶子啊！」

「哼，我跟妳講不通啦！」

鵜飼轉向前方，彷彿覺得再爭論下去也不會有結果。「她想委託我找的是活著的妹妹，不是要我幫她找屍體，所以我才拒絕了。」鵜飼撿起烏賊川稻荷神社的護身符，吹了吹上面的灰塵，看起來還是很寶貝的樣子。此時的朱美也冷靜下來，開口詢問。

「……話說，山田慶子真的遭到殺害了嗎？」

「嗯，錯不了。」鵜飼想都沒想便斷言道：「凶手是豐橋昇。」

「你昨晚不是還說凶手是馬場跟香織這兩個人嗎？」

「嗯……」鵜飼思考了一下，接著說出一個折衷的答案。「那兩個年輕人是協助豐橋犯罪的幫手，沒錯，他們就像是豐橋的手下吧，主謀還是豐橋。」

「橘雪次郎、山田慶子跟豐橋昇，到底是怎麼串在一起的？」

「從剛才的談話就能明白了吧，山田慶子在烏賊川休閒開發工作的時候，跟上司豐橋之間發生了一點事。不用多說，應該就是男女之間的問題。我猜兩人的關係在山田慶子離職後應該還是繼續著，山田聖子不也說了嗎，她有感覺妹妹在和誰交往著，那個人就是豐橋囉。」

「原來如此，那這件事又能證明什麼？」

「豐橋因為月牙山莊的收購問題，企圖將麻煩人物雪次郎先生給剷除掉。但這個計畫被他的女友山田慶子知道了，又或許是他相信女友不會背叛他，自己洩漏這個祕密讓對方知道的，總之山田慶子在知道這件事後，對豐橋的殺人計畫感到害怕，卻又無法獨自面對這個問題，所以才想藉助偵探的力量。於是她打電話到鵜飼偵探事務所，卻沒想到談話內容都被豐橋偷聽到了。」

「這麼一說，山田慶子打電話來的時候，講到後面的確變得怪怪的，像是發現了誰才慌慌張張地把電話掛斷。」

「沒錯，大概就是發現豐橋在偷聽吧。豐橋因此知道女友背叛了自己，為了不讓自己的計畫受阻，豐橋殺害了山田慶子，又或許是他教唆那對年輕情侶殺害的也不一定。之後那對小情侶把屍體塞進低音提琴盒，再丟到某處。換句話說，豐橋昇才是殺害山田慶子的主謀。另外，恐怕他也是殺害橘雪次郎的真凶。」

「被你這麼一說，我也開始覺得是這樣了。而且豐橋他也沒有雪次郎被殺害時的不在場證明。」

「就是這樣。」鵜飼充滿確信地點點頭。這時，他的胸口傳來了手機的來電鈴聲。「哦，是流平──看來他還活著吶。」

當然不可能死了，但也才大病初癒，這也是為什麼鵜飼把他留在月牙山莊，當然也有守在那裡幫忙監視的用意在。流平是為什麼打來呢，感到好奇的朱美將耳朵貼近鵜飼的手機，電話那頭傳來了流平充滿鼻音的聲音。

「啊，鵜飼先生！之前那兩個人──馬場鐵男和有坂香織剛才離開月牙山莊了喔。」

「離開了!?是退房了嗎？」

「不是，他們兩個不知道問了靜枝小姐什麼，問超久的，之後就出門了。或許只是普通的散步，怎麼樣？需要追上去嗎？」

「先不用，比起那個，靜枝小姐有在你旁邊嗎？有的話你先問問看她，看他們兩個到底問了什麼問題，或許可以知道他們的去向——」

「那我先問問看。」流平的聲音暫時消失，又過了一陣子，才聽到他充滿興奮的聲音。「我打聽到了，鵜飼先生，他們要去花菱旅館。」

「花菱旅館!?是怎麼樣的旅館？」

「聽說從月牙山莊往山下走二十分鐘就會看到了。雖說是旅館，但早在七、八年前就已經倒閉了，現在沒有人會接近那個廢墟。他們兩個好像是先問了靜枝小姐很多關於那個地方的事，然後才出門的。」

「那他們兩人的目的地就是那裡了。不過，去已經倒閉的旅館做什麼？」

「這點靜枝小姐也覺得很納悶——所以，接下來要怎麼做？」

「我想想……」鵜飼毅然決然地抬起頭，對流平下達指示。「你去問靜枝小姐花菱旅館的位置，然後就往那裡過去。我們也立刻開車趕去。」

「在那邊會合的意思吧，我知道了，那晚點見——」

鵜飼結束與流平的通話，收起手機。接著他打開副駕駛座前的置物櫃，從裡頭拿出一張道路地圖，不加思索便丟給了朱美。「這個，給妳。」之後他握住方向盤，放下手煞車。「好，往花菱旅館出發！」

「等等等等！」朱美毫不猶豫地拉起手剎車。

才剛往前走的車立刻來了個急煞車，猛地熄火。

「喂喂，妳不要亂來阿，我的雷諾是法國製的，可是很柔弱的。」

「誰的雷諾都是法國製的吧！比起那個，出發是怎麼回事？我可不知道花菱旅館在哪裡喔。」

「所以我剛才不是給妳地圖了嗎？」

「你是笨蛋嗎？你沒聽到他剛才說的話嗎？花菱旅館早在七、八年前就已經倒閉了，現在可是廢墟耶，這種地方怎麼會被記在地圖上。」

「那就更不用擔心了，我給妳的地圖正好是在七、八年前買的，所以上面一定有那間旅館！」

沒問題！鵜飼豎起了大拇指。朱美想都沒想就把地圖丟了回去。

「地圖而已你好歹買個新的吧！不對，你應該要先裝導航才對！你給我去買個導航！」

二

「這裡就是花菱旅館嗎？怎麼覺得比想像中還要厲害啊。」

馬場鐵男站在大門前，抬頭望著高聳的大門，覺得有些膽怯。走純日式風格的建築構造散發出一股壓迫感，對一般庶民而言，這裡完全就是門檻高不可攀的高級旅館吧。但曾經顯赫一時的花菱旅館現在已成廢墟，就連大門也近乎崩壞，半敞的大門似乎來者不拒。站在鐵男身邊的有坂香織看了一下手錶。

「現在是上午十點四十分，距離約好的時間還有將近二十分鐘。」

「但也不知道他們是不是真的會來，殺人犯會在上午十一點出現在這裡不過是我們的推測罷了。」

「可是昨晚的祕密會談中，感覺就是誰在威脅著誰對吧。假使如此，一個是揚言威脅的人，另外一個就是殺人犯啦。」

昨天晚上在遊戲室偷聽到的祕密對談，鐵男今天一早便通通告訴香織了。香織聽完後，一臉興致勃勃的樣子，結果兩人就像現在這樣，前來拜訪已成廢墟的日式旅館。這種情況照理說應該要藉助警方的力量才對，但對現在的他們而言那是不可能的。

「總之，以這間旅館為舞臺中心，應該會出現能夠左右這次事件的重大場面。既然如此，我們可不能錯過。好了，馬場，我們趕緊找個地方躲起來等吧，這棟建築物看起來滿多地方可以藏身的——」

香織毫不膽怯地走進門內，反而是鐵男有些慌張地跟在後頭。

他們穿過早已荒廢的前院，踏進建築內部。眼前是破破爛爛的日式住宅，建築物看起來同大門一樣，大半皆已腐朽，但也沒有馬上就會崩壞的感覺。鐵男用力拉開入口處的拉門，隨著吱吱作響的聲音，門也稍稍被打開了。

鐵男與香織穿著鞋子走進裡頭，香織快速地在走廊上往前邁進。

「喂、有需要到這麼裡面嗎？可以看到大門附近就好了吧。」

「不行不行，這間旅館感覺很大，入口一定不是只有剛才的大門，而且他們約定的地點是在花菱旅館裡頭吧，這樣的話，要能直接監視到旅館裡面才確實呀。」

香織一面說著，一面又往更裡頭走去。花菱旅館的建築物是極為複雜的設計，走廊簡直就是填字遊戲的答案欄，他們好不容易才走到走廊盡頭。盡頭那裡有一扇門，打開之後，裡頭是放寢具的房間。堆得高高的老舊床墊上積滿了灰塵，另一邊是開著的窗戶，望外看去便是一座小庭園。

「啊，這裡就可以清楚看到整個後院了，就躲在這裡吧。」

「真的，躲在這裡也不用擔心會被誰發現。」

兩人一面往堆積成山的寢具後頭躲去，一面透過玻璃窗，緊盯著眼前的小庭園。庭園裡雜草叢生，感覺過去應該是座花園，現在卻長滿了芒草。兩人默不作聲，焦急地等待殺人犯與威脅者登場。當沉默越來越長，漸漸轉為痛苦之時，手機的來電鈴聲猝然響起。

「哇、哇！」香織匆匆忙忙地拿出手機，在左右手之間拋來拋去。

「笨蛋、快點掛掉，現在就掛掉！」

好不容易才抓緊手機的香織立刻關閉了手機電源。

「妳這傢伙到底在幹什麼！在電影播放前和埋伏中關手機是一般常識吧！」

「對不起，我不知道嘛——應該沒事吧？沒有被誰發現吧？」

「嗯，離約定的時間還有一陣子，應該有勉強過關。」
鐵男看向窗外的小庭園，壓低音量，繼續說道。
「話說啊，雖說殺人犯會出現，但犯人就是鵜飼他們那夥人吧——這是昨天妳推理出來的結論。也就是說，鵜飼會過來這裡？」
「不，我想不會。因為你在遊戲室裡聽到那兩個人對談的時候，鵜飼先生還在大浴場裡吧。也就是說，在遊戲室裡被威脅的犯人並不是鵜飼先生。」
「是這樣沒錯啦，那會是誰過來？」
「鵜飼那群人裡面，除了鵜飼先生以外，只剩一個男的吧。等下出現的應該就是他了。」
「啊，對吼——戶村流平！」
浮現在鐵男腦海的，是叫完「呀吼」便爽快地跳到池子裡的戶村流平。欠缺思慮的他，不曉得被誰抓到了犯罪的尾巴，進而遭受威脅。的確很有可能會發生這種事。如果戶村流平真的出現在這裡，就可以確定他是犯人了，也能更加堅定香織提倡的「凶手是鵜飼一群人之說」了。
「如果是這樣，那揚言威脅的究竟是誰……」
鐵男才剛喃喃自語完，立即察覺外頭多了人的氣息。鐵男與香織同時挺直背，慌忙往窗外看去，然而除了隨風搖曳的芒草之外，什麼變化都沒有，更別說有誰的身影了。真奇怪，鐵男皺起眉頭。

「欸，香織，這間旅館不僅大，構造還很複雜，該不會像後院的地方其實也有好幾個吧？說不定除了這裡，還有其他更出色的後院耶。」

「嗯，我也有這種感覺。剛才外面的確有傳來人的聲音對吧。」

倘若如此，一直待在這裡等也沒意義了，換個地方看看吧。兩人從寢具後頭現身，但就在鐵男伸手去開寢具室的門時，突然察覺到門外有人。

「！」

香織差點叫出聲音來。鐵男用右手壓住她的嘴巴，逼使她安靜下來。接著他摟著香織，再次躲回寢具後頭。恰巧就在這個時候，寢具室的門也打開了，一名男子現身，穿著夏威夷襯衫的年輕人，正是戶村流平。

「！」

鐵男差點叫出聲來，這次換香織用左手壓住他的嘴巴。兩人的手互相壓在對方嘴上，戰戰兢兢地保持沉默。雖然有預料到戶村流平會出現，卻沒想到他會來到這間寢具室。但他為什麼會來這裡？鐵男內心的緊張已達到了顛峰，就在這時——

「什麼嘛，原來是放床墊的房間啊。」流平一臉無聊地發著牢騷。接著又像突然想到了什麼有趣的事情，嘿嘿嘿地輕笑起來。下個瞬間，流平發出「呀吼」的詭異叫聲，隨後整個人便往堆積成山的床墊撲了上去——混蛋！你是正在畢業旅行的國中生嗎！鐵男還來不及叫出聲，流平的身體已經在床墊上引起了激烈的反彈。

接著突然出現了奇怪的爆裂聲，鐵男正納悶著是什麼聲音，重心不穩的床墊山便在他面前脆弱地崩塌了。原本躲得好好的鐵男與香織不斷被落下的床墊重擊。

「唔哇啊啊啊啊啊啊啊啊啊——」

「嘎呀啊啊啊啊啊啊啊啊啊！」

最後終於承受不了地發出忍耐已久的尖叫聲。但令人意外的是，對方也是如此。從床墊山向後翻轉並滾落的流平在看到兩人的身影後，「伊呀啊啊啊啊啊啊啊啊啊——」

發出了完全不輸給兩人的尖叫聲。他飛快地往出口方向奔去試著逃跑，卻直直撞上厚重的門，反作用力將他撞到了寢具室的另外一頭。

這傢伙到底想幹麼啊！

鐵男簡直看呆了。香織趁亂拉起鐵男的手。「快跑，趁現在！」

「啊啊，好！」回過神的鐵男與香織一同衝出寢具室。「這裡，香織！」他們在走廊右轉，衝進面前的房間，那是一間廚房。正在午睡的花貓一家受到驚嚇，從水槽裡跑了出來。「不行，走這裡啦，馬場。」他們來到了浴場。一群鴿子從浴池中飛了出來。「不對，這裡，香織。」場景換到了大廳，只見陷入恐慌的戶村流平從右邊跑到了左邊。

「…………」香織目送著夏威夷衫的背影遠去，接著轉向完全反方向。「啊，那邊好像可以出去喔，馬場。」

香織指向一條走廊。兩人走進走廊後，眼前是早已面目全非，但過去應該是日式庭園的地方，這裡好像也是花菱旅館的後院，果然後院不只一處。正當鐵男這麼想著的同時，他的視野裡突然多了一幅陌生的光景。

「欸、欸妳看……那邊有個人……」

雜草叢生的庭園一隅，有一盞石燈籠，讓人勉強可以看出這裡過去曾是日本庭園。而那盞石燈籠現在正被一名坐在地上的男人倚靠著。男人的臉朝下，看起來就像在午睡。然而男人身上的POLO衫卻從胸口為中心，染上了一團暗紅色，而且紅色部位還在漸漸擴大。

「不會吧——」

鐵男與香織面面相覷，兩人跳下走廊，往倒下的男人跑去，近距離觀察他的樣子。只見男人的額頭與左胸流出大量的血，早已氣絕，已經不需要把脈也能明白他已經死了。

「誰啊，這個人……」

香織的聲音顯得激動害怕。鐵男獨自走向前，仔細觀察著男人朝下的臉孔。淺咖啡色的頭髮和白皙的肌膚。鐵男以顫抖的聲音說出男人的名字。

「是、是寺崎……為什麼，會是他……」

他環視起死者周遭，發現旁邊有顆跟一般幼童的頭差不多大的石頭，應該是過去用來增添庭園雅趣而擺置的。滿是青苔的石頭表面被鮮血染紅，看來寺崎額頭上的出血應該就是被這顆大石頭砸中的。問題在於，左胸的血又是從哪裡來的？

「欸、欸馬場，這裡，該不會是被人用槍射的吧？」

「嗯，說到這個，剛才在寢具室大鬧的時候，妳有聽到奇怪的爆裂聲吧。」

「我也覺得有聽到類似的聲音，該不會那個就是槍聲——」

「有可能——嗯？這是什麼？」

鐵男的視線停留在一個細長物體上，那個東西掉在離死者有段距離的地方。仔細一看，原來是釣魚人士用來裝釣竿的釣魚用背袋。鐵男對這個背袋很有印象，昨天在赤松江沿岸碰到寺崎的時候，他肩上背著的就是這個。

「為什麼，這種地方會有釣竿——」

鐵男走向這只可疑的背袋。他將背袋打開，裡頭空無一物，沒有找到什麼釣竿，反而有什麼小東西滾落到背袋旁的地面。鐵男用手指拿起其中一個給香織看，香織立刻瞪圓了雙眼。

「這、這個不是子彈嗎！來福槍還是什麼槍的……」

「應該就是，所以這個背袋裝的其實是來福槍嗎？」

「怎麼回事？寺崎先生不是釣魚人嗎？」

「嗯，看來這個姓寺崎的傢伙是個假扮成釣魚人的獵人，不，說得更精準一點，他是一名盜獵者啊。他帶著自己的槍砲來到這裡，卻被自己的槍砲射中而死。」

「那他的那把槍在哪……」

「不在背袋裡面……」

「應該是被犯人拿走了……」

「說不定那個人就在附近……」

鐵男彷彿現在才發覺似的感到恐怖。拿槍擊殺寺崎的犯人現在正拿著來福槍潛伏在附近，說不定還在窺探這裡的樣子。不，讓他逮到機會的話，說不定子彈都已上膛，槍口也瞄準好了，準備一發讓我們上西天──

「不好，我們快逃！」鐵男抓住香織的手腕，正要跑起來時「──唔！」

「怎麼了!?」香織抬頭望向一臉不安的鐵男，隨即臉色大變。「有人來了！」

他們的感覺沒有錯，雖然很細微，但確實能聽見說話聲從建築物的另外一側傳來。而且，聲音還逐漸往這裡靠近。會是誰呢？聽到槍聲而趕來、毫無關係的第三者嗎？接獲通報的警察嗎？又或是殺害寺崎的犯人回來了？

無法判定，只能做最壞的打算。

依舊抓著香織手腕的鐵男迅速轉了個身。「要跑囉，香織，走這裡。」

鐵男穿過荒廢的庭園，往建築物的反方向跑去。跑出庭園後，更茂密的灌木叢在等著他們。再往前是一片樹叢，過去應該只是矮小的籬笆，現在卻已長得繁密茂盛。樹叢壞心眼般地擋住兩人的去路，他們好不容易才找到樹叢間的空隙鑽了過去，然而出現在兩人面前的卻是道路盡頭，陡峭的懸崖。

兩人惶惶恐恐地向下望去，只見下方四、五公尺處有條河川，正是赤松川。他們回過頭去注意背後，依舊可以感受到明顯的人的氣息。鐵男腦中清晰地浮現了殺人魔拿著槍砲的身影，難道這就是所謂的「前有強敵，後有追兵」嗎？

看著進退兩難的鐵男，香織以顫抖的聲音問了一個唐突的問題。

「馬場，你喜歡保羅紐曼嗎？」

「呃，嗯……」

「我比較喜歡勞勃瑞福。」

「是、是喔……」鐵男好像知道她想說什麼。他再度往懸崖下方看去，也不知是幸還不幸，河流剛好沖出一個大水塘，就算跳下去應該也不至於會死掉。「不、可是、等等、現在還太早……」

「那我要下去囉！」

等等等等！我還沒作好心理準備——

「三、二、一！」香織也不管對方是否答應，就倒數起來。

「…………」鐵男閉上雙眼，一副聽天由命的樣子。

下個瞬間，受到激烈衝擊的水面響起了水聲，接著是隨之而來的高聳水柱。

三

果然要二宮朱美靠著一張七、八年前的道路地圖充當鵜飼的汽車導航還是太強人所難了。每當朱美下達指示後，雷諾不是開到斷崖峭壁，就是無法通行的野獸小徑，再不然就是陸陸續續看到「前方禁止通行」的告示牌。導致鵜飼的雷諾終於抵達花菱旅館時，時間已經超過十一點又幾分鐘了。

「真是不甘心……我竟然看不懂地圖……」

「別這麼氣餒……妳已經做得很好了……」

不知為何要被鵜飼鼓勵的朱美總之走到了花菱旅館的大門前。兩人加快速度往裡頭走去，眼前的建築物是老舊的日式住宅，緊接著出現在朱美眼前的是玄關的拉門突然不知道被誰粗魯地踹破，接著便看到戶村流平從壞掉的玄關衝了出來，然後是花貓一家，還有許多鴿子跟在後頭。

「哦，看來事件已經發生了。」

「的確是發生了呢……」

帶著花貓跟鴿子在廢墟裡奔走的見習偵探，本身就是一起小小事件。

總而言之，在這間化為廢墟的日本旅館中一定發生了什麼不尋常的事件。流平跑到鵜飼身邊，他的臉因過度激動顯得紅通通的。

「怎麼了，流平，發生什麼事了？那對小情侶怎麼樣了？」

「呼、鵜飼先生，你、你會不會太慢了？」流平把手放在膝蓋上，不停喘著大氣。「因為你們一直沒來，我、就一個人跑進去看了。然後就在放寢具的房間遇到他們……接、接著又聽到類似槍聲的聲音……」

「你說槍聲嗎？」鵜飼一臉嚴肅地看向眼前的建築物。

朱美有種不妙的預感。這位偵探一定忍不住要發揮他莫名其妙的冒險精神了。比起朱美的小心謹慎，鵜飼迅速地下了大膽的判斷。

「總之我們先看看建築物周遭的樣子，也有可能是流平聽錯。」

為什麼要做這種事，要是真的遇到了手持槍枝的殺人魔該怎麼辦!?朱美自然而然地擔心起來，卻無法說服原本就對這件事充滿好奇心的偵探。鵜飼帶著流平開始進行調查，結果害怕一個人待著的朱美還是跟著他們一起前進了。

三人在建築物各處看了看，在他們繞了這座擁有複雜構造的建築物半圈後，終於發現了不對勁。在已經荒廢的日本庭園一角，寺崎亮太滿身是血地倒在了石燈籠上。確認寺崎已死後，鵜飼伸手指向庭園另一側。

「在那邊！有誰在那邊！」

鵜飼穿過日式庭園，撥開茂密的灌木叢。流平在他的身後，朱美不知為何也跟在他們二人身後。就在這時，三人的前方傳來奇妙的數數聲。

「三、二、一！」

接著只聽到嘩地好大一聲落水聲。

鵜飼毫不膽怯地向前邁進，穿越過去應是籬笆的樹叢，卻又突然停下腳步。流平因此撞上鵜飼的的背部，身後的朱美也連環撞上流平的背。朱美壓著鼻子，跨過兩位男士往前望去。

「幹麼突然停下來啦──啊！」

眼前已是斷崖，無路可走。一名男人背對他們佇立在斷崖前，身穿坦克背心的年輕男子露出了粗壯的手腕，還留著一頭金髮刺蝟頭。

鵜飼伸出食指，指向男人的背影，像在嚇阻壞蛋那樣直呼對方的姓名。

「馬場鐵男！果然是你嗎！」

被指名道姓的馬場鐵男轉過身來，在認出對方是鵜飼後，同樣伸出食指，也像剛才鵜飼那樣直呼起對方的名字。

「鵜飼杜夫！果然是你嗎！」

接著鵜飼不知道在想些什麼，竟然俐落地脫去西裝上衣，擺出過去的英雄《機器刑事》中「機器人K」的豪邁動作，用右手拿著脫去的上衣在空中甩啊甩，再高高地拋了出去。身上只剩下輕便襯衫的鵜飼，將正義之拳舉至臉旁，高聲說道。

「我不會再放過你了！快快束手就擒吧！」

接著馬場鐵男也莫名地將兩手伸至胸膛，緊抓著自己身上的黃色坦克背心，擺出過去的英雄「摔角手霍克霍肯」當初前所未有的動作，用力扯破那件布料，再隨手一扔。露出精實上半身的鐵男也像鵜飼一樣握緊拳頭，舉至臉旁，高聲說道。

「我不會再讓你胡作非為了，放馬過來吧！」

鵜飼杜夫與馬場鐵男就這樣在懸崖上互相瞪視著。明明是宛若龍虎相爭的緊張時刻，朱美卻覺得這股緊張的氣氛中有哪裡不對勁，然而面前這對男人充滿氣勢的樣子讓她決定保持沉默。雙方經過長時間的瞪視，終於迎來雙拳交錯的瞬間——

「你這個殺人犯呀呀呀呀呀呀——」

「你這個殺人魔啊啊啊啊啊啊——」

結合兩人氣勢射出的兩條手臂宛如兩條蛇般糾纏，兩顆拳頭也幾乎在同時分別打中對方的下顎，形成必殺技交叉反擊拳，勝負就在這瞬間。男人們的吶喊在夏日的空中迴響著，兩人的身體雙雙呈現被折疊的姿勢，接著重重摔落在地。

終於恢復平靜的懸崖上，朱美一臉驚愕地問向流平。

「所以——到底誰是殺人犯，誰又是殺人魔？」

「誰知道——」流平輕輕地聳了個肩。

四

因為寺崎亮太遭到殺害，總之還是得叫警察來，身處懸崖上的朱美毫不猶豫地拿出手機打了一一〇報警。打完電話後，她提心吊膽地觀察了懸崖下方，卻誰也沒見著。假如剛才聽到的水聲是有坂香織從懸崖跳下的聲音，那她應該有順利落水，成功逃亡了。

警車陸續趕到花菱旅館，現場也漸漸充滿生氣。警方對案發現場進行保護，並對寺崎的屍體進行檢驗。懸崖上失去意識的兩名男子也被搬運到旅館走廊，朱美用手沾水往他們頭灑了幾下。

遲些登場的砂川警部在住宅的走廊蹲了下來，問向朱美。

「你們怎麼會來這種廢墟？」

「因為我們得知馬場鐵男和有坂香織要來這裡，而鵜飼又懷疑他們兩人與山田慶子遭殺害一案有關，所以我們就過來了。但看來他的推理應該有誤，因為馬場似乎也覺得鵜飼才是真凶。」

「唔，為什麼他會這樣想？看來他們互相有些誤解。」

總而言之，從馬場鐵男那裡打聽事情經過應該會是最快的方法，砂川警部轉向才剛從失去意識的狀態恢復神智的鐵男。

「你跟有坂香織為什麼會到花菱旅館來——等等，在那之前，你為什麼光著上半身？你是不是看不起我們警部？」

「沒、沒這回事，只是剛才有點亂來……那個，請問有衣服可以借穿一下嗎，警部先生。」

誰去拿件背心過來給他穿，警部如此下達指示後，一名搜查隊員便將不知道從哪找到的，上面還印著『不行、絕對不行！』的文字T恤拿了過來。鐵男見狀，一邊抱怨衣服沒什麼美感，一邊不情願地穿上，成為反毒活動的一員。接著他才娓娓道來之所以會來花菱旅館的理由。

最關鍵的原因，是昨晚他在月牙山莊遊戲室裡聽到了令人生疑的祕密談話。

「哦，那兩個男的提到了槍啊——真是奇怪吶，雪次郎先生身上並沒有槍傷的痕跡，寺崎雖然是遭槍殺而亡的沒錯，但也是今天的事了。那兩人的談話內容感覺沒頭沒尾的——」

「對啊！我聽了也覺得很奇怪。」

「無論如何，已經知道祕密談話的兩人中的其中一位是寺崎了，然後他被另外一個男的用自己的槍給殺害……也就是說，那名男子就是犯人嗎……」

砂川警部陷入思考。此時，一直沉默不語的鵜飼也開口加入談話。

「也就是說，馬場——寺崎亮太並不是你殺害的對吧。」

「那還用說嗎，你在裝什麼傻，凶手明明就是你。」

事情發展至此，馬場鐵男已經完全深信「鵜飼即凶手一說」了。

「那個，我不曉得你究竟誤會了什麼，不如趁現在把事情一併釐清吧。我不是犯人，但你卻是殺害山田慶子的犯人吧？」

「才、才不是，我為什麼要殺那種人啊，再說山田慶子這個名字我連聽都沒聽過咧。」

「哦，是這樣嗎？」鵜飼緊緊盯著對方的雙眼。「那麼，你們為什麼要把山田慶子的屍體塞進低音提琴的琴盒，再用 MINI Cooper 載到山裡？」

「……唔！」馬場鐵男的臉色倏地蒼白。「為、為什麼、你會知道……」

「呵呵呵，我已經將你們的所作所為看得一清二楚了。」

明明就只有看透一半而已，真虧鵜飼擺出一副自信滿滿的姿態。

「那、那就沒辦法了。」馬場鐵男完全相信了鵜飼所說的話，失望地垂下肩膀。「我跟香織是把山田慶子的屍體裝到低音提琴盒裡搬運了沒錯，但殺她的人不是我們，是別人殺了她，我們只是把屍體載去丟掉而已——」

砂川警部看著鐵男一臉為難地辯解，生氣地罵道。

「棄屍本身就已經是犯罪了，真是不可原諒。你們把屍體丟在哪了？山田慶子的屍體現在究竟在哪？」

「呃，關於這部分我也有很多事想告訴您，警部先生。」馬場鐵男一臉難為情地搔了搔頭，接著用幾乎聽不見的音量陳述事實。「消失了，山田慶子的屍體……我也不知道屍體現在到底在哪裡……」

鵜飼與砂川警部驚訝地對看了一眼。鐵男這才將只有他跟香織知道的祕密全盤托出——

馬場鐵男將兩人所犯下的罪行，以及意外發生的始末都詳細告知。就這樣，他們的棄屍事件，總算與鵜飼及砂川警部遇到的殺人事件結合為一。一直在旁默默聽著的鵜飼，待鐵男說完事情的來龍去脈後，轉向砂川警部說道。

「對了，其實我也有個情報要提供給警部，我已經弄清楚山田慶子的身分了，她在三個月前都還是豐橋昇的下屬。」

偵探概略地陳述了從山田聖子那打聽來的消息。

「是這樣嗎，但豐橋那時說，他對山田慶子這個名字一點印象也沒有。」

「那是豐橋故意在警部面前說謊的，這就是豐橋是犯人的鐵證如山的證據，不是嗎，警部？」

「嗯——但也不能就這樣斷定吧，很有可能豐橋早就把山田慶子的名字給忘了。」

「怎麼可能，才不可能會這樣，哪有這麼剛好就忘記。」

「哦，是嗎？」朱美忍不住提出反駁。「我倒覺得山田慶子這個名字太過常見，並不是會讓人留下印象的那種很難寫的名字。再說，豐橋在公司應該是用『山田小姐』來稱呼她的吧，這樣對她的名字更不會有印象。我覺得豐橋很有可能真的不記得山田慶子這個名字。」

「不可能，他們是男女朋友耶！」

「那是鵜飼你隨便認定的吧，究竟是不是還不知道呢。」

「是這樣沒錯啦……但豐橋在三個月前是山田慶子的上司這點可是事實，既然是上司，怎麼可能不記得她的全名，就像砂川警部也不可能過了三個月就忘記志木刑警下面的名字一樣──對吧，警部？」

「…………」下個瞬間，砂川警部宛如被問了一個出乎意料的難題，臉色顯得凝重。

「……志木下面的名字……那傢伙的名字……他有名字嗎？」

「你竟然說有名字嗎……你該不會忘記了吧？志木刑警的名字！」

「與其說我忘記，倒不如說我從沒有過這個記憶。」砂川警部絲毫不覺得有那裡可恥，反而正大光明地反駁道。「那你們呢，你們又知道我的名字嗎？」

「──什麼！」

「──經你這麼一說，的確！」

突然被這麼一問，鵜飼與朱美都瞪大了雙眼，面面相覷。

到頭來，在尚未明白豐橋是否說謊之前，光靠砂川警部與志木刑警的全名便草草結束了這個討論。多少有些不滿的鵜飼重新問向鐵男。

「該不會有坂春佳的公寓就在黎明大廈的隔壁吧？房間是四〇三號？」

「對，沒錯，你怎麼知道，因為你就是犯人？」

怎麼還在說這種話，你也差不多該搞清狀況了，馬場鐵男……

「不是，是因為我的事務所就在黎明大廈的四〇三號啊。簡單說來，就是這麼一回事。那天早上，山田慶子是想要來我的事務所的，但是在停車場走出車子時不曉得被誰攻擊，受了致命性的重傷。她用盡最後的力氣，苟延殘喘地來到我的事務所。不幸的是，她搞錯了地點。她在位於兩棟建築交界的停車場搞錯了位置，結果她去的不是黎明大廈，而是另一側公寓的四〇三號室。最後，有板春佳的家裡出現了陌生女子，而應該來我事務所的山田慶子卻不見蹤影，事情發生經過應該就是這樣了。」

「原來如此，的確有這個可能——話說回來，你的事務所是在做什麼的？該不會是那種看起來很恐怖的人會出入的事務所？」

看來他已經把鵜飼的事務所認定成那種地方了。然而鵜飼只是揮了揮手，一臉你想太多了的樣子。

「怎麼會，才不是那種可怕的事務所，只是非常普通的偵探事務所而已。」

「什麼嘛，那我就安心了。剛才聽到事務所，我還以為是那種黑道集團的事務所咧——什麼，你說偵探事務所！那、那你就是偵探囉！」

「我的確是偵探沒錯——你的反應還滿有趣的嘛。」

偵探讚佩著他的反應，馬場鐵男啞口無言，一旁的朱美則面有難色地將雙手交叉於胸前。

「先不說這些了。你說丟到池裡的屍體消失了，這話是真的嗎？你們真的有好好找過嗎？」

「嗯，我們徹底找過了，不會有錯的，新月池裡到處都找不到。」

「我也沒在水裡看到車子。」流平在一旁插話。

「你只是單純溺水了而已吧。」朱美冷眼看向流平，接著說道。「雖說是事實，但還真是難以相信耶，屍體就算了，一輛車就這樣不見了。你說是不是，警部先生？」

「………………」砂川警部並沒有回答朱美的問題，他的眉間深深皺起。

「怎麼了嗎，警部先生？」

「嗯!?」砂川警部抬起頭來，像是才剛回過神來。

「不，沒事。」他揮了揮手，再次轉向鐵男。「聽起來是還滿奇怪的，不過那些之後再說。現在可以確定的是，你跟有坂香織都是遺棄屍體罪的現行犯，而且有坂香織還在獨自逃亡中。你有辦法聯絡她嗎？事到如今，她再跑也沒什麼意義了。」

「是這樣沒錯啦。不過，警部先生，香織並不是在逃避警察的追捕，而是在躲避手中握有槍械的殺人魔。她現在一定拚命地往河川下游前進。」

朱美的腦海裡，浮現起頭髮凌亂、滿身溼透的香織在河邊徘徊的樣子。怎麼感覺好可憐啊……

「用手機聯絡看看？你們沒有交換電話號碼嗎？」

「我們只有交換信箱而已，不過香織她好像把手機電源關了，剛才在寢具室她就把手機關了，那之後她應該都沒想起來要再開機。」

「那真是可惜。」砂川警部將手放在馬場鐵男的肩上。「不過，警方這邊也會進行搜索，也許等下就有消息傳來了，有坂香織應該很快就會遭到逮捕。雖然現在只有你一個人，但這也沒辦法，還是請你一同到警局一趟——」

「請你稍等一下，警部，這樣不是很奇怪嗎？我覺得警方太蠻橫了。」

面對鵜飼從旁加以干涉，警部不免感到不滿並反問。

「哪裡蠻橫，他都已經認罪了，你剛才應該也有聽到他說的話了。」

「那麼，請問警部，山田慶子的屍體到底在哪裡？沒有屍體，遺棄屍體罪也不能成立了對吧？」

「你、你在說什麼，屍體就被遺棄了我怎麼會知道在哪！」

「你確定要用這種歪理敷衍過去!?」

被識破了嗎——警部的神色顯得不安。鵜飼看著他，繼續說道。

「警部，就算他本人再怎麼表示屍體已經丟了，事實也不一定就如他所說。說老實話，我倒是挺懷疑馬場證詞的可信度。沉到池裡的車子跟屍體一夜之間就消失了，怎麼想都覺得有些離譜——」

朱美也覺得鵜飼說的話很有道理。沒有屍體，就不能構成遺棄屍體罪，加上馬場鐵男的證詞中前後也有些矛盾。但是——

「…………」一直保持沉默的砂川警部總算抬起頭來，挑釁似的放話道。「也就是說，你們只要能看到屍體就好了吧，只要有山田慶子的屍體就行了吧。」

「呃、對、沒錯……若是能看到屍體，我當然不會再多說什麼。」

「你可別忘了自己說的話。好，那我們現在就去把山田慶子的屍體找出來。我已經大概掌握了整樁案件，還是在聽馬場鐵男敘述途中突然想通的，這並不是難解的謎題，你們都跟我來吧。馬場鐵男，你也一起來！」

第八章　砂川警部道出意外事實

一

兩輛汽車在盆藏山的柏油路上奔馳著。前方是砂川警部的車，馬場鐵男也在這輛車上。緊跟在後的是藍色雷諾，鵜飼握著方向盤，朱美坐在副駕駛座上，流平則坐在後座。朱美注視著前方那輛車。

「警部先生到底想把我們帶去哪裡啊？」

「誰知道，不過順著這條路一直走下去，終點應該會是龍之瀑布。」

朱美也有注意到這件事。剛才兩輛車駛過的道路，昨天朱美他們也有經過。昨天砂川警部坐在鵜飼的雷諾上，完全就是吳越同舟。當時走這條路是為了從龍之瀑布前往月牙山莊，而現在他們開在同一條路上，走的卻是往龍之瀑布前進的反方向。

「但是，難不成他認為山田慶子的屍體就在龍之瀑布那裡？」

「不曉得，我完全想不透那個警部究竟在打什麼主意。」

「可是啊，砂川警部很少像剛才那樣拍著胸膛，發下『交給我吧』這種豪語耶，都說到那種程度了，應該是真的胸有成竹吧。」

坐在後座的流平說道。朱美也有同感，砂川警部畢竟有一定的身分在，不會隨口說出不負責任的話，跟那位完全沒在思考就用力拍胸的鵜飼之間有著天壤之別。

繼續往前一段距離後，兩輛車脫離原先的柏油路，改走突然出現的下坡道。車子開到坡道底時，眼前是一條細長的河流，河流上方有座小橋。駛過小橋後，底下的路帶領他們進入森林內，最後來到路的盡頭。兩輛車一前一後停了下來，五名男女走下車，佇立在森林中。

「這裡就是我們的目的地!?」鵜飼環視起蒼翠茂盛的周遭。「這種地方會有山田慶子的屍體？」

「不是這裡，還要再往前走一段。」

砂川警部指向一條車子無法通行的小徑，看樣子會一直通往至森林深處。

被茂盛綠意覆蓋的森林，呈現出一種陰暗又令人不不太舒服的空間。然而，又往前走了一段路之後，周遭的風景一轉，原先在頭頂上方的深綠色斷了蹤跡，取而代之的是無邊無際的藍天。夏日的陽光從天空灑了下來，處於大地的水面宛若鏡子般將光線反射回去，一片波光粼粼。

湛藍的美麗池面，就在他們眼前展開。

「哇，這裡就是新月池吧！我第一次來！」

朱美站在池邊，眺望著整座池。昨日的記憶被喚醒，當時朱美正坐在前往月牙山莊的那輛吳越同舟的車上，從後座俯視著下方新月形狀的池子。當時看到的就是眼前這座池嗎？由於現在距離太近，沒辦法確定這座池真正的形狀，但若能從池子正上方往下看，應該就是一彎新月的樣子。

「不過，警部先生帶我們來這裡究竟是想做什麼？」

鵜飼也眺望著池子四周，提出了疑問。

「簡單來說，警部是想說馬場的證詞有誤吧？無論是車子還是屍體，都好好地沉在這座新月池裡。」

「嗯，可以這樣說。」

「可是，」朱美提出反駁。「馬場跟香織有仔細搜過這裡了不是嗎，結果還是沒找到，那應該就是這樣了吧。要在同樣的地方再進行一次搜索，等於第一次根本在做白工耶——對吧，馬場。」

朱美向站在身邊的鐵男徵求認同，卻只看到他一臉呆愣，不斷來回打量著眼前的新月池及其周遭。這樣的鐵男，就好像一位突然被丟到陌生教室，內心惴惴不安的轉學生。

「喂，馬場，你怎麼了？」

只見馬場不停眨著眼，他回問朱美。

「妳問我怎麼了也……這裡，到底是哪？」

「……咦!?」

一時還無法理解馬場問題的朱美愣了一下，陷入沉默。接著才回過神來，忍不住叫道。

「怎麼會問是哪裡，這裡不就是新月池，這還需要問嗎！」

「這裡是，新月池？開什麼玩笑，你們是說好了要一起整我嗎？我可是第一次來這座池，至少昨天我和香織找車子的新月池絕對不是這裡。雖然形狀和大小很相近，可是那裡跟這裡絕對不一樣。」

「不一樣的池……怎麼會有這種事！」

朱美不由得啞口無言。鵜飼微微彎了一下脖子，轉向身邊的徒弟尋求意見。

「流平，你怎麼想？昨天你是在這座新月池溺水的嗎？」

「周遭的環境感覺起來應該是同個地方沒錯，但仔細一看，又覺得是完全不同的池子——等我一下喔。」

流平走到池邊蹲下，徐徐地用手掌撈了一點水含在口中，隨即呸地吐了出來。「不對！這裡並不是我溺水的那個新月池！」

竟然還要含一口用舌頭來判斷，你是什麼品酒達人嗎！

眾人一起目瞪口呆。然而暫且先不論流平的行為，重要的是，他的證詞證實了馬場鐵男所說的話。也就是說，眼前這個波光粼粼的池子，無論形狀還是周遭環境都與他們所知道的新月池極為類似，但完全是另外一個池子。朱美忍不住詢問警部。

「這究竟是怎麼一回事？」

在眾人的視線下，砂川警部這才道出實情。

「沒什麼，事情其實很簡單，就是有兩個新月池罷了。一個是他們所知道的新月池，另外一個，就是你們眼前這座新月池！」

二

砂川警部說出的話太過令人震驚，在眾人的耳內不斷迴繞。有兩座新月池，這是真的嗎？以朱美為首，眾人都在內心估計警部所說的話可信度究竟有多高。在這之中，最先提出疑問的是馬場鐵男。

「有兩個新月池!?不對吧，這太奇怪了，就我們當初聽到的內容，赤松川附近應該只有一個新月形狀的池子才對，靜枝小姐是這樣說的。」

「靜枝確實沒有說謊，新月形狀的池子只有一個，前提是位於赤松川的流域內。」

警部在提到赤松川的流域時，特別加重了語氣。

「但你也應該知道，烏賊川有著看似烏賊腳的十條支流。盆藏山的河川也不是只有赤松川而已，從赤松川分支出去的還有一條支流。」

「還有一條支流──印象中，好像是叫青松川還是什麼川的。」

「沒錯，來這裡的路上我們有經過一座橋吧，那座橋底下的河就是青松川。青松川流域也有一些小型的池塘還是沼澤的，其中也有個挺漂亮的，形似一彎新月的池子。簡單來說，就是你們眼前的這個新月池。你們昨天的確是在另一個池子進行搜索沒錯，但並不會改變這裡也是新月池的事實，對吧。」

「你要這麼說也、也沒錯啦——但那又怎麼了嗎？」

「我的意思是，你們前天開車載著屍體抵達的新月池究竟是哪個，這才是問題所在。」

警部話一說完的瞬間，鐵男便發出「啊」的一聲，將目光移往波光粼粼的水面。

「該不會……該不會，我們前天晚上來的其實是這座新月池……」

「就是這麼一回事。」警部確認著他的反應，重重地點了個頭。

「結果就只是單純的搞錯而已。前天晚上，手中沒有地圖的你和有坂香織開著車在盆藏山裡繞來繞去，偶然發現了新月形狀的池子，還想說太幸運了，就把山田慶子的屍體連同車子推下池去。之後你們又把已經沒有用處的低音提琴盒丟到河裡，你們以為那條河是赤松川，其實卻是青松川。」

「什麼——」鐵男再次大驚失色。

「之後你們又在夜晚的山路裡迷路，導致你們跑到離青松川有段距離的赤松川附近。隨後你們發現鄰近的月牙山莊，順利在那裡住了下來。在月牙山莊度過一夜的你們，隔天再度前往新月池。但那時你們前往的並不是位於青松川流域的這個新月池，而是赤松川流域，位在月牙山莊旁邊的新月池，也是跟你們前天晚上看到的完全不同的另一個池子，然而你們卻沒注意到它們之間的差異。」

「…………」鐵男不發一語地聽著。

「不過這也不能怪你們，一般人根本不會想到一座山裡竟然會有兩個新月形狀的池子。而且從平常住在市區的人眼裡看來，山中的風景再怎麼看就是長那個樣子。再加上你們棄屍的時候是夜晚，尋找屍體的時候卻是早上，就算景色有些許不同，也不會想到自己其實來到了完全不同的地方吧。」

「也就是說，我跟香織其實是在與棄屍地點完全不同的地方找屍體，難怪我們什麼都找不到。」

「就是這麼一回事，說穿了其實就是個單純的誤會。但對於棄屍的你們，這種經驗應該相當恐怖吧。明明就把車子跟屍體丟在這裡了，怎麼一夜之間就消失得無影無蹤。於是你們只好想些合理的解釋來說明這種不可思議的現象，但結果只是讓你們離真相遠來越遠，因為你們完全想錯方向，根本沒有誰用吊車打撈了屍體跟車子，真相其實意外地簡單多了。」

說明完畢的砂川警部彷彿沉浸在勝利的餘韻裡，眺望著新月池平靜的水面。

「好了，既然真相大白了，剩下的就只剩找到車子跟屍體了……」

「……警部。」

「根據馬場鐵男的證詞，車子應該是從池岸的這側丟下去的……」

「…………警部。」

「嗯，看來水並沒有清澈到可以用肉眼找出正確位置吶……」

「…………那個……警部。」

「無所謂，反正已經知道車子沉在這裡了，剩下的只要再想些辦法……」

「警——部——！」鵜飼冷不防地扯開嗓子大喊，猛地逼使自顧自講著話的砂川警部面對他的挑戰。「可以聽我說一下嗎！」

「哇！怎麼了你？你還有什麼話想說——噢，我知道了，你是想說，山田慶子的屍體在哪，對吧？確實我們是約好要看到屍體你才肯罷休，但這種程度已經可以了吧？她的屍體就沉在這個池子底，這已經是不爭的事實了，剩下的就只是時間的問題——」

「不在這裡。」

「什麼？」

「屍體並不在這裡喔，警部。」鵜飼從正面目不轉睛地盯著警部的臉。「馬場鐵男和有坂香織前天開車抵達的並不是這個新月池。」

「哈、哈哈……我還以為你要說什麼咧，你還不理解嗎？我剛才不是說了，新月池實際上有兩個，這在地圖上面也有標記，而且馬場鐵男也同意這個說法了。能夠說明屍體和車子都消失的理論，就只有這個了——」

「不，就算是那樣，警部你的推論卻是錯的。」

「哦，好……那我問你，你是怎麼斷定我的推論是錯的？」

「你還不明白嗎，警部？」鵜飼憐憫地看著自己的勁敵。「確實如你所說，新月池是有兩個的，而且他們也很有可能搞錯了這兩個池子。但是馬場他們前天抵達的地方絕對不是這裡，我之所以這樣說——」

「之——所以這樣說？」

「之所以這樣說，是因為要來這個新月池——」彷彿忍耐已久的鵜飼終於一口指出警部關鍵性的失策。「要來這個新月池，根本沒辦法用開車的方式啦——！」

鵜飼一口道出這個再明顯不過的，具有衝擊性的事實。由於答案太過於平凡無奇，反倒讓這夥人體驗了全新的打擊。

眾人發出宛如嘆息的嘈雜聲。在這之中，砂川警部像在歡呼萬歲般地舉起雙手，向後退了兩、三步。「什麼！」他再次環視起新月池周遭，接著像是現在才發現什麼似的瞪大了雙眼。「——怎麼會有這種事！」

「不，這是事實。實際上，剛才我們過來的那條路就是車子無法通行的小路。我剛才甚至想過，說不定還有其他路可以進來，但仔細觀察了一下，還是沒有找到，這裡完全被森林的樹木給包圍住了。也就是說，再怎麼迷路，車子也不可能開進這裡。車子都無法過來了，又要怎麼把車子丟在這裡？那種事是不可能發生的不是嗎——！」

鵜飼的話宛如一把銳利的長槍刺進警部的心臟。可憐啊，砂川警部毫無辯駁之力，全身的力氣像是被抽乾了，無力地當場跪倒在地。

「你、你說得沒錯，看來這次是我輸了——我輸得心服口服。」

「哪裡，你不需要感到羞愧，你的推理十分出色，警部。」

腦力較量的結果出爐，兩人互相讚美著對方的奮鬥表現。看著這樣的光景，朱美在心中喃喃自語：這兩個人……果然……程度或許都很差……

先前完全採信警部推理的馬場鐵男現在也一改態度，毫不留情地指責警部的失策。

「我剛才就覺得很奇怪，因為我丟低音提琴盒的地方明明是赤松川，不是青松川。河川前面還有告示牌，不可能會有錯。」

「原來如此，這種情報，還真希望你在我發表推理前就提供吶。」

警部垂下頭來，似乎在說一切都太遲了。他的樣子看起來實在可憐，眾人都不曉得該說些什麼才好。突然，流平說出了令人難以言喻的安慰內容。

「警部先生，你的下屬志木刑警不在這裡真是不幸中的大幸耶，要是那個年輕刑警在場的話，警部先生就要因為這件事被笑三年了。」

「…………」砂川警部神色複雜地點了個頭。「的確是這樣沒錯，現在回想起來，那傢伙從瀑布上掉下去說不定正是上帝完美的安排。」

好過分的上司。朱美想像著志木刑警全身包裹著繃帶，橫躺在床的樣子，不禁同情起他來。

「總而言之，尋找屍體這部分又繞回原點了。啊啊——真是越來越搞不懂啦——咦？」

突然闖入朱美視野的是鵜飼毫無意義地在池邊來回走動的樣子，看起來非常奇怪。他的視線追著自己的步伐，右手放在下巴上，繁忙的腳步漸漸畫起了橢圓的軌跡。話說回來，過去他也曾經一直繞著圈子走，接著在跌倒的瞬間靈機一動。

「流平，你看，鵜飼那個樣子，不覺得有種不好的預感嗎？」

「嗯，等下應該會看到鵜飼先生掉到池子裡，然後那個瞬間他就會得到什麼啟示了。」

「好像還是注意一下比較好喔。」

「唉呀，每次都要人操心。」流平一臉嫌麻煩似的走近鵜飼。「鵜飼先生，這樣很危險喔，不要在這種地方亂走比較好，你看，可能會掉到池子裡喔！喂喂，會掉下去喔，要掉下池——」

不出所料，鵜飼毫無自覺，眼看一隻腳就要踩進水裡了。為了避免慘案發生，流平趕緊伸出手想要抓住他的背，但就在這個瞬間，鵜飼展現出動物般的直覺，迴轉整個身體，成功避開了掉入水中。

「——哇！」失去目標的流平雙手只握住了一把空氣，他的身體在水邊保持了絕妙的平衡，靜止不動。下個瞬間，他便一頭栽進水中。「哇——唔。」

激烈的水聲讓鵜飼回過神來，絲毫沒有注意到發生了什麼事。他看著流平說道。

「哎呀，怎麼回事啊流平，你怎麼穿著衣服在游泳？真是的，你這傢伙真是行事奇特……」

「笨蛋！他是溺水了啦！」

「哦，原來如此。好，警部，你有沒有繩索之類的工具？或是能夠代替救生圈的東西也可以，沒錯，比方說——咦！」

鵜飼突然陷入沉默，彷彿被自己說出的話嚇到了。又過了一會，偵探終於開心地大叫起來。

「原來如此，原來是這樣啊！不知怎地突然就想通了……一定是這樣沒有錯。」

「怎麼了？你想通了什麼？」

「新月池的謎題啊！現在的問題是有兩個新月池，但無論哪一個新月池，裡面都沒有屍體跟車子。既然如此，就只能聯想到另外一種可能性，雖然有點無法置信，但既然警部的推理都落空了，事情發展至今果然只有那個答案才是一切的真相……」

看著一臉興奮的鵜飼，砂川警部與馬場鐵男都好奇地靠了過去。

「怎麼了，你到底想說什麼？」

「你已經知道屍體跟車子在哪裡了嗎？」

「不，我不知道具體的場所，但是，我大概能猜到他們是怎麼消失的了。沒錯，就是那樣啊！各位，這次新月池的謎團真的解開了！」

偵探強而有力地宣示著。那麼，現在我便開始一一解釋給大家聽——眾人一同圍著偵探。

在這之中，最為可憐的他泡在水中傾訴起自己的危機。

「嗚呸……解謎之前……呸……可以先來個人救救我嗎！」

第九章　犯人遭受懲罰

有坂香織沿著赤松川河岸往下游方向前進。她的身體從頭到腳都溼答答的，橫條紋T恤也因此緊黏在身體上。而令她引以為傲的馬尾，現在就像是被雨淋溼的小馬的尾巴。順便一提，她的身邊當然沒有馬場鐵男的存在。

香織思考過了。為什麼那時候鐵男沒有跟著她一起跳下來呢？萬一被手持槍枝的殺人魔逮到，就不可能全身而退了。

儘管如此，為什麼他卻——啊！

「該不會是為了我!?馬場，你是因為我所以自願去當誘餌的嗎？原來如此、原來是這樣啊！馬場為了讓我順利逃跑，所以犧牲了自己面對殺人魔……嗚嗚，馬場，謝謝你。我們明明才認識不久，你果然是好人，我到死都不會忘記你的……所以你……一定要成佛啊！」

香織回想起那段與已受蒙主寵召的鐵男一同相處的日子，自顧自地流出了傷心的淚水。她的哭泣時間非常短暫，很快地她便重新打起精神：現在不是哭的時候，殺了鐵男的殺人魔現在一定在尋找下個獵物，也就是香織自身，這種可能性非常高——香織如此想著。

「我一定要好好活下去，絕對不能讓馬場的死白費！」

下定決心的香織再度往河川下游走去。

河川因為前一天的大雨顯得混濁不堪。香織選擇從狹窄的岩石裸露地帶前進。或許是大雨殘留下來的痕跡，粗壯的漂流木宛如在阻礙香織前進似的散布各處。好幾次香織都被圓木狀的漂流木攔住了去路，只能繞到河岸繼續前進。

天空豔陽高照，暑氣逼人。幸好長在V字形河谷斜面上的大樹枝葉繁茂，為她遮去陽光的照射。河流的左右兩側挺立著遮天蔽日的樹木，順著河流的方向不斷延伸，儼如一道綠色拱門。

香織不發一語，獨自走在這條路上。

「不行，我走不動了！」

畢竟是過慣了舒適的都市生活，少有機會鍛鍊的身體很快便到達了極限。

香織在河岸選了顆大石頭逕自躺下休息，頭頂是無限蔓延的綠色屋頂，還能從縫隙間一窺盛夏的藍天。河面吹來的風，輕拂著她發熱的肌膚，令她感到十分舒服。河水演奏出固定的音色，帶領著她走入夢鄉。然而——

就在她快要睡著的前一刻，一個奇怪的物體映入香織的眼簾。

頭頂上的樹枝，其中一枝似乎掛著什麼，搖來晃去的。逆光中，隱約可以看見圓滑曲線的輪廓，令人聯想到女性的身體。香織驟然起身，不由得用手揉了揉眼睛。

「……那是，什麼？」

看起來像是掛在樹枝上的女性屍體。也就是說，是自殺？但是，會有人特意選在那麼高的地方上吊嗎？頭到地板之間大略有四公尺高，周圍也沒有什麼立足點。

而且如果是上吊自殺，應該會留下繩索才對。但眼前的那個並不是用繩子吊住的，比較像是頭部被兩根粗壯的樹枝給夾了起來。雖然這也可以說是一種上吊的方法沒錯，但至少目前沒聽過有這種自殺方式。這究竟是怎麼一回事？

殺人事件，香織的腦海中浮現出這四個字。沒錯，香織甚至還知道另一名被謀殺的女性。但是，這怎麼可能呢！

香織鼓起勇氣，往那奇怪的樹枝衝了過去，途中還差點跌倒。她繞著樹枝往上看去，剛才被逆光遮掩住的真相終於大白。

那個瞬間，香織彷彿遇上了被遺忘的亡靈，她放聲慘叫。

「哇啊啊啊啊啊啊啊啊啊啊啊！」

香織不由得被眼前的景象嚇得跌坐在地。

「這、這是怎麼一回事……為什麼會在這裡!?」

香織並不是真的在問誰，而是對著自己叫道。

「為什麼這裡會有低音提琴盒呀──！」

她以為是女性屍體的那個物體，正是會令人聯想到女性屍體，還有著圓滑曲線的低音提琴盒。上半部被樹枝卡住，懸在半空中的低音提琴盒，彷彿在取笑著跌坐在地的香織，在樹枝上搖啊晃的。

二

這世上有許許多多個低音提琴盒，但會出現在盆藏山赤松川流域的低音提琴盒，恐怕只有那一個，也就是用來搬運山田慶子屍體的那個琴盒。

「但是，那個應該已經丟在河邊了——怎麼又會掛在樹上!?」

而且——香織打量起周遭。總覺得這裡並不是那晚他們丟棄低音提琴盒的地方，確實V字型的河谷與那晚去的地方感覺很相似，但是那晚並沒有出現覆蓋在上空的綠色拱門。

而且，現在香織的所在地點是在花菱旅館再往下游的地方。從月牙山莊的角度看，花菱旅館也是在下游的位置。也就是說，從這裡要去月牙山莊的話，必須往上游走一大段路才會到。在這個地方迷路的兩人，再怎麼在黑漆漆的森林裡徘徊，也不可能會跑到距離如此遙遠的上游區的月牙山莊。因為無論兩人再怎麼路痴，也應該分得出來上游跟下游的區別。

果然沒有錯，他們兩人丟棄低音提琴盒的地方並不是這裡。恐怕是在更上游的地方，而且一定是在距離月牙山莊或新月池不遠的地方。那現在這種情況究竟是怎麼一回事呢？

「是誰特地把我們丟掉的低音提琴盒搬到這裡來嗎？」

到底有誰會做這種事？又是為了什麼而做？這跟山田慶子的屍體消失有什麼

關聯嗎？

不對，比起那些，現在更重要的是——

「為什麼低音提琴盒會掛在哪裡？」

首要問題就是這個。首先，需要付出相當的勞力才能製造出這樣的情景。立足點的問題是怎麼解決的？特地帶了凳子或梯子來這裡嗎？然後再踩上去把低音提琴盒高高掛起，讓琴盒的頭部卡在樹枝上？光用想的就覺得這項工程既麻煩又危險，誰會為了什麼目的去做這種事？難道這是一種前衛藝術嗎？想不通。香織搖搖頭，宛如一名正在煩惱創作的前衛藝術家般抓了抓頭髮。

「冷靜下來思考喔，妳需要鎮定，有坂香織，這其中一定有什麼原因才對。」

香織自言自語地對自己如此說道後，再次來回看著河流及低音提琴盒。在她這麼做的同時，她也想到了一個非常基本的問題。為什麼，琴盒會是懸掛起來的狀態呢？這點她並不清楚。不過，應該被丟在上游的琴盒，現在卻出現在這個地方，這件事本身或許沒有那麼不可思議。

「說到這個，昨天下了大雨吼。」

一旦下雨，河川水量就會增加，平常水流沖不到的岸邊，也會因此受到大量的河水沖刷才對。那樣一來，被丟在河岸的低音提琴盒，很有可能會被捲入河流，順著水勢流到這裡。這比誰在上游偶然發現低音提琴盒，再特地搬過來這裡更貼近現實。沒錯，是水的力量把琴盒帶來這裡的。也就是說，這是自然現象嗎——

「那為什麼琴盒會被樹枝卡住呢？這也是自然現象嗎？」

有可能發生這種事情嗎？

香織再次目測起琴盒上半部到河面的距離，她估計從琴盒頭部到河面大約有四公尺高。接著香織環視起周遭，從懸掛著琴盒的樹枝再往上游方向約數公尺處，恰巧有顆巨大的岩石突了出來。岩石上半部是傾斜的，宛如一個天然的跳臺。

「假使琴盒順著河流的沖刷力道，在那顆岩石上反彈的話……」

香織任由想像力發揮，腦中的銀幕更映出一個壯觀場面。

V字形河谷的滾滾泥漿發出轟隆隆的聲響，被水勢沖著走的琴盒用力撞上了突出的巨大岩石，琴盒宛如跳出水面的溪魚，高高飛起躍至半空，接著恰巧撞進了分為兩枝的樹枝中。下個瞬間，琴盒的頭部便卡在兩根樹枝中，維持著漂浮在半空的姿態留在了樹上——

「如果有充足的水量跟水勢的話，也不是不可能發生……」

然而香織又馬上搖搖頭，否定了自己的想法。

「不對，水勢再怎麼強，也不可能做到……要能發生這種情節，幾乎已經是大洪水的程度了……昨晚確實下了大雨，但也沒到引起洪災的程度……也沒看到新聞播報有誰因此受傷還是死亡……嗯？」

香織忽地從自己的話裡察覺到了什麼。

「沒有死人嗎!?是這樣嗎……」
不對，有死人。記得最近應該有人在這條河溺死。
「對了，橘雪次郎！」
等等，雪次郎的死亡時間並不是在昨天夜裡，他的死是在昨天下大雨之前發生的事。而且，恐怕跟自然災害引起的溺水而亡不同，刑警們似乎也在搜尋被殺的可能性。
「殺人……對了，殺人事件！」
赤松川附近發生的怪事不只這個低音提琴盒，山田慶子被殺害後，她的屍體連同車子被棄置在新月池，但隔天卻消失了。雪次郎在龍之瀑布溺死，不久前寺崎又在河邊的廢墟被槍殺。各種事件一個接著一個發生。
既然如此，這個懸掛的琴盒，應該也跟這一連串的事件有關才對。這並不是單純的大自然的惡作劇，而是人為造成的結果。不是大自然的洪水之力，而是人為的——
「啊！」香織的腦裡閃過宛如天啟般的靈感。「對，人為造成的洪水……以人類的力量故意引起的洪水……有可能嗎？」
譬如先在上游累積大量的水，接著一口氣放掉那些水。香織腦中浮現出這種做法。大量的水以洪水般的力道往河川灌去，正在下游釣魚的雪次郎因此被滾滾泥漿沖進河裡進而溺死。受牽連的低音提琴盒跟著被沖往下游，撞上岩石並高掛枝頭。這麼一想，也並非不可能。

「但是，需要在上游儲存多少水才足以達成這種目的呢？一個小池子的水夠嗎——啊！」

香織再次大叫。話說回來，他們至今一直在找的東西是什麼？不就是山田慶子的屍體嗎，還有那輛鮮紅色的MINI Cooper。說得更準確一點，他們在找的是被丟入屍體和車子的新月形狀的池子。前天晚上他們確實將屍體丟棄在那裡，但在那之後，池子卻消失了。雖然應該說是車子和屍體失去了蹤影，但也可以換個觀點去思考，很有可能是池子本身失去蹤影了。

「原來如此……原來是這樣！」香織終於明白消失得無影無蹤的新月池的真面目。「那個並不是水池……而是……」

「哦，看來妳終於注意到了。」

「嗯，我終於想通了，我們一直以為是池子的地方，其實是河川啊——唔，咦咦!?」

誰在跟我說話！過於驚訝的香織在原地跳了起來。她僵硬著身子，戰戰兢兢、小心翼翼地將頭扭向後方。

她的身後站著一名男子，手上拿著一把黝黑亮麗的來福槍。槍口直直地對準香織。

三

「總而言之，事情是這樣的。」

鵜飼開始為大家進行說明。

「馬場鐵男，你在前天晚上把屍體和車子丟到新月形狀的池子裡，你以為這座山裡只有一個新月形狀的池子，但其實並不是那樣，新月形狀的池子一共有兩個，另外一個就是你眼前的這座池。」

鵜飼用手比了比眼前寬廣的新月形狀的池面，接著轉向砂川警部。

「警部，你在聽了馬場鐵男的話之後，理所當然地以為車子和屍體是沉在這個池子裡，但是這個想法也是錯誤的，因為車子沒辦法開到這個池邊，所以不可能把車子丟在這裡，就如同我之前所說的那樣。既然如此，關於這個問題，我們只能這樣思考了。」

偵探緩緩地看向眾人，說出這起事件的關鍵。

「新月形狀的池子其實有三個，而山田慶子的屍體和車子就被丟在第三個池子裡。」

「你說有三個新月池!?」

警部不知道愣住了幾次，接著才強烈地提出反駁：「怎麼可能！跟你的車不一樣，我的車可是有裝導航的。我有好好用導航地圖確認過了，這附近新月形狀的池子就只有兩個，一個在赤松川沿岸，另一個在青松川沿岸，也就是眼前這座池，其他地方都沒有。」

「但是之前有過喔。」

「那是在哪裡？要是真的有，你也讓我們親眼看看啊？」

面對過於激動而氣勢洶洶的警部，鵜飼一派輕鬆地回答。

「我說的是『有過』，已經是過去式了。換句話說，現在已經沒有了。因此很抱歉，我沒有辦法讓你們親眼看到。」

「有過!?現在已經沒有了!?這是怎麼一回事？」

「第三座新月池只有前天晚上限定，是臨時出現在赤松川上游的池塘。說得更正確一點，那並不是真的池塘，而是一個巨大的水窪。」

「——臨時出現的，池塘!?」

鵜飼不顧瞠目結舌的砂川警部，突然換了個話題。

「請先聽我說一個關於林業的知識。在林業界裡，如何搬運山裡砍下的木材，從古至今都是一個重要的課題。有鋪設林道的地方可以用卡車開進去載；若有水量豐沛的河流，也可以把圓木綑成竹筏藉水搬運。但是，越往深山裡去，河水水量也會越少。水量過少的河川無法搬運木材，那應該怎麼做才好呢？好不容易砍下來的樹木，就因為沒有辦法搬運只好全部放棄嗎？」

鵜飼掃視著一臉茫然的眾人，慢悠悠地繼續說道。

「這種乍看之下無法可解的情況，其實是有應對方式的，你認為應該怎麼做，警部？」

「怎麼做——你現在到底在說什麼啊？」

「我在說林業的相關知識啊，同時也跟殺人事件有關就是了。好了，要怎麼做才好，警部？」

「不知道，我對林業的情況和你想說的事一概不清楚，這只是在浪費時間，你還是快點說下去吧。」

「那我就繼續了，做法如下：首先，將從山裡鋸下來的木材綁一綁，直接堵在河川上，被堵住的河流自然會在原地開始積水。就算那條河之前再怎麼沒水，只要時間一長，積水便會漸漸擴大，最後在河流途中形成一個小型水庫。確定水庫中有足夠的水量後，再破壞用木材堆積起來的堤防，原先累積在水庫中的大量的水便會一口氣往下游沖去。藉這股水勢，就能把整理好的木材沖往下游了。怎麼樣？雖然這種方式很粗暴，但也很合理吧。現在已經不用這種方式了，但這是過去深山現場中實際採用的方法。」

「把河流整個堵住——」警部的表情像是察覺到了什麼而緊繃起來。

「沒、沒想到！」

「沒錯，真的沒想到。前天夜裡，臨時出現在赤松川的池塘，竟是以人工方式堵住赤松川打造出來的新月形狀的水窪。只要堵住曲度不大的其中一段河川彎處，就能自然產生新月或香蕉狀的積水了。這就是第三座新月池的真面目。」

「太、太離譜了——到底為什麼要做這種事！」

「為什麼，這很明顯啊警部，為了要用大量的水一口氣沖走在下游悠悠哉哉、享受夜釣之樂的雪次郎先生啊！也就是說，這是在赤松川上游的人，想要淹死在下游的人所設計出來的機關。臨時出現的新月池，換句話說，便是遠端殺人的裝置。」

「你、你說什麼，我從沒聽說過這麼無法無天的機關！」

「是嗎，但就像我剛才說的，這在林業的世界裡，是被實際操作過的做法，差別在於被沖走的是木材還是人而已。再說，我有證據，我有可以證明我口中這個大規模的機關曾經被使用過的證據。」

「你說證據!?證據在哪？」

「警部你也應該看過才是——想想昨天在龍之瀑布上游，你那可憐的下屬志木刑警的悲慘遭遇。你還記得我那時候用冰桶代替救生圈，拋給正被河流沖著走的志木刑警吧？」

「嗯，我記得，那個是雪次郎先生的冰桶吧。」

「對，那個冰桶原先是肩帶被樹枝勾著，懸掛在樹上的狀態。我那時候直接把它從樹枝上取下，丟到河裡了。因為當時正逢緊急狀況，所以並沒有多想，但現在回想起來，那個情景實在很奇怪。」

「哦，哪裡奇怪？」

「我記得我是拚命伸長兩手去把那個掛在樹枝上的冰桶拿下來的。樹枝那麼高，雪次郎先生又是怎麼把肩帶掛在樹上的？雪次郎先生的身高明明比我還要矮才對。」

「唔……」

「或許找顆大石頭作踏腳石的話，就算是雪次郎先生的身高也能碰到樹枝，但這麼做有什麼意義嗎？一般人使用冰桶，本來就是放在地上，特地高掛在雙手觸碰不到的樹枝上來使用，怎麼想都不可能。」

「被、被你這麼一說，確實很詭異吶。為什麼要把冰桶掛在那麼高的樹枝上？如果不是雪次郎先生自己掛的，那會是誰……」

「沒有誰去做這件事。硬要說的話，做出這件事的是水。從上游流下來的磅礡水勢，導致河川水位急速上升，浮在水上的冰桶隨著上升的水位移動到高處，結果就是我們看到的，冰桶的肩帶掛在雪次郎先生也碰不到的高處的樹枝上。換句話說，冰桶被掛在那麼高的樹枝上，這個事實正是河川水位急速上升到樹枝高度的證據。」

聽完鵜飼的推理，砂川警部一臉不甘心地咬起下脣，只能點頭同意。

「原來如此，事實應該就是你所說的那樣，假使河川水位急速上升到超過一般人的身高，在河邊釣魚的雪次郎先生會被沖走也是很合理的。」

「看來警部也認同我的推理——那麼馬場，輪到你了。」

「咦！什、什麼事，這麼突然——」

鵜飼向突然被點名的馬場鐵男問了一個奇怪的問題。

「像這種河川上游被堵住的水，一口氣往下游沖去，甚至因此出現受害者，你知道我們一般會怎麼稱呼這種現象嗎？」

「什、什麼嘛，叫——洪水吧。」

「嗯，不能說洪水這個詞是錯的，但它還有個更正確的名字喔。」

「什麼啦，不是洪水，難道是大洪水嗎？應該也不是，河川氾濫？水災？——嗯，等等，這麼說來，我記得在新聞上看過『鐵砲水』(註10)這個字。」

「沒錯，就是鐵砲水。」鵜飼高興地點頭。「事實上，林業相關人士之間似乎會用『鐵砲堰』一詞來稱呼剛才我向大家說明的木材搬運法，因為鐵砲水就是由人工打造的堰所引發的，所以才叫它鐵砲堰。我都說到這裡了，你還不明白嗎？」

「……哈？」馬場鐵男一臉呆呆地張開嘴巴。「不明白什麼？」

「我要說的是，你聽到鐵砲堰這個詞，都沒有想到什麼嗎？唉，看來你真的沒注意到，你……鐵砲堰……鐵砲水……」

「鐵砲堰……鐵砲水……嗯？鐵砲……鐵砲!?」馬場鐵男的神色突然變得十分

註10 中文稱「暴洪」，即短時間內突然發生的洪水。

驚訝。「該不會我在遊戲室裡偷聽到的對話，其實不是在說槍——」

「沒錯，你聽到他們提到『犯人使用了鐵砲』——對吧？沒錯，犯人的確使用了鐵砲，但他們談話中的鐵砲既不是來福槍，也不是手槍，犯人使用的凶器是鐵砲堰才對。」

四

事到如今，解決事件與主導權已經全然掌握在鵜飼手中了。完全承認敗北的砂川警部退居聽眾，馬場鐵男也被鵜飼口中想法奇特的推理驚得目瞪口呆。由於偵探原先的搭檔，戶村流平還沒從水池溺水的傷害中恢復過來，只好由二宮朱美擔任偵探的搭檔一職，將話題繼續進行下去。

「所以，真正的犯人究竟是誰呀？應該不是獨自犯案的吧，要想造堤堰來攔河水，僅憑一己之力是做不到的。」

「從這個詭計的構造來看，要獨自犯案的確不太可能，恐怕犯人還使用了多名共犯。與其說是共犯，我覺得工人這個詞比較精準。」

「工人？什麼意思？」

「簡單地說，就是犯人是花錢雇用勞動力的。靜枝小姐有說過吧，月牙山莊在前天中午前住了幾名國外旅客，而他們在雪次郎先生死的那夜就已經結帳退房了。乍看之下他們與這起事件毫無關係，其實卻不然。那群外國人團體正是犯人請來建造鐵砲堰的工人。從他們的角度看來，只是聽從雇主指示，蓋了一座小小的水庫而已，未必會知道那是用來殺人的工具。他們大概以為只是單純的土木工程的打工罷了，而犯人絕對也是用這個藉口來包裝，說是正派公司的標準作業之類的。若非如此，我想也找不到那麼多人來幫忙殺人。再來，製造鐵砲堰時應該也用到了重型設備才對，譬如說吊車。」

「吊車的話，前天晚上在新月池的旁邊就有一輛，馬場的證詞裡有提到。」

「對，就是那個。但說得更正確一點，吊車並不是在新月池旁邊，而是在赤松川其中一段出現的新月形狀的水庫旁才對。然而他們並沒有注意到這件事，還以為眼前的水窪是傳說中深不見底的新月池，甚至因此感到慶幸就把車子跟屍體都推到水裡了。這就是前天夜裡發生的一切。」

「之後，馬場他們又把低音提琴盒丟到赤松川，然後在山裡迷路，繞了一大圈才抵達月牙山莊，是這樣吧。」

「完全正確。那麼，接下來的場景要改成隔天凌晨一點左右。這個時間，大家幾乎都在月牙山莊的小木屋裡，興致勃勃地收看衛星轉播的足球賽。這些人裡面有橘直之、橘英二兩兄弟、南田智明、寺崎亮太，以及我們偵探事務所的三人。不用多說大家也清楚，犯人之所以採用鐵砲堰實施遠端殺人，就是為了要製造自己的不在場證明。為了能夠主張被害者在下游溺死時，自己是在上游的歐風民宿裡與誰一起而設計出來的遠端殺人。因此，犯人在這個時候，一定不會獨自待在自己的房間。犯人絕對是在小木屋，和大家一同觀賞足球比賽才對。反過來說，這個時間獨自在房裡睡覺的豐橋昇或橘靜枝等人便不會是凶手。」

「的確，但是，犯人如果一直待在小木屋裡，也不可能實施殺人計畫啊。必須有誰去破壞鐵砲堰，才有可能發生鐵砲水吧。」

「沒錯，順便一提，從上游的鐵砲堰到下游的現場只有三公里左右。雖然水流速度會隨著河川的傾斜度改變，但並不會影響太大，三公里長的話應該只需要幾分鐘。也就是說，假使雪次郎先生的死亡時間推定在凌晨一點前後，那鐵砲堰被破壞的時間也差不多會是在那個時候。足球比賽是在午夜十二點開球的，到了凌晨一點又是怎麼樣的情況？」

「剛好進入中場休息呢，凌晨十二點四十五分之後上半場結束，接著是十五分鐘的休息時間，下半場開始時已經超過凌晨一點了。」

「沒錯，關鍵就在那十五分鐘的休息時間。這段時間，原本待在小木屋裡的人各自行動，有人留在現場，有人去廁所，也有人到外面抽菸。簡而言之，犯人只有那十五鐘可以自由行動。若是犯人要跑到雪次郎先生進行垂釣的下游區去殺人，十五分鐘是不夠的；但如果只要趕到上游區破壞鐵砲堰，我認為這個時間長度完全沒問題。」

「對耶，從月牙山莊到赤松川走路只要五分鐘，倘若事先準備機車之類的工具，就能更早抵達，來回都不用花到十分鐘。這樣一來，凶手在那邊作業的時間還可以拉到五分鐘以上。不過鵜飼，要怎麼做才能破壞鐵砲堰啊？需要用到炸藥嗎？」

「不用，用不著使用炸藥，要破壞鐵砲堰，果然還是需要用到吊車。那輛吊車之所以會在前天夜裡停在河邊的道路上，其中一個理由應該是為了製造施工現場的氛圍，讓禁止通行的告示看起來更加逼真。然而，還有比這個更重要的理由，那就是破壞鐵砲堰是需要吊車的。恐怕是用吊車的吊勾勾住鐵砲堰的某處，當吊桿捲揚上升時，拉扯的力量便能立刻摧毀鐵砲堰。犯人事先準備好那些機關，再趁足球比賽的休息時間依照預定趕去鐵砲堰，之後他坐上吊車進行操作，破壞鐵炮堰。那種東西只要有一小部分被破壞，整體結構就會變得很脆弱，接下來只要等強大的水勢破壞堤堰就好了。確認完事後，犯人便趕緊回到月牙山莊，再裝作若無其事的樣子，和大家一起觀賞足球賽下半場。」

「而這個時候，身處下游區的雪次郎先生也已被滾滾泥漿吞噬，沖下瀑布了。」

「就是這樣。第一眼見到雪次郎先生的屍體時，我們都覺得慘不忍睹，於是輕易認定屍體上的損傷都是因為跌落龍之瀑布造成的，其實卻不然。雪次郎先生的屍體是被強大的水勢衝撞蹂躪，被多次猛烈撞擊到河岸或岩石上，再被不尋常的水勢沖落瀑布，從赤松川一路流往烏賊川，最後才終於停留在三俣町的河邊。」

「屍體上的損傷之所以這麼嚴重，就是鐵砲水的威力造成的呢。」

「是的。另外，我也藉這個場合順便回答昨天妳問我的問題吧。犯人是如何得知雪次郎先生釣魚的正確地點？我的回答如下：犯人根本不知道雪次郎先生在哪裡釣魚，他也沒必要知道，只要知道雪次郎是在河邊釣魚就夠了。因為無論他在河川的哪裡釣魚，強大的水勢都絕對可以將他捲進河流裡沖走。」

「就是考慮到這點，犯人才會使用這種機關吧。」

「就是這個道理。總之，深夜裡的情況大概就是這樣了，接下來我們來談談隔天早上。有坂香織與馬場鐵男前往赤松川沿岸的新月池，搜尋本應該沉在那裡的車子跟屍體，但他們在新月池裡連個形影都沒有看到。不過，結果本來就應該是這樣，畢竟他們進行搜索的地方，是與前一晚丟棄車子和屍體完全不同的池子，想當然耳不可能找得到。話雖如此，他們會搞錯也是情有可原的，畢竟他們前天夜裡所見到的新月池，隔天就已經不復存在了。因為隨著鐵砲堰被破壞，臨時出現的新月池自身也跟著消失了。」

「那麼，他們推進臨時的新月池裡的車子跟屍體究竟跑到哪裡了？」

「無論是車子還是屍體，當然都隨著巨大的水勢一同順水流了。不過車子體積不小，本身又有一定的重量，我想應該不會漂到太遠。稍微從赤松川上游往下游方向繞一下，應該就能在哪裡找到顛覆的 MINI Cooper 才對。而車子的駕駛座上，應該也還坐著山田慶子的屍體。」

「原來如此，那也就是說，還沒有誰發現山田慶子的屍體囉！」

「不對，已經有人發現了，那個人就是寺崎亮太。」

「寺崎？為什麼你能說得這麼肯定？」

「妳還記得昨天吃晚餐時，寺崎提到了 MINI Cooper 嗎？為什麼他會突然脫口而出山田慶子的愛車牌子呢？」

「啊、對耶，一定是因為寺崎在哪看到了山田慶子的 MINI Cooper。」

「妳的想法是正確的。目前我們已經很清楚寺崎亮太是盜獵者了，過去他應該有持來福槍進入禁止狩獵區的盆藏山，在那裡打了鳥或兔子等動物吧。想必昨天他也以盜獵者的身分進入山林，並在途中經過了赤松川沿岸吧。接著他在那裡看到了奇妙的景象，一輛車子顛覆在森林深處的細長河川裡，而且，車內的駕駛座上還有一名女性屍體。如果是河岸邊的道路，還可以判斷是汽車跌落事故，但赤松川的兩岸卻是陡峭的V字形河谷，車子不可能開進那裡。寺崎應該也很納悶吧，為什麼會有車子翻覆在車子進不來的地方。」

「一定會很納悶的，但是在思考這個問題之前，為什麼寺崎不乾脆報警啊？」

「妳不能忘記寺崎本身是盜獵者這個事實，就算他偶然發現了屍體，以他的情況，不可能輕易報警。之後開始下雨，寺崎便掉頭回歐風民宿。雖然在路上遇到了馬場二人，但那時他假裝什麼都不知道、什麼也沒多說，只是佯裝成普通的釣魚人。隨後，回到歐風民宿的寺崎又得知了一件事，那就是雪次郎先生在赤松川下游溺死的事情。寺崎是在被刑警問話時知道這件事的。」

「原來，那時寺崎早就看到了顛覆在赤松川的 MINI Cooper，他也將這件事與雪次郎先生在下游溺死的事件聯想在一起了。」

「沒錯，至少他應該不會覺得兩件事情是毫無相關的。而只要他將這兩件事聯想在一起，就有很大的機會發現事情的真相。是誰堵住了河川上游、誰誘發了人工的鐵砲水、而那些舉動殺害了雪次郎先生。車子也是因為鐵砲水被從上游沖下來的。深思熟慮之後，寺崎得到了以上的推理結果，他比誰都搶先一步看破了這起事件的詭計。」

「儘管如此，寺崎還是什麼都沒對警方表示，他原本打算做什麼？」

「這有什麼難的，當然是一般小混混的想法啦。寺崎應該是想用唯獨他才知道的情報為由，要求真凶給他點好處吧。」

「也就是昨天夜裡在遊戲室的祕密對談囉。」

「沒錯，在那場祕密對談中，提出威脅的某人以鐵砲堰為由對真凶進行勒索。當然，會做這種威脅的人除了寺崎亮太別無他人。寺崎與那名男人在之後的對談中還提到『把證據拿出來看啊』、『在花菱旅館裡頭見。』當然，說要看證據的是犯人，而約在花菱旅館的人則是寺崎。」

「寺崎打算在花菱旅館給犯人看什麼樣的證據啊？」

「說到寺崎手中的證據，除了顛覆在赤松川的車子，應該不會有其他東西了。

花菱旅館的後院是正對著河的，寺崎應該是打算從那裡走下河去，直接把那輛車當作證據展示給犯人看。恐怕 MINI Cooper 與山田慶子的屍體就翻覆在距離花菱旅館不遠的地方。」

「原來如此，但寺崎這種舉動不會太過危險嗎？這種舉動跟自己跑去當活靶子讓殺人犯射擊沒什麼兩樣耶。」

「正如妳所說，只怕寺崎遇到了什麼讓他必須孤注一擲的情況，比方說他剛好需要一大筆錢之類的。而且他手上可是有真正的來福槍，萬一真的發生了什麼，他也有自信保護得了自己。」

「但實際上寺崎根本沒辦法保護自己，反遭犯人親自封口了。」

「是的，這也是今天，我們前不久才看到的情景。犯人在已成廢墟的花菱旅館與寺崎見面了，或許他從最初就不打算讓寺崎有機會開口。他見機朝寺崎撲了過去，寺崎拿出來福槍應戰，於是殺人犯與勒索者之間便開始了來福槍爭奪戰。最後犯人取得勝利，他拿起庭院的石頭往寺崎的頭砸去，接著又用他的來福槍給他最後一擊。之後的事就像妳所知道的那樣，犯人趁著流平和馬場他們大鬧之時，漂亮地逃脫了——事情經過就是這樣。」

「原來如此。」朱美點頭，接著再次詢問這起事件的最關鍵之處。「所以犯人到底是誰？」

「哦，原來我還沒提到啊，但以妳的程度應該也已經猜到了吧。本來，我們就可以從一個人使用的手段觀察出他的特徵，也可以說是個性。尤其這次使用了相當特殊的機關，導致這些特徵更為明顯。妳也試著想想看，休閒開發公司的中階主管有可能打造出鐵砲堰嗎？從事自營民宿的那對兄弟會操作吊車嗎？擁有真正槍枝的盜獵者又會使用鐵砲水當凶器嗎？當然我們不能說完全沒有可能，不過，與這起事件出現的手法完全吻合的人都不是他們，最適合的人選是南田智明。他是使用原木建造小木屋的專家，因此早已習慣木材與人力的調度，操作重型機械更是小事一樁。他不只清楚盆藏山的地形，也熟知雪次郎先生的行動。更重要的是，過去從事林業的他，很有可能早就聽說過鐵砲堰的事情了。南田智明才是與這起事件的機關最相符的犯人。雖然還有些矛盾之處，加上目前也沒有證據，但我想應該非常貼近事實真相了。」

他的判斷應該八九不離十了，朱美也對他的推理滿懷信心。然而，始終有個問題沒解決。

「但是鵜飼，南田智明他沒有殺人動機啊，為什麼他要殺害雪次郎先生？還有山田慶子那部分也是，難道殺她的人也是南田嗎——」

五

「妳問我為什麼要殺他嗎？」

赤松川的岩石地帶。南田智明將來福槍的槍口直直對準有坂香織的臉部。「妳是在問動機吧，不過，就算妳知道了又能怎樣？」

「呃，也不能怎樣就是了……」

總之先拖延時間比較好吧，只是因為這種想法所以才試著問問看而已，千萬不要二話不說就砰的一聲朝我開槍啊。香織拚命地讓話題延續下去。

「你、你不是雪次郎先生的朋友嗎？雪次郎先生是月牙山莊的老闆，你是打造月牙山莊的木屋建造者吧。雪次郎先生為了守護月牙山莊，直到最後都還在抵抗休閒開發公司的利誘，他這麼重視月牙山莊，對你來說應該很可貴才是。我說的不對嗎？」

「嗯，不對。」南田吐出這句話，嘴唇有些顫抖。「妳竟然說雪次郎抵抗了他們的利誘——哼，愚蠢，真是嚴重的誤解。那傢伙絲毫沒有抵抗，他在休閒開發提出收購的瞬間，就認為是天大的幸運而欣然同意了。他對這間歐風民宿的是否能夠保留下來、對月牙山莊這棟建築物一點興趣跟留戀都沒有。若能脫手換錢，他簡直是毫不猶豫。」

「怎、怎麼——怎麼會是這樣!?我聽到明明就是，雪次郎先生在玄關拒絕了休閒開發公司派來月牙山莊的人——」

「哼，那種一眼就能看穿的把戲，只是在扮家家酒罷了。雪次郎不過是想讓大家看到，賣掉月牙山莊是逼不得已的痛苦決定，他可是有抵抗過的喔，才裝出那種樣子。而對豐橋昇而言，雪次郎表現出不願妥協的態度他才好辦事。倘若地主過於順從，他根本無法從中撈到什麼好處。他的任務就是對頑強抵抗的地主使出懷柔政策，當地主表現出不願妥協的樣子，他便可以用與對方套交情的名目，拿公司的錢去吃喝玩樂。在那之後倘若懷柔政策成功了，他在公司的評價也會跟著水漲船高。簡單說來，這是橘雪次郎與豐橋昇之間籌劃出來的伎倆。表面上，他們裝作不合的樣子，其實私下早就談好要賣掉月牙山莊了。這種事情常有不是嗎？」

「咦、是、是這樣嗎!?」香織被這個令人意外的事實嚇得目瞪口呆。「但是，為什麼你可以說得這麼肯定？你如何確定這真的是黑箱作業？」

「當然是有人告訴我的，那個女的妳也應該很熟悉才對。」

「我很熟悉——女的!?」

那個瞬間，香織腦中宛如閃電般掠過了一名女性的名字。對香織而言十分熟悉卻又不怎麼清楚的陌生女子。「——你說的該不會是，山田慶子！」

「沒錯，她在不久之前曾在烏賊川休閒開發公司擔任豐橋昇的下屬，因此到訪過月牙山莊一次。因為當時沒有住宿，所以也沒有被記載在過去的住宿名單上，月牙山莊的人對她應該也沒什麼印象吧。但我因為那次機會與她結緣，後來便私下交往了。某天她不小心說漏了嘴，我才知道月牙山莊收購已是既定事實。我逼問她，才發現雪次郎早就背叛大家了。」

「所、所以你就殺了雪次郎先生嗎？可是、就只是因為這樣……」
「不只如此，雪次郎的背叛讓我回想起一年前的困惑。」
「一年前的困惑，你指的是？」
「雪次郎有個哥哥，叫作橘孝太郎，是月牙山莊原本的經營者。當初就是他打算將月牙山莊蓋成真正的木屋建築，也是他將木屋的設計和建構交給我的，可以說是我的知音，也像是恩人一般的存在。實際上，孝太郎先生和我聯手打造出來的月牙山莊也是非常出色的建築，毫無疑問，就是我的代表作。然而，像孝太郎先生這麼好的人卻在一年前過世了。大雨過後，不小心跌落漲潮的赤松川的他就那樣溺死了，他殘破不堪的屍體被人發現在龍之瀑布的壺穴中。」
「那、那還真是令人遺憾……但是，那應該算是意外吧？」
「警方的確將孝太郎先生的死判為意外事故處理，月牙山莊也因此被原先的共同持有者雪次郎所獨占。接著，就是在那之後沒多久，豐橋昇就來月牙山莊談收購的事情了。我那時候就覺得有些可疑，想說時機也抓得太巧妙了，會不會是雪次郎之前就從豐橋昇那裡得到什麼保證，還對這件事很感興趣。或許雪次郎早就被賣掉月牙山莊後可以得到的一大筆錢深深吸引了。假使如此，孝太郎先生的存在對他們來說就是個阻礙，因為孝太郎先生是不可能同意出售的。共同持有者之一的孝太郎先生不同意，收購案也無法完成。所以希望收購案可以順利進行的雪次郎，便趁著大雨過後將孝太郎先生約到河邊，趁機將他推下去——」

「那些、只是你的想像吧，你也不知道真相究竟如何。」

「沒錯，所以我一直有在留心後續的收購進展，然後我才發現自己的擔憂不過是杞人憂天。雪次郎並沒有被豐橋的高價收購所吸引，反而嚴厲拒絕了收購案。就算只有那麼一點，我也為自己對他的懷疑感到羞愧不已。之後我便跟從前一樣經常投宿月牙山莊，也和雪次郎保持良好的關係。」

「…………」

「但是，我果然還是被騙了。雪次郎這一年來的行為舉止，通通都是裝出來的。他為了不讓我產生懷疑，可以說是過度謹慎般地演了一場又一場的戲。之後只要等到時機成熟，他再裝出無計可施，只能做出同意出售的『痛苦決擇』就好了。這也表示，我在一年前對他的懷疑果然沒有錯，孝次郎先生就是被雪次郎給殺害的！」

「也、也不一定就是這樣吧，畢竟你也不能否定這是意外的可能性……收購案也有可能只是碰巧發生在這起意外之後……」

「妳愛怎麼想就怎麼想，與我無關。反正我認定是雪次郎犯下的罪行，也立下決心要殺了他。一來是為了阻止月牙山莊的收購案，同時也能以慰孝太郎先生在天之靈。他從龍之瀑布摔下，死得那麼悽慘，我要讓雪次郎也體驗一樣的死法——不，我要讓他死得比孝太郎先生還要兩倍、三倍以上悽慘。」

「所以你才選擇了可以利用大量的水沖擊這種規模龐大的做法。我大致上明白你殺害雪次郎的動機了，但是山田慶子呢？她也是你殺的吧？你為什麼要殺她？你沒有殺她的理由吧。」

「誰叫她想打亂我的計畫，她察覺到我的犯罪計畫後，竟然想把我的計畫通通告訴私家偵探。也就是說，她也背叛了我。」

「不是吧？她應該是想救你才——」

「吵死了，閉嘴！」南田搖搖頭，不願繼續聽下去。「我偷聽到她在講電話，知道她背叛了我。所以隔天我就去了鵜飼偵探事務所前的停車場，在那裡埋伏著等她。」

「鵜飼偵探事務所!?那個叫鵜飼的人竟然是個偵探！」

「沒錯，哼，原來妳不知道啊，那個男人為了山田慶子留下的話，特地跑來月牙山莊，就是個好奇心旺盛的私家偵探。但聽說他本來就不是多厲害的偵探，他的存在對我的計畫根本構不成什麼威脅。」

假使偵探在場，一定會被南田輕易說出的這些話給激怒。

「對了，我得趁現在問清楚，似乎有人將留在烏賊川市綜合大樓停車場的車子跟屍體特地運來盆藏山，還丟進池子裡——」

南田又將槍口往前壓向香織的臉。「這是你們幹的好事嗎？」

香織不發一語地點了幾個頭。

「為什麼要這樣做？敢妨礙我的計畫，你們是想幹麼？」

「不、不是這樣的，我是為了妹妹才這樣做的，事情一開始，是在禮拜五早上十點左右，山田慶子突然出現在妹妹的家裡，春佳在慌張之下……」

「等等！」南田將槍口塞進香織的口中，逼得她無法繼續說下去。「妳要說的內容是不是很長？」

香織打出生以來，嘴裡第一次被人塞進槍口，嘗到了火藥的味道。她嚇得魂飛魄散，宛如一支調成震動模式的手機，全身上下都在顫抖著。

「抱歉，我可沒時間陪妳在這邊耗，雖然還有很多事想問妳，但事已至此，問不問都無所謂了。」

「你、你要殺我嗎……」

「放心吧，我不會只殺妳的，妳還有一個同伴吧，那個身體看起來很笨重、腦袋不太靈光的金髮蠢貨。」

「……嗯、嗯。」雖然香織點了個頭，但並不是認同鐵男是金髮蠢貨的意思，只是這種生死關頭，除了點頭她也無法做出其他反應了。「你、你想做什麼？」

「把妳的手機拿出來，給那個男的打電話——算了，傳訊息給他就好，約那傢伙到一個合適的地點。」

「我、我怎麼可能這樣做，我不能再害馬場捲入更深——」

香織原本想貫徹強硬拒絕的態度——嗯，等一下！她的腦中忽然浮現出一種想法。

鐵男沒有跳下花菱旅館後側的懸崖，就表示他應該被後面追來的人發現了。而追過來的人並不是凶手，因為凶手正是眼前的南田智明，所以鐵男應該是被不是犯人的誰逮到了，那個誰一定也發現了寺崎的屍體，所以立刻報警了。也就是說，鐵男現在是被警方控制行動的。既然如此，我把鐵男叫過來，不就等於也把警察也叫過來了。

「…………」香織的內心亮起了希望燈火。我說不定能獲救！

不過，等等，三思而後行啊有坂香織，這樣做真的沒問題嗎？

我不能保證鐵男絕對和警察在一起，萬一他當時突破重圍，現在獨自在森林裡徘徊該怎麼辦？傳訊息叫他過來，等於是讓他的生命暴露於危險之中呀。

「喂，妳在發什麼呆？」等得不耐煩的南田將手伸向香織。「手機拿來，我來幫妳傳訊息！」

「我、我知道了，我來傳就好！」

香織下定決心了。不如說，她似乎也沒有其他選擇了。總之都要傳假的會合訊息給鐵男的話，那至少自己親自來吧。香織拿出手機，準備就緒。

「那麼，要打什麼內容比較好？」

「我想想──往這條赤松川下去一點，有個叫『蔓生橋』的吊橋，叫他在那邊等。妳一邊打我一邊看，別給我玩什麼把戲──打好了嗎，給我看──好，這樣就可以了，做得好。」

南田看著手機上的畫面，滿意地點點頭。

「可以了嗎，那我發出去囉。」

香織閉上眼，邊祈禱邊按下發送鍵。

拜託了鐵男！一定要把警察帶來啊！

六

馬場鐵男的手機傳來收到訊息的聲響，恰巧鵜飼的解謎也告一段落。原以為鵜飼的能力極為平庸，但在親眼看到他令人意想不到的推理能力後，鐵男總覺得一切有些不真實。帶著這種想法的他看向手機的液晶螢幕。

「啊——是香織傳來的訊息！」

發出一聲叫聲後，他才想起那不論他願不願意都得面對的，幾乎要被他遺忘了的現實。「對了，香織她還在逃亡中，那傢伙應該還不知道真正的犯人是誰，正在沒頭沒腦地躲躲藏藏吧……可憐的孩子。」

「她傳來的訊息上寫了什麼？」

鐵男將手機的液晶畫面擺在提問的砂川警部眼前。

「說在一座叫『蔓生橋』的吊橋那裡等。接下來要怎麼做，警部先生？」

「你問怎麼做，她跟你同樣都犯了遺棄屍體罪，雖然很麻煩，但還是得去逮捕她吧——不過，這部分倒沒那麼急。」

警部的口氣聽起來彷彿突然失去了幹勁一樣，而鵜飼也不知怎地像被傳染了一樣，他接著說道：

「對呀，比起有坂香織，現在更重要的是抓到南田智明本人。若把凶殘的殺人犯南田譬喻成高級鯛魚的話，有坂香織那種小角色不過就是漏網的雜魚罷了，之後再去抓她就好了。」

「別這樣說嘛，去抓她啦——而且現在也不需要那種譬喻吧，總覺得聽了很火大耶，什麼態度嘛。」

「真的，我也來幫忙拜託，現在就去逮捕她吧。不然一直放著不管，她也只能繼續毫無意義的逃亡。」朱美說。

最後，無法忽視犯人正在逃跑中的砂川警部總算行動起來。

「好吧，那我們現在就去逮捕她吧。畢竟要想逮捕南田，我們手上的證據也還不夠充分——總之你先回訊息給有坂香織吧，不用提到我們也沒關係，說你現在會立刻過去蔓生橋就好。」

「謝謝你，警部先生！」鐵男快速地操作起手機，同時沒有特定對象地隨口發問。

「話說蔓生橋這個名字還真奇怪，不知道這座橋長什麼樣子？」

在那之後過了不久——

鵜飼偵探與他的夥伴，再加上砂川警部與馬場鐵男一共五人，以蔓生橋為目的地，再次驅車啟程。不久，五人下車，徒步進入山間小徑。

根據戶村流平的解說，蔓生橋是位於赤松川下游的一座吊橋。如同它的名字，這是一座用天然藤蔓植物搭建起來的，富含自然風情的吊橋，總長約十公尺。微風吹拂吊橋產生的左右搖晃，以及藤蔓編制的繩索發出的嘎吱聲響，簡直是絕妙的搭配——聽說很多情侶都是這樣評價的。

「為什麼那些情侶會這樣說啊？明明看起來是這麼危險的吊橋。」

「哦，朱美妳不曉得嗎？吊橋就是因為危險，所以才有男女一起走過去就能夠墜入愛河的說法。換句話說，能夠完全發揮吊橋作用正是它成為祕密戀愛景點的原因啊！」

流平說得好像自己也利用那個過作用一樣。

他們繼續走在通往蔓生橋的單行道，途中，鵜飼開口說道。

「話說，警部，到了蔓生橋後你打算怎麼做？突然以警部的身分出現，應該會把有坂香織嚇跑吧。」

「說得也是，不過，她也以為你是凶殘的殺人魔，要是你和你的夥伴一同現身，應該也會把她嚇跑。嗯，這該怎麼辦——」

「那就交給我吧，警部先生。」鐵男見機提議。「一開始就讓我去找香織，然後我再跟她說明事情經過，只要她知道再逃下去也是白費工夫，應該就不會再幹什麼蠢事了。」

「你雖然這麼說，其實是想兩人聯手逃跑對吧。」

「就說不是了，吶，交給我吧，我會把她帶到警部先生面前的。不然，要是我有那麼一丁點想逃跑的舉動，到時你也不用管那麼多——就直接開槍射我吧！」

「射你！」砂川警部面露驚訝，接著像是被深深感動一般眯細雙眼。「好，我知道了，既然你都說到這種份上了，就按照你說的做……」

「呃、警部先生，果然還是不要開槍好了，那個，我主要是想表達……」

「我知道啦，怎麼可能真的開槍，再說要是沒有特殊原因，刑警也不會隨身攜帶槍的。但我充分明白你的決心了，這次就當作例外，把這個任務交給你了。」

「謝謝你，警部先生。」

潺潺流水聲向他們傳達目的地就在不遠處。眾人穿過森林，腳下的路轉為下坡，眼前的視野一片遼闊。前方是流經於深邃河谷的赤松川，以及橫跨赤松川但看似不太可靠的吊橋，蔓生橋。藤蔓植物建造的橋，整體呈現出綠色與咖啡色的斑駁模樣，看起來就像是一座迷彩橋。

而橋的對面，現在就站著一名年輕女子，穿著橫條紋T恤跟丹寧短褲，頭上還有一束翹翹的馬尾。那個人正是香織，她像在地標忠犬八公像前等待戀人的年輕人，戰戰兢兢地打量著周遭的樣子。她還沒注意到這邊的情況。警部一面往一棵大山櫻後方躲去，一邊對鐵男下指示。

「好了，你去把她帶過來吧。」

「好，等我一下喔，警部先生。」

鐵男像在打鼓似的拍拍自己的胸膛，飛快地衝了出去。在他衝下坡去朝著蔓生橋前進時，香織立刻注意到他的存在。鐵男在橋前停下腳步，向對岸的香織大喊。

「香織！」

香織立刻回應了什麼，但河流的水聲卻將她的聲音蓋住，鐵男什麼也沒聽到。鐵男開始過橋，腳下的吊橋激烈搖晃著，導致鐵男無法看懂香織的表情。但在他走過橋中央之後，他終於聽見香織的聲音了──「不行！絕對不行！」

鐵男無法理解，為什麼她要在這種時候大喊反毒活動的標語？是因為自己身上穿著反毒活動的T恤嗎？

鐵男在橋上顯得猶豫不決。就在這時，一名男人從香織身後的草叢現身。幾乎就在同時，香織也大叫著往前衝，並朝站著不動的鐵男的胸口飛撲過去。由於衝勁太大，鐵男還差點在吊橋上摔倒。

「唔哇、啊、啊──香織妳幹麼啊？」

「笨蛋！你為什麼不照我說的話做，不是跟你說絕對不行嗎！」

「妳說什麼!?明明是妳叫我來蔓生橋的耶──唔！」

鐵男看著站在對岸的男人，不禁倒吞了一口氣。男人有著充滿野性魅力的鬍鬚，身材十分壯碩。

「南、南田智明……為什麼，你會在！」

雖然不清楚詳細情形，然而可以確定的是，殺人犯南田現在就在鐵男面前，手裡還拿著一把來福槍。接著，槍口便直直地對準鐵男他們。簡而言之，鐵男與香織陷入了生死關頭的危機。

「可惡，那則訊息是騙我過來的陷阱嗎！」

「對不起鐵男……都是我害的，害你……」

「笨蛋！妳幹麼道歉啦！都是那個男的不好，妳別擔心。」

鐵男鼓起全身的勇氣，與已經殺害三人的凶殺犯對峙起來。

「喂，南田！你手上那把來福槍是寺崎亮太的槍吧，你能拿到那把槍，就證明寺崎是你殺死的，我說得沒錯吧。」

「不對，這把槍是你們的，你們奪走寺崎的槍，將他殺害。山田慶子也是你們殺的，實際上把她的屍體載到山裡的也是你們，然後你們又自相殘殺。不過如果你們想要的話，讓你們死得像殉情一樣也無妨。」

「你、你這傢伙，該不會連雪次郎的死都要賴在我們身上——」

「雪次郎的死!?蠢貨，那是意外，他是不小心掉到河裡淹死的。」

「可惡，開什麼玩笑你這傢伙！」鐵男的身體因憤怒而顫抖起來，待他稍微恢復冷靜後，他擺出一副游刃有餘的樣子。「哼，可惜啊，你的詭計是不會得逞的——呦，南田，你看看那邊！」

鐵男站在坡道中間，指著一棵山櫻樹。

「…………」

「…………………」

「……………………」

「……………你看那個啊！」

「……………………那個是哪個？」

「……等、等一下！」鐵男伸出兩手比了一個T字要求暫停，接著朝向山櫻的方向揮手叫道。「喂——你們是要眼睜睜看著我們被殺死嗎！不要躲了，快給我出來！」

語畢，四名男女終於從山櫻樹後方登場。他們幾個就像是要去看牙醫的小學生一樣，踏著沉重的步伐走下坡道，來到了橋前。站在最前方的砂川警部，臉上就像是被貼著「好弱啊」的標籤似的。

喂喂，全靠你了警部先生——鐵男不安地祈禱著。

但不可靠的援軍也總比沒有好，南田的表情明顯動搖了。

「為、為什麼他們會在這！可惡，你們竟敢騙我！」

「哼，說到騙，彼此彼此啦。」

「可惡，既然如此——」

說時遲那時快，南田踏上蔓生橋，往鐵男他們衝了過去。在來福槍的威脅下，鐵男與香織一步也不敢動彈，很快便成為了人質。

「雙手舉高擺到頭後面！就是這樣，兩個站在一起，都給我面向那邊！」

南田彷彿將鐵男他們當作盾牌挾持著，與砂川警部及其他三人對峙。接著他開口叫道——每當遇到這種情況犯人都會說的那句臺詞。

「不准過來！你們敢再往前一步，我就殺了他們。」

另一頭，砂川警部也不服輸地喊出另外一句固定臺詞。

「住手！繼續抵抗只會加重你的罪刑，你已經逃不掉了，快快束手就擒吧！」

砂川警部作勢要踏上蔓生橋。南田扣下扳機。

「別過來！你再往前一步，我就對你開槍了！你不怕嗎！」

「別傻了，在這種會搖晃的吊橋上，你根本別想瞄準，那些子彈絕對打不到我。」

「才沒這種事，你那邊有四個人，我閉上眼睛隨便都能打中一個。」

南田無恥地宣告接下來將要隨機殺人，鵜飼、朱美、流平三人被嚇得各個臉色發青。下個瞬間，他們宛如聽從命令的軍隊，在砂川警部身後排成一列縱隊。躲在警部背後的鵜飼向犯人挑釁說道。

「怎樣啊南田！這樣你就打不到我們了。」

道。

「打到我就沒關係了嗎？你們這群膽小鬼！」

砂川警部大聲罵道。他會生氣也是合情合理的，然而背後那群膽小鬼繼續說的。

「討厭啦警部先生，剛才說『那些子彈絕對打不到我』的人明明就是你嘛。」

「對呀對呀，警部你一定沒問題的，雖然沒什麼根據就是了，但我相信你OK的。」

「對對，再說就算真的被打到，警部你應該也不會死啦，雖然也沒什麼根據就是了。」

三人不負責任的鼓勵更加激怒了警部。

「開什麼玩笑！我才不要當你們的防彈衣咧！」

不願成為三人肉盾的警部蹲下身來，在他背後的鵜飼跟著蹲下身，他背後的朱美也跟著蹲下身，她背後的流平也緊接著蹲了下來。

「玩夠了沒有，你們！」警部倏地將臉往右挪了一點，試圖混淆後方三人的行動。鵜飼將臉往右挪，朱美跟著挪動，流平也跟著挪動。「既然如此，看我這招！」警部從原本蹲著的姿勢改為用上半身畫圓，鵜飼跟著畫圓，朱美跟著畫圓，流平也跟著畫圓——看到這四個人完美地用臉畫出同心圓的樣子，鐵男忍不住叫道。

「喂——你們變成迷你版的放浪兄弟了啦——！這種事給我去卡拉OK聯誼的

時候再做——！」

棄人質於不顧的鬧劇持續上演，最後大概是連雷公都看不耐煩這種愚蠢行為，從烏雲密布的上空劈下一道彷彿要分割天空般的銳利閃電。緊接著是宛如炸彈爆炸的巨大聲響，晃動著周遭大地。

原本還在岸邊做著圓心運動的四人，都因此誤以為自己被槍打到了。

「哇！」「呀！」「呃！」「唔！」

四人彷彿被看不見的子彈打到一般，一起往後倒去。但不到幾秒，他們一個接著一個毫髮無傷地站了起來。

「什麼嘛，原來是打雷。」「我還以為中槍了。」「差點被老天爺懲罰了……」

接著是最後站起身的鵜飼，他像是突然發現什麼似的大叫起來。

「嗯——喂，南田，你不覺得有點奇怪嗎？」

「什、什麼！哪裡奇怪！」南田將來福槍的準心對準鵜飼，開口回問。

「你不覺得這條河的水有點少嗎？昨天明明下了大雨，但水好像沒什麼增加耶，照理說感覺應該要更多一點吧。」

「你、你在說什麼，那又怎麼樣，現在不是討論這個的時候吧。」

「不，這個說不定，很重要……大概……」

鵜飼誠懇地回答。然而他的聲音卻與遠處傳來的地鳴聲重疊在一起，並漸漸地被覆蓋過去。

「你對山這麼了解應該知……河川水位急速下降的話……有危險所以要注意……如果真的發……站在那個地方會很危……險……」

「什麼!?你在說什麼?我聽不到,喂……怎麼了,這個聲音……是雷聲嗎?」

南田焦急地環視起四周。在此同時,鵜飼的臉色突然大變。

「——笨蛋!這才不是打雷!」

鵜飼的叫聲確實傳達到吊橋上的三人耳中。

「唔——」南田神色緊繃,彷彿也察覺到了什麼異常的氣息。「——到底是什麼!?」

「什麼——」香織左右張望,尋找著逼近而來的什麼。「——什麼東西啦!?」

「可惡——」鐵男對著看不見的敵人大聲叫道。「——有什麼東西過來了!」

河流上游。隨著不斷逼近的地鳴聲,那個東西也從河川上游過來了。

看不見的敵人一刻刻逼近,他的真面目原來是——不,現在沒有閒暇確認這個,也沒有時間讓人思考,更不是呆呆站在原地的時候。

鐵男看著香織。「——香織!」

香織看著鐵男。「——鐵男!」

瞬間的對望讓兩人堅定了決心。

鐵男握緊繞到頭後方的右手。

香織也同樣握緊頭後方的左拳。

接著是倒數聲——

「三、二——！」

「——一！」

無論多厚的牆壁都能夠貫穿的兩人的熱血一擊，從鐵男的右側及香織的左側往前方甩了出去，在最佳時刻擊中了南田的臉頰。毫無防備下吃了一拳的南田，以抱著來福槍的姿勢往後方飛了出去。就是現在！

「香織，跑囉！」

鐵男拉著香織的手，往四人等待的那頭衝了過去。然而他們可是身處既狹窄又搖晃的吊橋上，兩人往前衝出的同時，吊橋也開始劇烈地左右晃動。香織立刻失去平衡摔倒在地，蔓生橋也因此晃動得更加厲害。眼見後方有著持槍的殺人魔，上游又有什麼不斷逼近，只差那麼一點距離就可以回到橋邊——

「可惡，看我的！」鐵男使出了最後手段。

「咦!?什麼——啊！」

鐵男抱起香織——話雖如此，並不是公主抱那種優美的抱法，而是像扛米袋那樣硬是舉起她的身體——「唔哦喔喔喔喔喔——」他一邊發出吆喝聲，一邊在吊橋上跑了起來。

鐵男後方傳來了槍聲。是擦槍走火嗎？還是南田在逼不得已之下扣下扳機了？

但現在回頭確認也沒什麼意義，鐵男抱著香織大步跑完剩下的距離，離開吊橋回到了橋邊。砂川警部就站在那張開雙手迎接著二人。

「了不起，你做得很好！」

「現在高興還太早，快往高處移動！」

鵜飼指向坡道高聲叫道，不遠處是早已開始爬坡的朱美與流平的背影。鐵男將香織從肩上放了下來，一面往坡道衝去，一面看向蔓生橋。

只見南田智明緊握著來福槍，還處在橋中央。先前兩人使出的痛擊加上激烈晃動的吊橋，讓他到現在還站不太穩。

鐵男將視線移向河川上游，下個瞬間，驚人的景象令他不禁毛骨悚然。

「怎、怎麼回事……那個……」

勾勒出緩緩曲流的赤松川上游突然湧起盛大的滾滾濁流。

鉛色的巨大浪潮現身，在V字型的河谷裡橫衝直撞，並以怒濤般的氣勢往橋的方向撲了過來。原來剛才綿延不斷的地鳴聲就是它。

然而南田不知是不是還在恍神，至今都沒有注意到情況十分危急。他像在做最後的抵抗似的，依舊蹲著身子，手舉著槍。

「笨蛋！你想死嗎！」鵜飼一邊奔跑著上坡，一邊大叫。「快跑啊！別管那個了，快跑啊！」鵜飼伸手指向河川上游。「你看，鐵砲水要來了！」

不知道是不是終於聽到了鵜飼的大喊，南田終於往上游望去。

在此同時，滾滾濁流也不斷逼近吊橋。那是往下游沖去的巨大水牆，是鉛色的液態凶器，也正是鐵砲水的真面目。

「鐵男！」香織忽然指向席捲而來的濁流。「你看那個！」

鐵男往她所指的方向看了過去。那裡有個令他難以置信的東西。

定睛一看，濁流中有一輛車，而且不是普通的車，鮮紅色車體看著有些眼熟——「是那輛 MINI Cooper！」

沒有錯，那是自從前天晚上就再也沒見過的，他們非常熟悉的那輛英國車。MINI Cooper 儼如在巨大浪潮上衝浪的活力青年，漂亮地乘風破浪而來，甚至讓人忍不住懷疑是不是有誰正在上面駕駛著。

接著下個瞬間，鐵男確實看到了，MINI Cooper 的駕駛座上有一名年輕女子。「是山田慶子！」

無須多言，她當然已經死了。說起來初次見到她的時候，她就已經死了。然而在鐵男看來，坐在駕駛座上的山田慶子，此時此刻第一次看起來像是活過來了一樣。不，與其說人活過來了，不如說是山田慶子的表情栩栩如生，看起來就像是山田慶子憑自身意識操控著方向盤，在水上輕快地兜風。

他不曉得在南田眼裡，是怎麼看待這時候的她，只見南田發出驚恐的叫聲，發狂般地將來福槍的槍口指向河川上游，並往朝他猛撲過去的 MINI Cooper 扣下扳機。

「唔哇啊啊啊啊啊啊啊啊啊啊──」

槍聲伴隨著尖叫聲。

只是，光憑一顆子彈的力量，是沒辦法讓來勢洶洶的車子停下的。乘著濁流而來的 MINI Cooper 以更驚人的速度衝向蔓生橋，眼看就要撞上吊橋時，車體卻撞上一塊突出的大石頭。宛如躍龍門的緋紅鯉魚，紅色的 MINI Cooper 用力地跳了起來。以驚人氣勢跳離水面的車體，順著圓錐般的曲線旋轉，往吊橋上飛襲而去。下個瞬間──

山田慶子的 MINI Cooper，用它鮮紅色的車體，輕輕地將南田整個人撞飛出去。

這一擊簡直就像是精心估算好的一樣，激烈的衝撞聲響起，聽起來像是有什麼東西粉碎了一樣。南田的身體就像一根被隨意扔出的棒子，在高空中飛舞著，漸漸失去了蹤影。

與此同時，巨大的水牆吞噬了整座蔓生橋。用藤蔓植物編制的吊橋，霎時從正中央斷得支離破碎，眨眼間便失去了原本的樣子。

濁流轟隆隆地作響，以要掏空河岸般的氣勢繼續奔流。而將南田撞飛出去的 MINI Cooper，也在濁流的激烈推擠之中往下游流去，消失在眾人眼中。

一切發生得太過突然。才剛登上坡道，好不容易逃過災難的眾人皆一臉茫然，悵然若失，只是不發一語地望著 MINI Cooper 流去的方向。

「…………………」接著他們才注意到，

「…………………」轟隆隆的水聲與地鳴聲不再，

「………」濁流也不曉得消失在哪裡了。

剛才發生在眼前的慘狀彷彿幻影一般，赤松川的水勢也回歸於平靜。要說異常現象留下了什麼，只有從正中央被撕裂成碎屑的蔓生橋的殘骸。

到處不見南田智明的身影。

偵探事務所的三人小心翼翼地走近河邊。

「鵜、鵜飼先生，這、這個到底是什麼東西呀？」

「它不是什麼東西，流平你剛才也親眼看到了吧，這就是傳說中的鐵砲水。」

「真的假的，太難以置信了，這個也是鐵砲堰造成的嗎？」

「不，這次不一樣，我想這次應該是大自然現象。」

「南田會變得怎樣？被車子撞到後，就不知道他飛到哪裡去了。」

「我也不曉得，大概被濁流沖走了吧。」

鵜飼用手撐著下巴，望向河川下游。一旁的砂川警部伸手指向頭上方。

「沒有被沖走，南田就在那，你們看——」

鐵男和香織一同望向警方所指的位置，只見河岸邊有棵軀幹斜斜生長的樹木，它的枝葉正好將整個河面覆蓋住。其中有根分岔成兩枝的樹枝，上面不知道卡了什麼東西，東西懸掛在半空中。

那是早已面目全非的南田智明。

「……好像低音提琴盒喔。」

鐵男完全聽不懂香織的譬喻。

「哪裡像低音提琴盒？」

「啊、對了，你沒有看到——我等下再解釋給你聽。」

一陣喧譁之後，沉默支配了周遭。打破這片寂靜的是砂川警部的手機來電鈴聲。警部手忙腳亂地將手機拿到耳邊。

「怎麼了，有什麼事嗎？」

手機的話筒可以清楚聽到他的部下興奮不已的聲音。

「啊，砂川警部嗎！我是吉岡。現在正在龍之瀑布進行搜索，要跟您報告一件大事！這次竟然是車，車子從瀑布上掉下來了！一輛鮮紅色的 MINI Cooper 順著大量的水勢流了下來了啊**啊**——」

終章

令人聯想到巨大溜滑梯的龍之瀑布。鮮紅色的 MINI Cooper 一頭栽進瀑布壺穴的岩石區，呈現一種斜插在地的停車方式。車頭嚴重損毀，擋風玻璃也碎裂不堪。由上方落下的流水不斷洗滌著遍體鱗傷的車體。

在車內被發現的女性屍體，已被從駕駛座移出，橫放在河邊的空地上。馬場鐵男與有坂香織再次面向許久不見的山田慶子的屍體。感到內疚的鐵男與香織一起在靈位前蹲下，誠惶誠恐地雙手合十。接著，鐵男第一次如此冷靜地看著山田慶子的遺體。

「表情意外地安詳耶——剛才看起來很恐怖的說。」

「我也覺得——現在這樣看，她真的長得很漂亮耶。」

砂川警部從兩人背後冒出，直截了當地說道。

「別說傻話了，死人才沒有什麼表情，不論是剛才還是現在，她的臉長的都是這樣。」

事實或許真如警部所說的那樣，但在鐵男的眼裡，瞬間又出現了山田慶子令人毛骨悚然的表情——那是在給南田最後一擊時出現的逼真表情——事實上，那幅景象已經深深烙印在鐵男心裡。

鐵男站起身，再次看向龍之瀑布下方嚴重損毀的 MINI Cooper。

「南田為了自己的復仇犧牲了山田慶子，山田慶子的屍體又被我們運到盆藏山，毫不知情的我們將屍體連同車子一起推進池子裡，結果車子竟然乘著第二次的鐵砲水流到蔓生橋，再把南田撞飛。警部先生，這些難道都只是偶然嗎……」

還是山田慶子的安排呢？

「當然都是偶然，能夠將事情安排到這種程度，大概只有老天爺了。不過，或許這也是天譴吧。俗話說，天網恢恢疏而不漏，不是嗎？」

「天往灰灰!?」鐵男聽不懂警部的話，只好含糊帶過像是理解了一樣。「嗯……說得對……就是這樣……」

「你能明白就好，總之，這件事就這樣完美解決了。可惜不能逮捕殺人犯南田，但也沒辦法，誰知道會發生那種事。話說回來，你們——」

砂川警部轉向鐵男兩人，輕笑道。「既然山田慶子的屍體平安無事出現了，你們心裡也多少有數了吧，接下來輪到你們了。」

經警部這麼一說，鐵男才想起自己的立場。砂川警部之所以到現在都沒有逮捕他們，是因為當初找不到山田慶子的屍體，既然現在發現了，就沒理由繼續拖延了。該來的還是要來。

「警部先生啊，我們犯的罪算重嗎？」

「當然重啊，你們犯的可是重罪。」警部一臉嚴厲地來回看著兩人的表情，接著才露出微笑。「不過再怎麼重，跟殺人比起來都算輕啦，而且你們還是初犯。接下來就要看審判的過程來決定能不能緩刑了，盡可能找位好律師吧！你們有認識的律師嗎？」

「怎麼可能會認識那種人啊——對吧香織？」

「嗯，我也不認識什麼律師——啊！」突然想起什麼的香織大叫一聲。「對了，有有有，雖然我沒有當律師的朋友，但我妹有啊！之前不是有跟你說過，我妹可是未來的律師呢！因為現在還不是，所以不能幫我們辯護，但我想她應該可以介紹她的律師朋友給我們。」

「對耶，那真是太好了，這點小事她應該會幫我們的，畢竟我們兩個可是為了她拚死拚活的！」

沒錯，就這麼辦，讓我妹去處理，律師費等她出人頭地後再還就好。兩人興奮地討論了一陣子之後，香織忽然神情轉為嚴肅，在鐵男面前快速地敬了個禮。

「鐵男，對不起啦，都是我害你捲入這麼麻煩的事情——」

「…………」

站在自己的立場思考，的確抱怨個幾句都無妨。不過，在看到香織盯著自己的眼眶充滿著淚水的瞬間，鐵男根本不知道該說些什麼才好，總之還是先怒吼吧。

「笨蛋！才不是妳把我捲入這起事件的，是我看到妳需要幫忙，自己多管閒事去幫妳的。有空道歉的話，不如向我道謝吧！」

「嗯，謝謝你，一切都是託鐵男的福。」

「哪——裡，又不是什麼大事，我只是做了我應該做的事而已。」

可惡，我都不像我了啦——覺得十分不好意思的鐵男抬頭望向遠方的天空，許久，又嘆了一口大大的氣。接著他一邊看著在河邊飛來飛去的紅蜻蜓，一邊將自己的右手伸到砂川警部面前。

「好了，警部先生，你趕快逮捕我們吧，夏天就要結束了。」

「我知道了。」砂川警部點了個頭，站在兩人面前，盡責地執行了他的職務。

「馬場鐵男、有坂香織，我現在以遺棄屍體罪的名義逮捕你們！」

藍色雷諾駛下盆藏山。偵探事務所的三人在月牙山莊結算完住宿費後，便踏上返回烏賊川市的路途。不曉得是不是因為搶先贏過宿敵砂川警部感到特別高興，總覺得鵜飼比平常還輕快地操縱著方向盤。坐在副駕駛座的朱美不想潑冷水破壞鵜飼的好心情，但內心卻十分糾結，心想著結果他的推理到最後還是一毛錢都沒賺到。而後座的流平似乎還沒有退燒，臉紅通通地打了一個華麗的噴嚏，結果他在這起事件中一共溺水了兩次。流平以不減興奮的語氣說道。

「——但還真是驚人耶，鵜飼先生。那種千鈞一髮的時刻竟然又發生了一次鐵砲水，這種偶然真是太難以置信了啦。要是沒有那個鐵砲水，那兩個人現在說不定早就被槍打死了。」

然而鵜飼卻看著前方，說出令人意想不到的發言。「那個鐵砲水並不是單純的偶然喔。」

「你說不是偶然嗎!?」朱美吃驚地詢問。「可是你剛才不是說這次的鐵砲水是大自然現象？」

「對呀，不然就表示那果然還是人工打造出來的鐵砲水囉？那樣會是誰跑到上游打造鐵砲堰的——？」

「不，並非如此。這次的鐵砲水的確是因為上游的某處自然堵塞而產生的，也就是自然現象。不過，你們覺得讓河川堵塞的真正原因究竟是什麼？」

「泥土跟沙子，不然就是漂流木？」

「那些當然都有可能，但我認為河川堵塞的最大原因應該是先前那輛 MINI Cooper，那麼大的東西倒在河川上，導致水流堵塞也是很正常的。河川堵塞，再加上昨天的大雨，漂流木跟泥沙讓堵塞的情形變得更嚴重，然後就又出現一個臨時的池子了。」

「又是新月池嗎？」坐在後座的流平突然把臉擠到前座來。

「不曉得囉，是新月形還是什麼形也沒有人看到，沒辦法知道。不過，情況大概就是這樣吧。」

聽完鵜飼的話，流平發出了「嗯～」的呻吟聲，朱美則是突然顫抖了一下。

「原本以為新月池只有一個，結果有兩個；後來想說有兩個，結果其實有三個——」

「沒想到最後卻有四個咧。」

聽著兩人對話的鵜飼露出了得意的笑容。

「有四個新月池，這種說法應該也是沒問題的。反正，第四個新月池最後還是承受不住積水造成的壓力進而潰堤了，或許在那之前的打雷也有造成什麼影響。總之在潰堤的同時，大量的水一口氣流出，再度把MINI Cooper押著往前沖。MINI Cooper順著水流來到了蔓生橋，給予南田智明最後一擊，山田慶子完美地替自己報仇了雪恨，故事就是這樣。」

「等等，你不要亂說啦！報仇雪恨什麼的，又不是在講鬼故事……」

「我才沒有亂說，這個就是鬼故事沒錯啊！妳仔細想想馬場鐵男跟有坂香織所做的事，不覺得他們就像被什麼人操縱了一樣嗎？如果他們沒有棄屍，也沒有弄丟屍體的話，就不會發生蔓生橋那裡的事了。他們自己也在不知不覺中成為山田慶子復仇劇的其中一角了，說不定一切都是按照山田慶子的計畫進行……」

「剛才不就叫你不要亂說了！」

朱美瞬間感到一股寒意，她伸出雙手抱著自己的肩膀。雖然她不是那種迷信鬼神的人，但也覺得那記猛擊並非用偶然兩個字就能說明，當然她也不覺得是死者的怨念把殺人犯撞飛的，可是——

「……所以她究竟是什麼樣的存在啊？山田慶子這個人。」

聽到朱美的喃喃自語，流平大聲回答。

「是怨靈！不對，她是惡靈！」

「才不是。」鵜飼立刻搖搖頭。「山田慶子應該不是那麼壞的女人。」

「那反過來說，她是神！所謂的死神！」

「這個答案很有趣，但還是錯。」

鵜飼自信滿滿地否定了流平。那山田慶子究竟是什麼啊——看著身旁的朱美以眼神詢問自己，偵探將右手抽離方向盤，拍拍自己的胸脯。

「山田慶子是我的委託人。結果我也是照著她的意思去行動的，那兩個人也是，你們不覺得嗎？」

「…………」

這麼說也沒錯啦，朱美總算同意了。結果這次的事件委託人，從一開始就非山田慶子莫屬。另外在烏賊川市裡，能不期待報酬卻絞盡腦汁幫助素不相識的委託人的偵探，也只有他了。或許山田慶子做出了正確的選擇，而偵探也難得地回應了她的期待。

「——啊！比起這些事，你們快看前面，那邊。」

流平忽然又從後座探出身子，伸出手指著前方。什麼啊這麼突然，鵜飼被他嚇了一跳。朱美也好奇地透過擋風玻璃打量著前方。

他們開在森林中的單行道上，只見一輛眼熟的車子行駛在鵜飼的雷諾前方。

「哎呀，那不是砂川警部的車嗎？」

「哦，他也要回烏賊川市啦！」

「後座好像有坐人喔！」

經他這麼一說，的確有人的樣子。朱美聚精會神一看，透過擋風玻璃看到了一男一女的後腦勺，一個是金色的刺蝟頭，另一個是栗子色的馬尾。是馬場鐵男跟有坂香織。

鵜飼輕按喇叭向前方示意，坐在後座的兩人立刻嚇了一跳並轉過身來。在這裡喔！鵜飼、朱美，以及流平三人一同向他們揮了揮手。

「既然都遇到了，就來個最後的招呼吧——」

當他們注意到藍色雷諾上的偵探一行人後，面露驚訝又開心的表情。

接著兩人一同害羞地舉起手來。

馬場鐵男伸出左手。

有坂香織伸出右手。

兩人示意道別的手上，被手銬牢牢地繫著。

逆思流

請勿在此丟棄屍體

（原名：ここに死体を捨てないでください）

作者／東川篤哉　譯者／藍云辰
榮譽發行人／黃鎮隆　總經理／陳君平
協理／洪琇菁　國際版權／黃令歡
執行編輯／呂尚燁　美術主編／李政儀
企劃宣傳／楊玉如、洪國瑋
出版／城邦文化事業股份有限公司　尖端出版
台北市中山區民生東路二段一四一號十樓
電話：（〇二）二五〇〇七六〇〇　傳真：（〇二）二五〇〇二六八三
E-mail：7novels@mail2.spp.com.tw
發行／英屬蓋曼群島商家庭傳媒股份有限公司城邦分公司
尖端出版　行銷業務部
台北市中山區民生東路二段一四一號十樓
電話：（〇二）二五〇〇—七六〇〇（代表號）
傳真：（〇二）二五〇〇—一九七九
讀者服務信箱：sandy@spp.com.tw
中彰投以北經銷（含宜花東）／楨彥有限公司
電話：（〇二）八九一九—三三六九
傳真：（〇二）八九一四—五五二四
雲嘉經銷／威信圖書有限公司　嘉義公司
電話：（〇五）二三三—三八五二
傳真：（〇五）二三三—三八六三
客服專線：〇八〇〇—〇二八—〇二八
南部經銷／威信圖書有限公司　高雄公司
電話：（〇七）三七三—〇〇七九
傳真：（〇七）三七三—〇〇八七
香港總經銷／城邦（香港）出版集團有限公司
香港灣仔駱克道193號東超商業中心1樓
電話：（八五二）二五〇八—六二三一
傳真：（八五二）二五七八—九三三七
E-mail：hkcite@biznetvigator.com
馬新經銷／城邦（馬新）出版集團　Cite(M)Sdn.Bhd.
E-mail：Cite@cite.com.my
法律顧問／王子文律師　元禾法律事務所
台北市羅斯福路三段三十七號十五樓
二〇二二年一月一版一刷

■中文版■

郵購注意事項：
1. 填妥劃撥單資料：帳號：50003021戶名：英屬蓋曼群島商家庭傳媒(股)公司城邦分公司。2. 通信欄內註明訂購書名與冊數。3. 劃撥金額低於500元，請加附掛號郵資50元。如劃撥日起 10～14日，仍未收到書時，請洽劃撥組。劃撥專線TEL：(03) 312-4212 ・ FAX：(03) 322-4621。E-mail：marketing@spp.com.tw

國家圖書館出版品預行編目資料

請勿在此丟棄屍體 ／ 東川篤哉 作 ； 藍云辰譯. ／ .
--初版. --臺北市：尖端出版, 2022.01 面 ； 公分.
--(逆思流)
譯自：ここに死體を捨てないでください

ISBN 978-626-316-377-5(平裝)

861.57　110020186